2024
창작희곡 공모 선정작

국립극단

목차

역행기(逆行記)

김주희

작가의 말

  '바닥에서 가장 많은 시간을 보내 온 이가, 바닥 아래의 존재들을 느낄 수 있다면.' 이 희곡은 그 가능성에서 출발하였습니다. 급변하는 시대, 끊임없이 훼손되어 가는 땅에 무수한 이야기가 쌓여 있음을 느낍니다. 우리는 지금 어느 땅 위에 서 있을까요. 함께 서 있던 이들의 얼굴을 떠올릴 수 있을까요. 복원해 낼 수 있을까요. 이 이야기는 뒤편에 서 있었던 이들의 바닥과 마주하고 그들의 팔을 물려받기 위한 작은 노력입니다. 서로의 기억과 몸이 섞이는 시간 속으로의 여행이자, 섞이기를 요청하며 조심스레 내민 손입니다.

때

가까운 미래

혹은 가까운 과거

곳

물줄기가 끊기며 메마른 땅이 된 강가 주변

폐허가 된 지방의 어느 변두리

부서지는 어느 집,

그 바닥 아래

무대

바닥

입구

통로

밀실

매립지

키갈

연못가

출구

출현하는 존재들

인안나

에레쉬

주머니

핑크

돌덩이

키갈

둡

일러두기

* 본 이야기는 바닥 아래 어느 지하 세계를 통해 미래 또는 과거를 묘사한 기록물이다. 이 기록물은 화자 '둡'(Dub, 서판)으로부터 발화된다.
* '사락'은 무엇이 가볍게 쓸리거나 맞닿는 소리이자, 침묵을 표기한 것이다.
* 본 이야기는 수메르 신화인 「인안나(Inanna)의 명계 하강」을 모티프로 하였다.

바닥. 문 앞.

둡   좁고 어두운 방 한구석에서
         인안나는 웅크린 몸을 감싸 안은 채
         빛을 보고 있었어. 실눈을 뜨며.
         포클레인이 제 집을 부수는 소리를 들으면서.

         벽에 붙은 내 껍질들이 커튼처럼 사방에서 펄럭거렸어.
         거기엔 누군가가 남긴 말들이 적혀 있었지.
         힘이 실린, 또렷한 글씨로.

인안나   환해.
         따가울 만큼.

둡   인안나는 제 손바닥에 고여 있는 햇빛을 봤어.

인안나   어떻게 매일 올까.
         어떻게 매일 모두를 비출까.
         집이 부서지는데, 햇살은 그대로야.
         집이 부서지는데, 햇살을 보고 있어.

둡 바닥에 엎드린 채 고개를 파묻었어.
    말들이 웅얼거렸어.

인안나 가장 먼저 현관문이 무너졌겠지.
      거길 드나들던 사람들은 다 어디로 간 걸까.
      작고 고단한 그 발들은 어디쯤 멈췄을까.
      이 집, 이 방으로부터 아주 멀어졌을까.

둡 그러곤 나를 찾았어.
    나를 붙든 채, 눈을 감았어.
    뭘 할지는 뻔했어.
    내 몸을 열며 인안나는 원하는 글자가 나오길 바라고,
    난 그걸 상상하며 맞추는 거야.

    이건 우리만의 게임,
    우리가 이 갑갑한 방에 공기를 불어넣는 방법.
    언제나처럼 인안나는 심호흡을 한 뒤,
    한 곳을 펼쳤어.

    사락.

    하지만 인안나가 눈을 떴을 때
    펼쳐진 내 몸엔 아무것도 적혀 있지 않았어.
    나는 섣불리 글자를 찾을 수 없었어.
    어딘가가 평소와는 달랐거든.

인안나는 빈 곳을 펼친 채
멍하니 바닥만 바라봤어.

인안나   없네.
없어.
살아야 할 이유.

둡   방문 쪽으로
부서지는 소리가 좀 더 가까워지기 시작했어.

그리고 다시,
다시 날 열며 눈을 떴지만,
적힌 건 아무것도 없었어.

무엇이라도 찾아 줘야 했을까.
거짓이라도 말해야 했을까.
하지만 인안나를 그렇게 대할 수는 없었어.

나는 미안했어.
그날의 일이.
아무것도 읽을 수 없었던 내가.
그런 내게 인안나가 자신을 전부 맡겼던 순간이.
그래서 내 몸, 가득한 빈 껍질에
이 이야기를 새기고자 한 거야.
한 글자 한 글자 꾹꾹 눌러 담아서,
문장과 문장이 몸을 포개고 길을 이루어
도착지에

닿도록.

누구 하나라도 인안나를 기억할 수 있게,
내가 조각나고 깨져 어딘가로 날아가더라도
우리가 보낸 시간을 한 줄이라도 읽을 수 있게,
기도하는 마음으로 말이야.

한참 뒤 인안나는 옷장을 열었어.
인안나의 작은 체구, 이 작은 방,
언제나 같은 자리에 걸려 있는 단출한 옷가지들에 비해,
자리만 차지하는 쓸데없이 커다란 옷장을.

인안나   행복한 기억을 떠올려 봐.
그럼 죽을 수 있어.
(눈을 감는다)
엄마랑 언니, 아빠랑 나.
넷이 갔던 바다,
여름이었고 우리한텐 튜브가 들려 있었어.
난 빙수를 먹었고 엄마는 과일을 깎았어.
할머니가 들려 보낸 보자기 속 음식들이
한 다발이었는데,
엄마는 달콤한 과일만 먹었지.
내 머릴 쓰다듬는 손가락에서 은은한 향이 났어.
언니랑 나, 그리고 아빠는
뜨거운 모래 위에서 서로를 쫓으며
실컷 웃고 뛰어다녔어.
누굴 빠트릴까 신호를 주고받으면서.

바닷바람 부는 햇살 아래에서,
단지 그것만 생각하면서.
더 좋았던 건 주변 사람들도 모두
우리 같았다는 거야.
바다가 있고, 여행을 왔고,
가족이 있다는 것만으로
마음껏 웃고 있어도 되는 시절이 있었어.
시간이 아주 느리게 흘러가도 되는 세상.
옆에 누가 있는지 볼 수 있는 세상.
하늘색이 바뀐 줄도 모른 채
나는 파라솔 아래에서 깜빡 잠이 들었지.
이불처럼 마음을 덮어 줬던 그 바다,
그 조용한 잠을 떠올려 봐.

둘   가느다란 두 다리가
여행용 캐리어, 책, 다리미판 등
먼지 가득한 짐들을 딛고 올라섰어.
옷걸이처럼 노끈이 걸려 있었어.
인안나는 동그란 입구 안으로
머리를 밀어 넣었어.
눈발처럼 먼지가 날렸어.

인안나   잘 가.
미안.
다신 만나지 말자.
안 올 거야.
자격 없는 거, 아니까.

결국 다 사라지네, 이 집에서.
기다리고 싶었는데. 끝까지.
그렇지만 이것도 나쁘진 않아.
이 집 벽, 문, 탁자, 식탁, 창문, 신발장, 그릇처럼
나도, 깨지는 거야.
함께.

둡   사락.
부서지는 소리가 더 거세졌어.

벽에 붙은 말들의 흔들림 속,
인안나는 맞은편에 쓰인 것을 따라 읽었어.
거울처럼, 인안나와 마주해 있었지.
가장 흐릿하게 적혀 있었고.

인안나   '한숨 푹 자, 인안나.
깨어나지 마, 제발.'

둡   인안나도 흐릿하게 웃었어.

인안나   그래.
너무 오래 걸렸어.
그만 사라져.
그만 가. 멀리.
미안.
…미안.

인안나는 두 발을 뗐어.

허공에서 아등바등하는 사이,

정신은 어느 때보다 선명했는지 몰라.

나는 그런 인안나를 보며

글자를 찾고, 또 찾았어.

하지만 어떤 글자도 인안나를 구할 수 없었어.

나는 구할 수 없다는 사실에 어찌할 바를 몰랐어.

그때였어.

온통 부서지는 소리들 속에서

창문처럼, 바닥에서 문이 열렸어.

양쪽으로, 활짝.

끼이익, 그런 소리를 냈던 것 같기도 해.

그리고 작은 머리가 나타났어.

정신이 혼미해지는 와중에,

인안나는 그 머리를 보며 발버둥 치기 시작했어.

그러다 노끈이 찢어져,

바닥에 떨어졌어.

완전히 의식을 잃었지.

나는 인안나의 주머니 속으로 들어갔어.

혼자 두지 않으려고.

그 작은 머리는 인안나를 가만히 바라보았어.

그러더니, 한쪽에만 돋아나 있던 더러운 날개에

인안나를 품고는

바닥 아래로 내려가기 시작했어.

성큼성큼, 혹은 순식간에,

혹은 아주 긴 시간을 역행하듯 천천히.

입구.

둘   어둠이 걷히고 있었어.

안개처럼 스산한 새벽빛이

고개 숙인 혼처럼 돌아다니고 있었어.

희미한 빛을 따라

잎 없는 해바라기들이 군데군데 피어 있었어.

동굴과 같은 벽을 따라 드문드문

물 흐르는 소리가 들렸고,

물소리를 따라 듬성듬성

가느다란 이끼와 버섯들이 무리를 이뤘어.

이끼와 버섯을 따라 일렁이듯 음파가 들려왔어.

거대한 흙덩이 안 같기도,

짐승들이 모여 사는 굴 같기도 했어.

인안나는 이곳 어느 귀퉁이,

작은 절벽 위에 누워 있었어.

썩은 냄새가 진동하고 있었고,

먼 어디선가 시계 초침이 재깍거리는 듯한
소리가 들렸어.

인안나는 태연하게 자고 있었어.
방바닥의 한 조각이 몸에 붙은 채.
하지만 그때까진 몰랐어.
그 바닥에 몸이 아예 붙어 버린걸.

사락. 사락. 사락.
나는 열심히 깨워 봤지만, 인안나는 듣지 못했어.

아무것도 모르는 인안나는
얼굴을 기어 다니는 벌레들에 이따금 인상을 찌푸렸어.
그러다 쥐 두 마리가 지나가며 똥을 휙 누었지.
그 생경한 촉감에 눈을 떴어.
짧은 악몽에서 깨어난 것처럼,
숨을 몰아쉬며 주변을 둘러봤어.
하지만 이곳이 어디인지 도무지 알 수 없었어.
일어나려고 몸을 일으켰어.
하지만 두 다리가 꿈쩍도 않는 거야.
바닥을 밀어도 보고, 때려도 보고,
다리를 주무르고 힘을 줘 봐도
그대로였어.

그때, 희한한 가시덩굴 하나가 드문드문 움직였어.
덩굴 안에는 깨진 거울들이 심어져 있었어.
그런데 공처럼 둥그런 뒷모습에서 두 팔이 쑥 나오더니,

줄별로 흙을 주무르고 뒤집는 거야.
무어라 속삭이며 씨앗 몇 개를 꺼내 심었지.

멀리서는 여전히 들릴 듯 말 듯,
초침 소리가 울렸어.

주머니　무슨 벌레가 이리 울어.

둡　소리에 귀를 기울이다 주머니는 인안나를 봤어.
슬금슬금, 작은 공처럼 코앞까지 다가왔지.

바닥에만 집중하던 인안나도
그 가시덩굴의 움직임을 느끼기 시작했어.
긴 정적이 둘 사이를 오갈 때,
덩굴 밖으로 주머니가 머리를 내밀었어.

주머니　네 울음소리냐?

둡　사락.

주머니　이 괴상한 바닥하며.

둡　사락.

주머니　혹시… 위에서 왔다던 애가.

둡　사락.

주머니   애야. 말 좀 해 봐.

둡   사락.

주머니   영 말을 못 해?

둡   주머니는 놀란 인안나에게 다가갔어.
         인안나의 몸 이곳저곳을 뒤졌어.
         등에서 자라난 가시덩굴이 제법 무성했어.
         주머니의 발끝까지 내려와 있었지.

         인안나는 주머니의 손이 닿을 때마다
         움찔거리며 딸꾹질을 했어.
         주머니는 인안나의 입을 김치를 찢듯 쭉 찢은 뒤
         그 안에 손가락을 넣어 구석구석 만져 보았어.

주머니   어디 보자….

둡   주머니는 혀 깊숙이 묻힌 그것을 쑥 빼냈어.
         엿가락 같기도, 양갱 같기도 한 검은 패였어.

         어찌나 깊은 데 묻혀 있었던지,
         빼내던 중 주머니는 그만 뒤로 넘어져 나뒹굴었어.
         그러면서 순간 가시덩굴 사이에 꽂아 두었던
         온갖 잡동사니들이 쏟아져 나왔어.

알록달록한 수저들, 꼭두 조각상, 씨앗들,

초대형 도자기 밥그릇,

사체의 머리카락과 털을 모아 만든 가발,

비닐로 만든 방수형 잠옷,

노잣돈, 고무 대야로 만든 장화에, 거대한 자루까지.

주머니는 눈치를 보며 가장 먼저

인안나의 검은 패를 챙겼어.

그런 뒤 무거운 몸을 일으켜 흩어진 그것들을

잽싸게 덩굴 안에 집어넣기 시작했어.

인안나	혹시,
주머니	(제 등에 가시 하나를 뽑아 위협하며)
	떽. 손 하나 까딱했다간 밀어 버릴 거다.
인안나	얼굴. 얼굴 좀 보여 주세요.
주머니	(패를 구경하며) 괜한 데 힘을 썼네.
인안나	맞아요. 맞아요…?
주머니	가진 게 이게 다야?
인안나	할머니예요?
주머니	(멈추며) 할머니?
인안나	아닌 것 같지만, 분명 맞아요.
주머니	한참 오락가락할 때지.
인안나	저예요. 인안나요. 모르시겠어요?
주머니	옆집에 살았던가?
인안나	아니요.
주머니	아랫집?
인안나	아니요.

주머니	그럼.
인안나	엄마의 엄마. 우리 할머니요.
	왜 이런 모습으로 계신 거예요. 여기 어디예요?
주머니	나야말로 묻자. 위에서 온 거냐?
인안나	위요?
주머니	이렇게 썰렁한 패는 십중팔구 길 잃은 것들이야.
	에레쉬가 데려왔는지 묻는 거다.
	누구 하나 안 돌려보낸 탓이라는데, 암만 봐도,
인안나	에레쉬?
주머니	마지막으로 본 게 누구야?
인안나	바닥… 바닥이 열렸던 건 기억해요.
	한쪽에 날개가 있었고,
주머니	맞네, 맞아. 이 화상. 대체 어쩌자고.
둡	주머니는 난감하다는 듯 인안나를 바라봤어.
	한편, 멀리서 집을 부수는 소리가 희미하게 들려왔어.
인안나	(천장을 보며) 저 소리는,
주머니	뭐 대수라고.
인안나	그게 그러니까, 집이,
주머니	박살 나는 게 어디 한둘이야.
	테레비 뉴스 같은 거야.
	또 뭔 일이 있구만, 하면서 들여다보다 마는 거.
인안나	부서지고 있었어요. 아까까지만 해도,
	제 방, 제 옷장이었는데,
	여기, 우리 집 바닥 아래인가 봐요….
	살았나 봐요. 저.

이것도⋯ 실패네.

둘   나는 인안나가 깨어나서, 살아 있어서,

언제나처럼 우리가 함께여서

기쁘다고 말해 주고 싶었어.

하지만 인안나의 표정은 나와 달랐어.

주머니는 인안나의 바닥을

두드려 보고 밀어 보길 반복했어.

주머니   같이 딸려 오기라도 한 거야?

인안나   이제 남은 건 이 바닥이 전부일지도 몰라요.

다⋯ 부서졌거든요.

집이요.

내가 방에 있다는 거 뻔히 알면서.

팔아 버렸어요. 아빠가.

주머니   모질기도 해라.

인안나   괴물, 망나니, 도둑놈, 웬수.

늘 그렇게 말씀하셨는데.

끝까지 없앨 생각인가 봐요. 하나 남은 식구마저.

주머니   얼굴에 수심이 가득하다 했더니.

인안나   할머니는 좋아 보여요.

강바람이 불던 날,

그날이 할머니를 마지막으로 봤을 때여서.

그 얼굴이 내내 괴로웠거든요.

인사 한마디 없으셨어요.

넌 끝까지 네 방문처럼 조용하구나,

그 한마디만 남기셨죠.

그날은 오랜만에 대기실 복도에 앉아 있다 오던
날이었는데.
입이 떨어지질 않았어요.
더 두드릴 기회도, 용기도 이젠 없다고.
그날따라 할머니가 너무 차분했는데, 이상했는데,
무슨 말이든 해야 했는데.

주머니   혼자 어디 좋은 데라도 갔나 보지.
늙은이들은 꼭 그럴 때 말을 아끼니까.

인안나   차라리 좀 더 앉아 있다 올걸.
할머니랑 마주치지 않게.
그렇게,
조금만 더 면접실 앞에 있으면 좋았을 텐데.
자꾸 방문 뒤에 숨어서.
그렇게 팔 년이나 나오질 못해서.
그래서 벌 받았나 봐요. 이 다리요.

주머니   팔 년…?

인안나   적곤 했어요. 한 장 한 장, 살아야 할 이유를요.
할머니가 떠나던 날이 시작이었어요.

둡   벽에 네 기도가 붙기 시작한 것도 그때부터였지.
사락. 사락. 사락.
나는 이곳에 함께 있다고 말했지만,
인안나는 듣지 못해.
주머니는 바닥을 힘껏 당겨 보았어.

한 번, 두 번, 세 번, 네 번,
다섯 번째에 포기해 버렸지.

주머니	(숨을 헐떡거리며) 이런 몸뚱이는 또 처음이네.
인안나	어쩌면 늘 이랬겠죠. 먼지 쌓인 물건처럼.
주머니	어쩌다 이런 골칫덩이가 붙어서는.
	암만 붙어사는 게 일상이라도.
인안나	붙어요? 누가요?
주머니	잃어버린 것들. 잊어버린 것들.
	이 집엔 그런 것들뿐이지.
인안나	집이라는 거예요, 여기도?
주머니	여긴 땅이 만든 집이야.
	엄청 큰 집이지.
	걸어도 걸어도 길이 끊임없이 이어져.
	그뿐이게? 드러누울 데는 또 얼마나 많은지.
	저 윗동네 사는 것들 죄다 누워 뒹굴려도
	텅텅 빌걸.
	세상에 이렇게 큰 집,
	이렇게 많은 식구는 여기뿐일 거야.
인안나	식구….
주머니	서로 흙이 되는 걸 지켜보기도 하고,
	그 위에 살기도 하고,
	대화하고, 기대고, 자라나고, 길러 내고,
	도움 받고. 도움 주고.
	가끔은 모른 척도 좀 하고, 없는 척도 좀 해 주고.
	어디부터 말해야 하나 이거. 입이 근질거리는데.
인안나	말해 주세요. 전부요.
주머니	돌아가서 떠들어 봤자 아무도 안 믿을 거야.
	너만 아는 이야기가 될 거라구. 그래도?

인안나   괜찮아요.

주머니   (씨앗을 건네며) 한번 심어 볼래?

요 해바라기가 얼마나 큰일을 하는지.

(덩굴을 건네며) 얘는 썩은 데만 찾아다녀.

한번 따라가 볼래?

인안나   떼어 버리고 싶어요. 할머니 몸에서.

주머니   (덩굴을 감싸며) 떽. 어떻게 자란 것들인데.

살리는 것 천진데 말이야. 쓸모없다느니,

그간 구박을 얼마나 많이 받았는지.

우린 닮은 구석이 많아. 한 몸인 게 그저 좋아.

전에는 뭐였길래.

인안나   그게 무슨 소리예요?

주머니   돌고 도는 곳이니까.

이곳에서 제 몫을 다하면, 이렇게 다시 사는 거야.

인안나   내 몫……

주머니   햇빛이 얼마나 귀한지 몰라.

그래도 제법 많이 자랐어. 키갈 덕분에.

빛, 숨, 바람. 이 정도면 충분하지 않니?

다 키갈 고게 땅 밖 어딘가로

뒷구멍을 활짝 연 탓이겠지만.

인안나   키갈이요?

둡   **주머니는 절벽 아래를 가리켰어.**

주머니   뭐가 보이니?

인안나   아무것도요.

주머니   이 아래, 그 아래보다 더 아래,

그 아래보다 더 아래보다 더 더 아래에
키갈이라는 게 있다.
우린 각기 다른 시간 속에 있어.
누군 요만큼만 기억하고,
또 누군 이마아아안큼이나 기억하고.
그게 다 저 키갈 덕분이라구.

인안나   (반대쪽을 가리키며) 저기요?

주머니   (다른 쪽을 가리키며) 이쪽. 거긴 낭떠러지 아래야.

인안나   (가리킨 곳을 바라보며) 키갈에는 어떻게 갈 수
있는데요?

주머니   벽에 핀 이끼를 따라가면 돼. 물이 흐르거든.
만만하게 볼 건 아니야.
내 걸음으로 보름은 걸리니까.

둘   주머니는 벽에 고인 물을 떠
인안나의 손바닥으로 옮겨 줬어.
인안나는 그 물을 가만히 바라봤어.

주머니   키갈에는 아귀가 있어.
아귀를 오므렸다 벌리길 반복해.
그때마다 멈췄던 게 터져 나오고,
터져 나온 게 쑥 들어가.
썩은 것, 오염된 걸 삼키고
매일 깨끗한 샘물을 흘려보내지.
한 방울, 한 방울, 아주 힘겹게, 힘을 내서 말이야.
그 물이 벽이며 연못이며 곳곳으로 퍼져 나가 고여.
그 덕에 나아지고 있지. 모두.

인안나	그럼… 할머니가 매일 나가 있던 강도
	곧 차오를까요?
	그럼, 돌아올 거예요?
주머니	좋아하던 강은 있었는데. 거기 오리들이 이뻤거든.
	도토리처럼 옹골차고 씩씩한 고개며.
	비가 오나 눈이 오나, 기다리다 마주치면
	그리 기쁠 수가 없었는데.
인안나	이젠 검은 기름뿐이에요.
	다 삼킬 것처럼 불덩이 같은 해가
	내내 떠 있었어요.
	다들 날이 밝는 게 재앙이랬어요.
	사람들, 동물들이 쓰러졌고, 도로가 주저앉았고,
	물이며 풀이며, 한 걸음 한 걸음
	어디론가 사라졌대요, 할머니처럼.
주머니	그 오리들은 지금 어디서 헤엄치고 있을까.
인안나	다 들은 것들이에요.
	전 조용히… 방에 있었으니까요.

둘	인안나는 투명하지만 끈적한 물을
	한입에 꿀꺽 삼켰어.

주머니	맛이 어떠니?
인안나	그 강물 같아요. 꼭.
주머니	처음엔 어찌나 달던지, 매일 실컷 퍼마셨지.
	그래도 너무 많이 마시면 안 돼.
	기억이 지워지거든.
	넌 돌아가야지.

인안나	돌아가고 싶지 않아요. 여기에 있을래요.
주머니	네가 여기에 있는 건
	에레쉬한테 하등 좋을 게 없어.
인안나	에레쉬는 어디에 있는데요?
주머니	키갈. 아귀 안에 잠겨 있지.
인안나	그럼, 나아지고 있는 거예요?
주머니	글쎄.
인안나	네?
주머니	몸이며 기억이며 키갈이 돌려놓고 있어.
	깨어나면 언제 어느 기억으로 살게 될지 몰라.
	보통은 이곳에 오기 전으로 돌아가.
	거기에 머물러.
	고통스러워하면서.
인안나	고통스러워한다고요.
주머니	에레쉬는 위와 아래, 그 경계를 지켜야 해.
	그건 키갈과의 약속이고,
	여기 있는 모두와의 약속이지.
	이렇게까지 약속을 어긴 경우는 처음이야.
	저 윗동네에 마음을 뺏기든 누굴 해하든
	여길 망가트리든,
	이 집, 여기에 있는 이들한테 못살게 굴 때
	잡아둔 적이 다니까.
인안나	어째서요?
주머니	다시 생각할 기회를 주는 거야. 이곳에 대해.
	그러니까 여긴…
	지금 가장 중요한 기억만 남을 때까지,
	수백 번, 수천 번 시계추가 이리저리 움직이는 곳

이란다.

둡   **주머니는 키갈을 내다보았어.**

인안나   대신 들어갈 수도 있어요? 아귀 안으로.

주머니   넘겨받은 적도 있어. 더 잘못한 쪽이.

한밤중에 소리 소문 없이 찾아갔다나.

보내고, 품고. 어쩌면 알려 주는 건가 싶어.

키갈이.

용서라는 거, 화해라는 거.

마음을 씻어내는 방법 같은 거 말이다.

인안나   그럼 저도… 넘겨받을 수 있을까요?

에레쉬 대신에.

주머니   데려다 놓고 안 보낸 건 에레쉬인데, 네가 왜?

인안나   고마워서요. 미안해서요.

주머니   널 까맣게 잊었을지 몰라.

별 사이 아니었을지도 모르고.

혹시 알아? 미워서 떡 하나 더 주려고 데려왔을지.

인안나   그럴지도 모르겠어요.

주머니   용을 써서 도착해도 문제야. 가까이 갈수록 입만

타들어 가니까.

누가 혀에 불을 지른 것마냥.

그 웅덩이를 죄다 삼키고 싶어진다구.

인안나   날 살려준 이유… 듣고 싶어요.

주머니   살려?

…여기라고 다 적응하고 사는 건 아니야.

도통 잠잘 줄 모르는 여자가 있었어.

눈 뜬 송장처럼 자꾸 저 위만 봐. 영 미련을 못 봐.

그러다 어느 날은 거기 있는 사람들한테 가

말을 섞는 것도 모자라

며칠 내리 잠까지 자고 왔다는 거야. 쯧쯧.

올 때마다 이것저것 한 짐 죄다 싸 와 가지고는

거기서 사는 것처럼 흉내를 내질 않나.

여기저기 망가트리고 들쑤시질 않나.

결국 그렇게 키갈에 가게 됐지.

근데, 하필 여기 오기 직전으로 돌아갔어.

어찌나 고통스러워하는지.

돌아오자마자 낭떠러지에 몸을 던지데.

그때 에레쉬가 대신 들어가겠다고, 난리란 난리는.

인안나   낭떠러지 아래로 간 사람은… 어떻게 됐어요?

주머니   뿔뿔이 흩어진 제 몸을 찾아다니고 있겠지.

다 찾을 때까지, 혼자 외롭게.

얼마나 걸릴지는 몰라.

인안나   (끌어안으며) 안 돼요, 할머니는.

주머니   (떼어 내며) 난 여기가 딱이야.

나중에 네 패에 글자가 생기거든 다시 보겠지.

그땐 뭐가 되어 있으려나.

둘   인안나는 무언갈 결심한 듯 입을 뗐어.

인안나   절 키갈로 밀어 주실 수 있어요?

주머니   밀어 달라니.

인안나   에레쉬 자리, 넘겨받고 싶어요.

에레쉬 잘못, 아니니까….

날 도와줬을 뿐이에요.

키갈도 기다릴지 몰라요. 이번엔 내가 도와주기를.

할머니도 바라고 있죠? 내가 해결해 주기를.

주머니 …키갈이 안 들여보내면 다 허사야.

   모르는 거라고.

인안나 그래도요.

주머니 잘못되면 불똥이 나한테 튈지도 모르고.

인안나 제가 부탁한 거니까요.

주머니 얼마나 깊은지 몰라서 그래.

   엄한 데 떨어질 수도 있고.

   그랬다간 길을 못 찾을 수도 있어.

인안나 내가 해 줄 수 있는 유일한 일일지 몰라요.

주머니 무섭지도 않니?

인안나 할머니니까요.

주머니 (고민하며) 가는 길은 있어. 중턱까진 말이야.

   다음엔, 그 애가 도와줘야겠지만.

인안나 누군데요?

둡 그때, 둘의 머리 위로 흙이 쏟아져 내렸어.

   그러더니 절벽의 귀퉁이가 부서져 내렸지.

   나는 인안나를 꼭 붙들었어.

인안나 조심하세요!

주머니 이게 무슨 일이냐.

인안나 왜, 왜 이러는 거예요?

주머니 (다가가며) 암만 위에서 난리를 쳐도,

   이런 적은 없었어.

인안나   여긴… 우리 집 바닥 아래니까, 그러니까,

둡   그때, 주머니의 덩굴 위로 돌들이 떨어졌어.
              덩굴이 찢겨 나갔어.
              줄기 몇 개를 제하고는, 덩그러니 흙만 남았어.
              주머니는 제 등의 덩굴이 있던 자리를
              더듬고 또 더듬었어.
              찢겨 나간 잎사귀들을 바라보며.
              인안나는 조심스레 팔을 뻗어
              주머니의 등을 만져 보았어.

인안나   괜찮으세요?
주머니   없어.
인안나   할머니 등….
주머니   없어졌다고.
인안나   피부가, 뼈가.
주머니   이건 내 몸, 내 식구, 내 집이야.
인안나   (헤집으며) 사라진 거 아니죠,
              사라지는 거 아니죠?
주머니   (인안나의 손을 완강히 붙잡으며) 집이 무너지
              다니.
              늘 위가 소란스러웠어도 이런 적은 없었다.
              한 번도.
인안나   설마… 저 때문인 걸까요?

둡   주머니는 멀리서 들려오는 초침 소리에 귀를 기울였어.

주머니	아니겠지. 아닐 거야. 설마 연못이려고….
인안나	연못이요?
주머니	애 하나 들어온 게 뭐 대수라고.
	아니지, 아니야…. 규칙을 어겼잖아.
	위는 위고, 아래는 아래인 법인데.

둘	주머니는 낭떠러지 아래로 내몰 듯
	인안나에게 다가갔어.

주머니	필시 너 때문일 테지.
	와선 안 될 곳에 발을 디뎠으니.
인안나	원해서 온 게 아닌걸요.
주머니	네가 가야 할 곳은 여기일지 몰라.
	흔적 없이 사라질 수 있어.
	어쩌면, 이게 네 몫을 다하는 일일지도 몰라.
인안나	할머니.

둘	주머니는 낭떠러지 끝으로 인안나를 힘껏 밀었어.
	인안나는 사색이 된 주머니를 보았어. 눈물이 차올랐어.
	그렇게 한 번, 두 번, 세 번,
	수차례 반복해도 인안나는 밀리지 않았어.
	주머니는 손을 떼었어.

주머니	안 되겠구나. 못 하겠어.
	자신이 없어. 키갈에 잠길 자신이.
	에레쉬가 가진 그 열쇠만 있었어도.
인안나	할머니….

둡	주머니는 인안나의 몸을 다시 뒤졌지만,
	열쇠는 나오지 않았어.
	그러다 제 등에서 기다란 연필을 꺼냈어.
	패에 무언가를 거듭 적기를 반복했지.
주머니	제발, 제발.
인안나	뭘 적고 계신 거예요.
주머니	…태연하게 그새 정이나 나누고. 한심하기는.
인안나	헤어지는 거예요? 벌써?
주머니	지워져, 지워진다고.
	아는 글자가, 아는 이름이 없어.
	써지질 않아…. 오늘이 며칠이지?
둡	주머니는 패에 적기를 반복했어.
	그 사이 절벽은 점점 더 부서져 내려갔어.
주머니	인안나. 어떻게 해야 네가 사라질까.
둡	사락. 사락.
	주머니의 말에 인안나는 낭떠러지 아래를 향해
	몸에 힘을 주었어.
	하지만 두 다리가 붙은 바닥은 꿈쩍도 하지 않았지.
	그때, 낚시 의자 하나가 깃털처럼
	느릿느릿 떨어져 내렸어.
	주머니는 그대로 얼어붙어 버렸어.

인안나	왜 그러세요?
주머니	저거,
	저게 어떻게.
인안나	뭔데요?
주머니	저 의자, 저것 좀… 버려 주겠니?
인안나	(손을 뻗어 보며) 너무 높아요.

둡	주머니는 의자에 다가갔어.
	의자를 끌어 내리려 손을 뻗어 보았지만, 닿지 않았어.

주머니	날 들어 봐라.
인안나	(애써 들어 올리며) 이렇게요.
주머니	닿지를 않는구나. 닿지를.
인안나	뭔데요?

둡	사락.
	주머니는 의자를 경멸스럽게 바라봤어.

주머니	어떻게 여기까지 쫓아와.
	영감탱이. 어떻게 여기까지.
	그날도 그랬지…. 물가에 앉아 있었어.
	뭘 원했던 건데? 뭘 구경하려고?
인안나	할머니.
주머니	끈질겨. 뭘 더 뽑아 먹으려고.
인안나	할아버지… 때문이에요?
주머니	내가 지금 무슨 말을.

| 둘 | 주머니는 찢긴 덩굴 안으로 몸을 숨겼어. |

주머니	이게 남아 있을 줄이야.
	다시 마주칠 줄이야.
	다시 마주치면 제대로 갚아 줘야겠다고
	생각했는데. 또 이 꼴이야.
인안나	그저 의자일 뿐이에요.
주머니	그냥 의자가 아니야. 그저 의자가 아니라고.
	그렇게 가볍게 말할 수 있는 일이 아니다.
	평생 저 의자에 쫓겨 본 적 없으면,
	뺏겨 본 적 없으면,
	작아져 본 적 없으면 말이야….
인안나	죄송해요.
	따로 집을 꾸리셨다고 들었어요.
	할머니가 사라지고, 몇 달 뒤에.
	살아 계신지 아닌지는 모르지만요.
주머니	쉽게 뒤졌을 리 없지. 그 질긴 목숨 줄.
인안나	나중에 들었어요. 아빠가 그 집 땅을 팔았다는
	것만. 문 너머로요.
	저처럼 할아버지도… 방 안에 계셨을진 모르지만.
주머니	너… 정말 나에 대해 뭘 알고 말하는 거냐?
	우리가 같은 걸 이야기하고 있다면,
	이만큼 끔찍한 일은 없을 거야.
	(혼란스러워하며) 그만, 그만 가 주렴, 인안나.
	그래, 그 애라면 무슨 수를 써서라도
	널 보내 줄 거다.
	데려다주마. 그 애가 있는 곳으로.

인안나　누군데요?

둡　주머니는 의자를 등진 채
제 등에서 바늘과 줄자를 꺼냈어.
그러더니 줄기 밖으로 고개를 내밀어 바깥을 살폈어.

주머니　행여 저기에 누가 앉기라도 하면,
물러나지 않으면,
죄다 덮어 버릴 거다.
끌어안고 같이 떨어져 버릴 거야.
함께 부서지는 거야. 그래, 그것도 방법이지.
한 번도 시원히 끝내지를 못했으니.

인안나　아니요, 안 돼요.
제가 포기할게요. 사라질게요.
그럼 다… 괜찮아질 거예요, 할머니.

주머니　금이 가는 건, 여기까지면 좋겠구나.

둡　주머니는 몇 걸음 앞 바닥을 향해 바늘을 꽂았어.
덜커덩, 하는 소리와 함께 문이 열렸어.
그러곤 줄자를 인안나의 바닥에 묶어 내더니
그대로 끌고 들어갔어.

통로.

둡   인안나는 허전해진 가시덩굴을 바라보며
　　　　　　짐처럼 끌려갔어.
　　　　　　주머니의 손아귀는 억셌고,
　　　　　　팔에는 근육이 차올라 있었어.

인안나   죄송해요.

주머니   …….

인안나   정말이에요.

주머니   …식구는 다시 찾아올 거야.

인안나   식구. (애써 웃으며)
　　　　　　여기서도 이걸 들고 계시네요.

주머니   뭘 말이니.

인안나   줄자랑 바늘이요.
　　　　　　실만 있으면 늘 보던 모습 그대로인데.

주머니   (꺼내 보이며) 이거 말이냐?

인안나   뭘 만들고 계신데요?

주머니   뭐든 만들지. 딱 하나 빼고.

인안나   딱 하나?

주머니   날개.

인안나   왜요?

주머니   임자 있어. 탐내지 말어.

인안나   에레쉬랑은 무슨 관계에요?

주머니   한집 사는 사이밖에 더 돼.

둘   **사락.**

인안나   여기로 온 날, 생각… 나요?

주머니   가슴이… 타들어 갔지.

          냉장고 문을 열고 냉보리차를 몇 병이나 꺼내 마셔도 가라앉질 않아.

          그래서 강가에 갔어. 물을 마시려고.

          그렇게 고개를 처박고 차가운 강물을 잔뜩 먹는데,

          어찌나 속이 잠잠한지… 눈물이 다 날 것 같데.

          근데 그 물속에 문이 보여.

          문 너머로 풀들이 아른대.

          짓밟힌 풀들, 갈빛으로 죽어 가는 풀들,

          신음하는 풀들,

          그것들이 문을 붙잡아. 차지하듯이.

          안 놔줘. 안 떠나.

          반쯤 열린 그 집이,

          어찌나 튼튼하고 아늑해 보이던지.

          잠깐만 구경 갈까, 했더니 이렇게.

인안나   제가 꿈을 꾸는 건 아니겠죠.

주머니   네 바닥을 봐.

인안나   분명 제 방바닥이에요.

주머니	믿을 수 없는 곳들이야 지천에 있어.
	어떻게 저기서 저러고 사나,
	있어도 되나 싶은 곳들.
	여기도 그중 하나야.
인안나	끊어지는 건 아니겠죠? 너무 세게 잡고 계세요.
주머니	빨리 돌려보내야 이 사달을 멈출 거 아니냐!
	실이 끊어지면 다시 이어야 해.
인안나	(미소 지으며) 그 말도 오랜만이에요.
	손도 그대로예요. 퉁퉁 부은 손. 흉터 가득한 손.
	이 줄기만 없으면, 기억만 돌아오면.

둘	인안나는 줄자를 붙잡았어.
	할머니와의 옛 기억을 붙잡듯이.
	그러다 묘한 냄새를 맡았어.

인안나	무슨 냄새지?
주머니	냄새?
인안나	여기요.
주머니	쓰레기.
인안나	여기는요?
주머니	꽃가루. 버섯들.
인안나	그럼 이쪽은요?
주머니	독약. 똥오줌.

둘	그러다 소리를 들었어.
	낮고도 작은 소리를.

인안나	저 소리들은요?
주머니	뭐긴 뭐야. 하품이지.
인안나	어! 움직였어요! 앞에요!
	사람… 인가?
주머니	단잠 깰라.
인안나	저기도요! 조금만 더 천천히 가면 안 돼요…?
주머니	구경거리가 아니라고.
인안나	바위, 아니 열매예요.
	그 위에… 벌레인가?
	아니, 그러기엔 너무 커요!
주머니	조금만 착해 보인다 싶으면 그저 정을 붙여서는.
	나도 참.
인안나	제가요?
주머니	비실비실해 가지고. 어찌나 무거운지.
인안나	바닥 때문일 거예요.
주머니	그래도 거뜬히 들어서 보내 줄 거다. 이 애라면.
	내가 생각지도 못한 방법으로 말이야.
	반가웠다. 인안나.

둡	인안나는 아쉬운 듯 주머니의 등만 바라보았어.
	주머니는 줄자를 내려놨어.
	그러곤 땀을 닦더니, 휘파람을 불었어.
	누군가를 부르듯이.

밀실.

둡   더욱 컴컴해진 길 한복판이었어.

초침 소리가 좀 더 가까이 들려왔어.

주머니는 답을 기다리고,

다시 휘파람을 불기를 반복했어.

그래도 답이 없자 조용히 말을 걸었어.

주머니   나와. 나오라니까?

이것들 때문에 소리치지도 못하겠고.

이러고 있을 때가 아니야. 한시가 급하다고.

듣고 있어?

둡   사락.

주머니   (큰소리로) 야! 모른 척할 거야?

인안나라는 애 때문에 지금!

(벽을 두드리며) 혹시, 무슨 일이라도 있는 거야?

둡   한참 뒤,

누군가 벽면의 문을 돌렸어.

그러자 회전문처럼 작고 어두운 사각형의 세계가,

벽면에서 층층이 딸려 나왔어.

그중 어느 방 안에서 핑크의 목소리만이 들렸어.

핑크   누구라고?

주머니   놀래라.

         들었지, 에레쉬 일.

         내 선에서는 더 어찌할 바가 없어.

         해결할 방법이, 떠오르는 게 너뿐이어서.

핑크   해결?

주머니   낭떠러지로는 차마 못 밀겠고.

         키갈에 가겠다는구나.

         자기가 넘겨받겠다고, 에레쉬 잘못.

핑크   직접 찾아가라고 해.

주머니   보면 알아. 다리가 붙었다구.

         혼자 가는 길도 그 모양인데,

         둘이 가는 길이 좀 험난해?

         지름길은 어떻고.

         나도 겨우겨우 실 하나 붙들고 내려갈 정돈데.

핑크   싫어.

주머니   이 찜찜한 소리도,

         너라면 얼른 해결해 줄 수 있잖아. 그렇지?

핑크   몰라.

주머니   주저앉아 있을 순 없잖아. 무너지는데!

핑크   무너져?

주머니   돌려보내야 해, 인안나.

둘	사락.
	핑크가 뛰쳐나왔어.
	어두운 밀실에서 네 발로.
	선홍빛 몸에 꼬리는 둥글게 말려 있었고,
	배에는 뿌리가 자라나 있었어.
	등에는 망치가 딸려 있었고,
	다리엔 상처가 나 있었어.
	핑크는 인안나를 뚫어져라 봤어.
주머니	넌 또 다리가 왜 그래?
핑크	에레쉬한테 가려다가.
주머니	못 보고 온 거야?
핑크	금방 나을 거야.
주머니	어쩨 이 몸 저 몸,
	손볼 데가 한두 군데가 아니네.
핑크	어쩌다가.
주머니	집이 문제야. 얼마나 걸릴지도 모르겠고.
핑크	정말이네.
인안나	사람… 이에요?
주머니	핑크.
인안나	핑크?
핑크	정말… 인안나네.
주머니	응?
인안나	절… 아세요?
둘	핑크와 인안나 사이에

긴 침묵이 흘렀어.

자신을 빤히 쳐다보는 핑크의 눈이
인안나에게 어딘가 익숙했어.
한참을 그 눈을 따라 생김새를 하나씩 뜯어 보니
인안나는 핑크가 누구인지 짐작하게 되었어.
어렵게 입을 뗐어.

인안나　　언니를 닮았어요….
핑크　　　그 소릴 또 듣네.
인안나　　언니….
핑크　　　겨우 벗어났더니.
인안나　　언니야?

둡　　　　핑크는 두 발로 섰어.
　　　　　　그리고 허탈한 듯 웃었어.
　　　　　　인안나는 핑크에게서 눈을 떼지 못했지.

주머니　　아는 사인가 보네.
핑크　　　너무 잘 알죠.
인안나　　다들,
주머니　　…나만 모르는 것투성이야.
인안나　　이런 모습으로.
핑크　　　어떻게 네가,
인안나　　이렇게 여기에 있는 거예요?
핑크　　　감히 여길 와?
인안나　　얼마 전까지만 해도.

| | 이 바닥 위에… 같이 있었는데. |
| 핑크 | 지금 내가, 그 집보다 더한 지옥에 와 있나? |

| 둡 | **천장과 벽에 미세한 진동이 일었어.** |

핑크	뭐예요…?
인안나	…아빠.
핑크	아빠.
인안나	기억나?
핑크	(헛웃으며) 글쎄.
주머니	(휑한 등을 만지며) 손쓸 새도 없이.
핑크	주머니 꼴은 말이 아니고.
인안나	할머니잖아.
핑크	누구?
인안나	왜 잊은 거야? 난 기억하면서.
핑크	왜 나한테 널 남겼을까.
주머니	좋은 사이는 아니었나 보지. 차라리 잘 됐어.
인안나	이 손을 보고도? 우린 여기에서 컸어.
핑크	주머니 손에서.
주머니	없는 얼굴이야.
인안나	그럼 강둑은?
핑크	여기 남으려고 수작 부리는 거면, 꿈도 꾸지 마.
주머니	공갈일랑 정도껏 쳐.
	온 지 얼마 되지도 않은 애한테.
인안나	그래요. 언니가 마지막이었어요.
	끝까지… 내 방에 있어 줬던 건.
핑크	바닥을 깨트리면, 스스로 떨어질까?

영영 떠돌게 해 주고 싶은데.

주머니 그럼 에레쉬는. 혹시 모르잖아,

    넘겨받을 수 있을지. 기회일지.

인안나 듣고 싶은 말이 있어. 에레쉬한테.

주머니 하여간, 큰 실수한 거야.

    더 나쁜 일이 생길지 몰라.

    이래서 윗것들은 함부로 데려오는 게 아닌데.

핑크 애가 바꿀 수 있는 건 없어요.

주머니 날 감시하던 의자.

    내가 죽나 안 죽나 지켜보던 그 의자.

    그게 딸려 왔어. 그 망할 놈의 인간이.

    생생해. 전부. 어찌나 끔찍하던지.

둡   주머니는 샘물을 퍼마셨어.

    불안한 듯 줄기 속으로 몸을 숨겼어.

    등을 매만지며, 흙을 다졌어.

핑크 없애 줄게요. 그 의자, 그리고 애까지.

인안나 …….

주머니 어떻게 벗어났는데.

핑크 숨고 싶어요?

주머니 그래. 이런 날 보고 싶지 않아.

    들어갈까? 네 시키면 방들. 관짝으로.

핑크 그렇게 부르지 말라니까.

둡   초침 소리가 들렸어.

    주머니는 밀실들을 돌려 보았어.

하지만 꿈쩍도 하지 않았어.

핑크가 밀실들을 돌려 보았어.

뱅그르르, 방들이 보였어.

핑크는 어느 문 하나를 열었어.

주머니　　자랄 거야. 다시.

　　　　　(바늘과 실을 꺼내며) 날개를 만들다 보면

　　　　　시간이 뚝딱 가 있을걸.

　　　　　어쩌면, 전보다 속도를 낼지도 몰라.

　　　　　그때까지, 네가 다 해결만 해 주면야.

　　　　　이거, 아무래도 연못 같아서 말이야.

핑크　　　(소리를 들으며) 위겠죠. 늘 그랬잖아요.

주머니　　달라. 다르다고.

　　　　　돌덩이한테 혹시 무슨 문제라도 생긴 거면.

인안나　　돌덩이?

핑크　　　고작 애 하나 들어왔다고

　　　　　멈춰진 시간이 흘러간다고요?

주머니　　가볍게 여길 일이 아니라니까!

핑크　　　(방으로 밀어 넣으며) 알겠어요. 한숨 자요.

　　　　　누구도 방해하지 않는 곳, 밖에선 열 수 없는 곳,

　　　　　아무도 쫓아오지 못하는 곳에서 실컷.

　　　　　인안나는, 내 손으로 해결할게요.

주머니　　망설이지 않을 거지…?

핑크　　　그럴 사이 아니에요.

　　　　　깨워 줄게요.

둘　　　　주머니는 방을 바라봤어.

등에서 자루를 꺼냈어.

조심스레, 방 안에 들어가 앉았어.

자루에서 날개를 꺼내 펼쳤어.

인안나	분명 그런 날개였어요.
주머니	미우나 고우나, 할 일은 해야지.
	실이 끊어지면 다시 이어야 해.
핑크	그래요. 에레쉬만 생각해요. 난 애만 생각할 테니.
주머니	곧 완성이야.
	매일 떨어져 비틀거리는 것도,
	이제 더 볼 필요 없다고.
	그 애가 상한 한쪽 날개로만 나는 걸 보면
	마음이 찢어져.
	아직도 찢어질 마음이 남아 있다는 게
	난감할 만큼.
핑크	나도 그래요.
주머니	팔자 좋게 쉴 때가 아니야.
	내가 제일 잘하는 일을 해야 해.
	식구가 식구를 지키는 건 당연한 일이니까.
	에레쉬를 만날 때까지, 그것만 기억할 거야.
둡	주머니는 문을 닫았어.
주머니	(문 너머로) 정 안 되겠거든, 깨트려라, 그 바닥.
	십 분이라도 일찍, 일 분이라도 일찍.
	제 발로 길을 찾아나서게 해.
핑크	선택할 수 있는 건 없어, 너한테.

주머니	괜히 마음 주다 어느 한쪽이
	쓰러져 내릴 수도 있고.
핑크	네 차례겠네.
인안나	….
주머니	키갈로 갈게. 늦지 않게 꼭.
	튼튼한 이 실들을 타고, 새 날개를 들고.
	날개가 하나 더 있으면 빠져나올지도 몰라.
	제대로 날아오를 거야.
핑크	오래 걸리진 않을 거예요.
	나만큼 에레쉬도 고통스러울 테니까.
둘	주머니는 잠잠해졌어.
	핑크와 인안나 사이에는 무언가 다른 정적이 오갔어.
	핑크는 뭔가를 망설였어.
	한동안 망치만 만지작거렸어.
인안나	또 짐이 됐네.
핑크	에레쉬는 무슨 생각이었을까. 우연이었을까.
인안나	미안.
핑크	이제라도 다행인지 몰라.
	여기서 끝내는 게 맞을지 몰라.
	여기서는, 가능할지 몰라.
인안나	언니 몸… 한번… 만져 봐도 돼?
핑크	알잖아. 너랑은 눈 맞추는 것도 끔찍한 거.
인안나	그래도 언니를 봐서… 기뻐.
	기뻐해도 될진 모르겠지만.
핑크	도와줄게. 언니로서.

둡	핑크가 망치를 들고 인안나를 향하려던 때에,
	다시금 진동이 거세졌어.
	천장에 금이 가면서 흙과 돌들이 떨어져 내렸어.
	그러더니 몇몇 밀실 위로 바위들이 내려앉았어.
	찰나였어.
	밀실은 단숨에 짓눌려 두 동강이 났어.
	검은 파편들과 흙먼지만이 날렸어.
	밀실이 부서지면서, 중심을 잃고 지대가 좌우로 쏠렸어.
	무게를 따라 이리저리 휘청거렸어.
	핑크는 한 걸음도 떼지 못했어.
	한동안 그 광경을 바라만 보다가
	서서히 걸음을 뗄 잔해들을 뒤지기 시작했어.
	문을 하나하나 열려 했지만 전부 잠겨 있었어.

핑크	일어나.
인안나	언니.
핑크	열어 줘. 얼른.

둡	핑크는 있는 힘을 다해 바위를 들어 올려 봤어.
	하지만 역부족이었어.
	다시 모든 힘을 다해 들어 보았어.

핑크	아무것도 아니야.
	아무것도!

둡	꼼짝도 하지 않았어.
	문에 미세한 금이 갈 뿐,
	금 너머의 얼굴은 여전히 보이지 않았어.

핑크	있으면 있다고 말 좀 해!

둡	핑크의 얼굴에 땀이 흘러내렸어.
	그렇게 얼마나 시간이 지났을까.
	밀실 몇 개가 깊은 어둠 속으로 떨어져 내렸어.
	무거운 정적 속에,
	핑크는 주저앉아 버렸어.

인안나	어떻게 된 거야…?
핑크	이런 적은 없었어.
인안나	할머니, 할머니 방은, 다행히,

둡	핑크는 주머니가 있던 밀실로 다가갔어.

핑크	열어요.
주머니	말 시키지 마.
핑크	(문을 열려 하며) 나오라고!
주머니	흔들지 마, 기울잖니.
핑크	못 들었어요?
주머니	망설이지 말랬잖아.
핑크	뭔데요, 이거.
주머니	슬퍼 마. 제 몫을 다했을 거야. 끝이 아니라고.

핑크	말이 돼요?
인안나	부서지고 있어, 집.
	아빠가, 멈추지 않아서,
	내가 여기에 와 있어서….
핑크	다, 너 때문이라는 거지.

둡	핑크는 남아 있는, 몇 안 되는 밀실들을 바라보았어.
	다시금 바위를 들어 올려 봤지만, 역부족이었어.
	텅 빈 품에 파편을 쥔 채로 한동안 아무 말이 없었어.
	자신을 지켜 주던 든든한 갑옷이
	순식간에 증발해 버린 기분이었어.
	핑크는 망치를 고쳐 쥐었어.
	손과 입술을 바르르 떨면서.

인안나	누구… 였어?
핑크	또 너야.
인안나	언니의, 식구…?
핑크	또 시작이야.
인안나	살아 있는 몸으로 간다고.
	살아 있는 몸에 옮겨붙는다고.
	그러니까, 내 말은,
핑크	여기, 나한테 무슨 의미인지 알아?
	이 방들… 여기에 있던 식구들,
	여기에서 함께 보낸 시간들,
	나한테 어떤 의미인 줄 아냐고.
인안나	그게, 난,

둘　　핑크는 인안나에게 향했어.

　　　　인안나 쪽으로 지대가 좀 더 기울어졌어.

핑크　　나아지고 있었는데….

　　　　살고 싶은 마음이 났는데.

　　　　몸이 몸을 찾았어.

　　　　무슨 상처가 났든, 어떤 눈을 가졌든.

　　　　컴컴한 방에 들어가 함께 문을 걸어 잠갔어.

　　　　서로 피부와 살을 섞었어.

　　　　그렇게, 문들을 만들고 지키면서,

　　　　나도 점점 다른 몸이 되어 갔는데.

　　　　정말이지, 나아지고 있었는데.

인안나　눈을 떠 보니 여기였어. 목을 맸는데.

핑크　　넌 죽는 것도 민폐네.

인안나　…그래. 맞아.

핑크　　늘 그랬지. 늘 너 사는 것만 중요하지.

인안나　언니가 원하는 대로 할게.

핑크　　거짓말하지 마.

인안나　(망치를 보며) 그거, 내가 들길 바라는 거지?

　　　　내가 나한테 하길 바라는 거지?

　　　　내 발로 떠나길 바랄 테니까.

핑크　　넌, 참 뭐든 쉽네.

인안나　언니는 어땠어? 떠나던 날 말이야.

핑크　　비교가 된다고 생각해?

인안나　쉬웠을까, 어려웠을까.

　　　　언니 가방을 붙들고 내내 생각했어.

언닌 캐리어에 짐을 싸고 있었어.

내가 깰까 봐, 조심스럽게.

나 알고 있었어. 언니가 가려고 하는 거.

언니까지 집을, 나를 떠나려고 한다는 거.

내가 모르는 곳으로.

내가 몰라야 하는 곳으로 아주 가려고 하는 거.

근데 왜 남기고 갔을까.

혹시 돌아오겠다는 뜻은 아닐까.

핑크   듣고 싶은 말이 뭐야?

인안나   왜… 왜 버렸어?

         말해 줘. 언닌 끝까지 날 포기하지 않았잖아.

핑크   자그마치 팔 년이야.

         그 집에 날 묶어 두고, 가둬 둔 건 너라고.

         아무것도 하지 않고, 아무 꿈도 꾸지 않고,

         네가 살까, 죽을까 밤낮으로 초조해하면서,

         매 순간 시한부 같은 삶을 살았어.

         귀신이 되어 가는 사람 끌어안고 사는 게

         어떤 건지… 알아?

         팔 년 동안의 희망, 생각해 봤어?

         팔 년이면…… 조금은 달라져야 하는 거 아니야?

         조금이라도… 희망이 보여야 하는 거 아니야?

인안나   어디까지 상상했어? 어디까지 준비했어?

         아무것도 모를 것 같지.

         어떻게 하면 내가 죽을까, 고민한 흔적들.

         내가 사라져야 얻는 것들.

         더 말해 볼까? 어디까지 알고 있는지?

핑크   그걸로도 부족했어. 더 받고 싶었어.

받아내고 싶었어.

난 죽지도 못했으니까.

끌려가듯 살았고,

끌려가듯 그 집에서 버텼으니까.

방으로 숨어 버린 너 때문에.

미쳐 가는 너 때문에.

인안나 언니한테 난 뭐였는데?

핑크 불행. 감옥. 짐. 명.

아팠어. 매일.

매일 맞는 기분이었어.

매일 맞으면서 최선을 다했어.

네 머리통을 껴안고,

너 하나만은 뺏기지 않으려고,

너랑 같아지지 않으려고,

너보다 나은 사람이 되려고,

그 인간 발길질에, 온몸에 멍이 들어 가던 건 나야.

인안나 언니만큼은 아니어도,

나도, 최선을 다했다고 하면, 믿어 줄 거야…?

둘 **핑크는 인안나의 바닥을 봤어.**

핑크 최선이라니. 네 꼴을 봐.

인안나 성에 안 찬다는 거 알아. 부족하다는 거 알아.

핑크 그래. 부족해. 그러니 도와줘야 해. 언니로서.

바닥이 된 김에, 더 깊은 바닥으로 보내줄 거야.

인안나 무슨 뜻이야?

핑크 다 제대로 끝내지 못해서 그래.

내가 도망쳐서 그래.

키갈이 널 붙잡아 둘 거야. 그렇게 만들 거야.

제발 나보다 아픈 시간을 남겨 주라고,

나한테 이런 기억이나 남긴 키갈한테,

애원할 거야.

에레쉬보다 큰 잘못, 이것만 한 게 어딨어.

둡　　　핑크는 인안나에게 망치를 건넸어.

　　　　인안나는 영문을 모른 채 망치를 바라만 봤고,

　　　　핑크는 손에 쥐여 주었어.

핑크　　해 봐.

인안나　뭘.

핑크　　쳐. 힘껏.

인안나　누구한테?

핑크　　나한테.

인안나　언니를?

핑크　　할 수 있어.

인안나　안 돼. 못 해.

핑크　　죽으려고 했다며. 죽이는 것쯤이야.

인안나　끝내자고… 이렇게.

핑크　　이제라도 해야지.

인안나　이제 막… 언니를 만났는데.

핑크　　넌 언제로 돌아갈까?

　　　　그날이면 좋겠어. 내가 빙으로 숨기 시작한 날.

　　　　아직 뭐라도 할 수 있지 않을까, 기대하면 좋겠어.

　　　　역시 아무것도 못 하겠지, 실망하면 좋겠어.

그 희망, 그 불안, 계속 떠안으면 좋겠어.

팔 년 뒤 네가 어떤 모습일지 모르는 채로.

인안나   못 해.

핑크   지금의 기억이어도 좋아.

가진 모든 걸 포기해 널 지켰고,

이 방바닥에 마지막까지 함께 남아 있었고,

너를 벗어나려 애만 쓴 나를,

네 손으로 죽여 버린 기억.

인안나   그럼…?

핑크   기쁠 거야.

인안나   언니는? 어떻게 되는 건데…?

핑크   걱정 마. 네 몸에 붙기라도 하면 내 힘으로 죄다 끊을 거니까.

인안나   내가 키갈에 잠기면… 행복할 것 같아?

핑크   그래.

인안나   그럼… 조금은 용서해 줄 거야?

핑크   제대로 벌을 받는다면.

인안나   그래. 언니가 그렇다면.

둘   사락.

인안나는 망치를 치켜들었어.

그리고 핑크를 똑바로 쳐다보았어.

꼭, 한 번이라도 더 눈에 담으려는 듯이.

핑크   해야 돼. 어떻게든 해내.

인안나   나, 여기서도 언니를 아프게 하는 거야?

또 잃는 거야?

핑크   이건 우리한테 온 기회야.

어서 해.

둡   핑크는 인안나를 똑바로 쳐다보았어.

인안나는 눈을 감았어.

그리고 핑크가 아닌 제 머리를 향해

망치를 내려치려는 때,

함께 서 있던 지대가 쏟아져 내렸어, 아래로.

깊고 뜨거운 곳으로.

비명도 지르지 못한 아수라장 속에서,

인안나는 팔을 뻗어 핑크를 껴안았어.

제 바닥에 올려놓은 채로,

그렇게 떨어져 내려갔어.

매립지.

둘   퉁−투웅, 하는 소리가 들렸지.
                  푸우웅−더어엉, 하는 소리였던 것 같기도 해.
                  마치 작은 공들이 튕겨 나가는 듯한 소리가 났어.
                  둘이 떨어진 곳에서 말이야.

                  비닐, 페트가 쌓여 휘황한 빛깔이 가득했어.
                  산처럼 쌓인 그것들은
                  이따금 매립지 바닥의 좁은 구멍 아래로
                  느릿느릿 내려가기 시작했어.
                  마치 겨우 음식을 받아들이는 병든 위장처럼,
                  쓰러진 패잔병을 부축해 가는 부상병처럼.
                  구멍은 쉬지 않고 뜨거운 김을 내뿜었어.

                  쓰레기들 더미에서
                  핑크가 먼저 머리를 내밀었어.
                  온갖 악취에 곤혹스러워하며 주변을 둘러보다가
                  제 발밑에 깔린 인안나를 봤어.
                  자신을 붙든 팔도.

반쯤 벌어진 입술이 쓰레기 더미 밖으로 나와 있는 것도.

그걸 보던 핑크는
쓰레기 더미 안으로
인안나의 얼굴을 더 깊게 파묻었어.

숨이 막혀 오자 인안나가 몸부림을 쳤어.
쓰레기들이 이리저리로 떨어져 내렸어.

초침 소리가 더 가까이 들렸지만,
핑크의 눈엔 태연한 인안나의 얼굴,
귓가엔 인안나의 숨소리뿐이었어.

핑크	모른 척하지 않을 거야.
인안나	언니.
핑크	나뿐이잖아. 늘 그랬듯이.
인안나	숨 막혀. 뜨거워.
핑크	이제 와 희생하는 척, 위하는 척이야?
	네가 날 구할 수 있다고 생각해?
인안나	숨이,
핑크	(망치를 뺏어 가며) 또 너만 생각하지?
	변한 게 없어.
	지긋지긋하다고 너!
툽	핑크는 더욱 힘을 가하기 시작했어.
인안나	키갈에,

언니, 언니가 가면, 안 되잖아.

둘   그 말에 핑크는 손을 멈추었어.
     인안나는 쓰레기 더미 위로 고개를 들었어.
     가파르게 숨을 내쉬었어.

     정적이 흘렀어.
     인안나는 상체를 일으켜 보기 시작했어.
     몇 차례의 시도 끝에,
     쓰레기들을 부여잡고 쓰러진 몸을 일으켰어.

인안나 나 때문에 망가지지 마.
핑크   나아진 줄 알았는데.

둘   핑크는 쓰레기 산을 네 발로 껑충 뛰어 올라가 보았어.
     꼭대기에 이르면 입구의 절벽으로 뛰어오를 수 있을 것
     만 같았거든.

     그렇게 쓰레기들을 모아 딛고, 절벽을 향해 뛰어오르고,
     미끄러지기를 반복했어. 계속해서 이를 악물었어.

     핑크의 배에 돋아나 있던 뿌리가
     우수수 바닥에 떨어지기 시작했어.

인안나 이 쓰레기들 같겠지. 내가.
     아니. 나보다 나을 거야.

둡	인안나는 쓰레기 사이를 뒤지기 시작했어.
	무수한 비닐과 페트, 상품 포장지 사이에
	폐타이어, 전선, 간판,
	버려진 옷들, 장독대, 낡은 프라이팬,
	고철, 못, 전화기, 노트북, 텔레비전, 세탁기,
	건전지, 구두, 정체를 알 수 없는 약병들,
	소독 약품이 가득했어.
	인안나는 그 속에서
	검은색 구두 한 짝을 찾아 품에 들었어.
인안나	이런 걸 신었던 날도 있었는데.
	너무 오래전이지만.
둡	핑크는 인안나를 돌아봤어.
	인안나의 손에 들린 구두를 보자마자
	핑크는 더욱 빠르게 위로 올라가려고 했어.
인안나	언니 신발을 빌렸던 적도 있었어.
핑크	너한텐 어쩌다 신었을 구두.
인안나	부러웠어.
핑크	나한텐 옥상 같은 거였어.
	언제 뛰어내릴지 모르는 곳.
인안나	어느 날 아빠한테 전화가 왔어.
	언니가… 백화점 건물 위로 올라갔다고.
	그게 카메라에 찍힌 마지막 모습이었다고.
핑크	그 인간이야 아무렇지 않게 넘겼겠지.

인안나	조금은… 놀란 것 같았어.
	집에 오면 곧장 전화하라면서.
핑크	그렇겠네. 유일한 돈줄이 사라졌으니.
	뛰어내리려는데, 화재 경보가 울려.
	그 소리 하나에 인간들이란 인간들이
	싹 다 빠져나가.
	웃겨, 그렇게들 살고 싶었을까.
	그 화려한 보석들, 명품들,
	다 한순간에 버릴 수 있었으면서.
	장난친 사람 덕에, 재밌는 구경한 거야.
	실수였다지만, 분명 같은 마음이었겠지.
인안나	자세히 좀 봐 달라고 몇 번을 말했대.
	근데 그런 말을 했나 봐.
	화면에서 똑같은 복장으로 뛰어다니는 여자들이
	어디 한둘이냐고,
	뭐 하나는 다른 점을 얘기해 보려고 하는데,
	아빠는 찾질 못했대.
핑크	애초에 다른 점 같은 게 있을 리가.
	있어도 모를 거야.
	내 이름, 내 나이는 알까.
인안나	나라면 언닐 찾을 수 있었을 텐데.
	나갈 수만 있었다면.
핑크	누가 가장 먼저 탈출했을까.
	아마 쉬던 애들이었겠지.
	화장실이나 비상 통로에 있던 여자애들.
	적재된 물건 틈에서, 이리저리 옮겨 다니는 짐들
	처럼 구두를 벗고 팔다리를 주무르든,

쪽잠을 자고 있었겠지.

얼마나 놀랐을까, 얼마나 원했을까, 그 사이렌.

재밌더라. 정말 잘 달려.

그렇게 잘 달릴 수 있는지 몰랐어.

그때까지 본 걔네들 모습 중에, 제일 보기 좋았어.

그런 모습들이었으면, 서로 덜 미워했을지도 몰라.

그림자도 안 지는 환한 곳에서,

늘 누군가의 뒤에 있던 발들이,

빚이 수억대인 애들이,

실적에 가족까지 잘도 팔았고,

종일 가짜 웃음을 지어야 했던 애들,

나 같은 애들이,

살겠다고, 진심을 다해,

백화점을 우수수 빠져나가는 거.

미움이 싹 사라지더라.

나도 같이 실컷 달려 보고 싶을 만큼.

그래서 그 길로 빠져나오다가,

인안나   여기로 온 거야?

둡   핑크는 다시 떨어져 내렸어.

쓰레기들을 모으고 모았어. 언덕이 될 때까지.

인안나   어떻게 들어올 수 있었는데? 여기로.

핑크   들어도 못 믿어. 상관없지만.

인안나   믿어. 믿을 거야.

둡   사락.

핑크	달렸어. 앞만 보고.
	그러다 지쳐서 정신을 차리니,
	어느 시골 버스 좌석이었어.
	다시 정신을 차렸을 땐 돼지들이 자고 있었어.
	맨땅에서. 아픈 얼굴로.
	그 옆에 누웠어. 그냥 그러고 싶었어.
	그렇게 함께 잠이 들었고.
	다시 정신을 차렸을 땐, 언덕에 있었어.
	어느 작은 돼지랑. 둘이서 서로 바라만 봤어.
	돼지가 떼로 잠든,
	어느 누구도 깨어나지 않는 달밤에 말이야.
	그리고 다시 정신을 차렸을 땐,
	이곳에 함께 있었어.
	지금처럼.
인안나	그래서였구나.

툽   **인안나는 핑크의 몸을 바라봤어.**

인안나	나도 내 발로 오면 좋았을 텐데.
핑크	넌 못 와. 평생.
	벗어나려고 노력하지 않았으니까.
	꿈도 꾸지 않았으니까.
인안나	기다리는 건?
핑크	뭐?
인안나	(제 바닥을 보며) 누군가를 열심히 기다린 사람도,
	올 수 있지 않을까.

핑크	그럴 리가.
둡	핑크는 다시 언덕들을 딛으며 올라서길 반복했어.
인안나	어디로 가려는 건데.
핑크	네가 없는 데면 어디든.
	그 바닥만 안 보이는 데면 어디든.
	집을 만들 거야. 다시.
	문이 가득한 캄캄한 집을.
인안나	위험해, 언니. 내려와.
핑크	안 보여? 참고 있는 거.
인안나	다리, 아파 보여.
핑크	당장이라도 네 목을 조르고 싶거든. 전처럼.
인안나	괜찮아.
핑크	괜찮다고?
인안나	이해할 수 있었어. 그것도.
핑크	뭘.
인안나	(망설이다) 그런 일이 있었으니까.
	그렇게 오래 몰라준 거… 미안해.
둡	핑크는 뛰어오르길 멈췄어.
	미끄러져 내렸어.
	쓰레기에 처박힌 채, 인안나를 쳐다봤어.
	먼 데로부터,
	여전히 부수는 소리가 들려왔어.
	우박처럼 파편이 떨어져 내렸어.

작은 파편 하나가 인안나의 이마를 스쳐 갔어.

피가 흘렀어.

몇 번이고 떨어져 내렸지만,

인안나는 바닥 때문에 피할 수가 없었어.

작게 신음을 뱉었어.

핑크   지금 무슨 말을 하는 거야?

인안나   그게,

핑크   말해.

인안나   사람들이 찾아왔어. 갚으라고.

처음엔 아빠한테, 다음엔 나한테….

핑크   숨기려고 한 거 아니야. 말할 사이도 아니었지만.

십 원 한 장 없는 집에서 도와줄 것도 아니었고.

인안나   들이밀었어. 서류들을.

당신 딸이 얼마를 빌려 갔는지 아냐면서.

너무 많았어. 그 무수한 숫자들 위로,

언니 얼굴이 떠올랐어.

그 긴 시간 아무런 말도 못 했을 언니가…

안쓰러웠어.

핑크   방법이 없었어. 혼자서는.

인안나   누구도 혼자 해결할 수 없었을 거야.

핑크   더 갈 데가 어딨다고.

거긴 내가 갈 수 있는 세상의 전부였어.

실적을 못 채우면 끝이었어.

거기서 보낸 길고 긴 세월까지.

그러니, 찍으라고 하면 몇백은 그냥 긁어야 돼.

인정받고 싶었어.
칠십 점 이하로는 절대 떨어지지 않으려고 했어.
하루아침에 쫓겨나는 애들,
한두 번 본 것도 아니고.
근데 실적이 아무리 좋아도 한계가 있더라.
눈에 못 들면.
이름난 본사 직원들을 만났어.
갖다 바친 것만 얼만지.
덕분에 가리지 않고 자리를 옮겨 다녔어.
꿈을 이룬 것 같았어.
무시 받지 않으려고,
내 형편에 사치품들을 주렁주렁.
더 좋은 매장, 더 좋은 직급,
더 좋은 위치로 가야 했어.
화장품, 액세서리, 명품, 의류 매장, 다시 명품으로.
가치가 있는 사람이라는 걸 보여 줄,
마지막 기회라 생각했어. 매번.
절실했어. 벗어나고 싶었어.
그렇게 원하던 자리를 목전에 뒀을 때,
큰돈이 필요했어.
주변에선 그러더라.
실력 말고 다른 능력을 발휘해 보래.
그만하면 아직 누군가의 마음을
살 수 있을 때라면서.
높은 자리에 있는 사람들과
어울릴 줄 알아야 한다면서.
흔들렸어. 믿고 싶었어.

용기 내서 코앞까지 갔어.

그러다 한참 뒤에야 돌아갔지.

그렇게, 했던 대로 갚고, 했던 대로 채우고,

산더미처럼 불어난 빚을 보다가, 알았어.

아, 난 계속… 바닥에 있었던 거구나.

내 삶은

밑바닥에서 밑바닥으로 옮겨 다니다 끝나는구나.

난 그냥… 평생 샘플 같은 거구나.

어쩌다 딸려 온 거, 쓰다 버리면 그만인 거,

남아도는 거.

(헛웃으며) 다 긴 헛꿈이었구나.

인안나　　잡아 주고 싶었는데….

언니가 잠결에 소리치면서 깨어날 때,

그렇게 한두 시간 겨우 자고 일을 나갈 때,

어딘가에 전화를 걸어 사과할 때, 사정할 때,

언니 그 야윈 손이라도 꼭 잡아 주고 싶었는데,

내 손이 닿는 게, 더 상처일 것 같았어.

차라리 나한테 화라도 풀면 좋겠다고 생각했어.

죽은 듯이 잠든 척이라도 하면, 그러면….

핑크　　그래서야? 모른 척한 거.

인안나　　한숨 푹 자, 인안나. 깨어나지 마. 제발.

핑크　　화풀이 이상이었을 거야.

인안나　　그 말대로 해 주고 싶었는데.

핑크　　진심이었어. 목을 조른 거.

인안나　　알아. 괜찮아.

핑크　　끝까지 거짓말.

인안나　　그 정도는 해 줄 수 있었어.

	언니 캐리어도 그렇게 지킬 수 있었어.
핑크	거기 들어 있던 거.
인안나	그 남자들이 언니를 찾으러 왔을 때,
	어느 날은 아빠한테 칼을 들이밀었어.
	그러더니 다음엔 아빠가 나한테.
	언니, 언니 돈, 어디 갔는지 말하라면서.
	아빠는 그때 온갖 사업에
	친척들 돈이란 돈은 다 퍼부을 때였어.
	이 동네가 나아질 거라고,
	다시 활짝 필 거라며 꿈을 꿀 때였어.
	그래서, 혹시 힘낼까 봐.
	언니가 다이어리에 열심히 계산해 놓은 거.
	구긴 거. 썼다 지운 것들. 주소들.
	엄마, 할머니를 찾으려던 흔적들.
	나를 살리려던 흔적들.
	언니가 겨우겨우 숨겨 놓은 돈,
	받아내고 싶었던 돈.
	힘내서, 찾을까 봐.
	그 남자들이, 아빠가, 언니를 찾아내면
	다시는 못 올까 봐.
핑크	뭘 바라는 거야?
	고맙다는 말이라도 해 주길 바라는 거야?
	아님, 사과라도 하길 바라는 거야?
인안나	계속, 계속 깨어 있었어.
	잠들 수 없었어.
	그 남자들은 방 안에 가만히 있는 내가
	꼭 죽어 있는 것 같대.

정신을 차리래. 옷을 벗겨. 뺨을 때려.

하지만 눈물이 안 나.

이 사람들은 날 아프게 할 수가 없었어.

근데 아빠가 발걸음을 돌려.

돌아가는 발소리를 들었어.

그땐 눈물이 나더라.

핑크 너… 지금 무슨 말을 하는 거야?

인안나 아빠는 최선을 다해 외면했어.

얼마 뒤에 집을 넘겼어.

그래야 살 수 있다는 듯이. 책임을 지듯이.

아니, 책임을 묻듯이.

이건 우리 집을 위한 거야, 그 말만 남겼어.

난 뭘 했을까. 나도, 뭔가를 했을까? 집을 위해서.

핑크 뭐냐고, 지금 한 말.

인안나 언니가 갚아야 할 건 이제 이 세상에 없어.

핑크 뭘 했다고?

인안나 그 숫자들, 이젠 언니 못 괴롭혀.

둘 핑크는 인안나에게 갔어.

인안나 손에 들린 구두짝을 집어 던졌어.

핑크 이딴 얘기 꺼내는 이유가 뭔데?

동정이라도 받고 싶어?

아니면, 최선을 다했다고 인정이라도

해 주길 바라는 거야?

이 얘기, 진짜인 건 맞아?

인안나 한 번은 필요한 사람이 되고 싶었어. 언니한테.

고작 캐리어 하나 지킨 게 다지만,

방 안에 있던 게 다지만.

핑크 나 대신 그 인간들 뒤치다꺼리해 줘서 고맙다고

해 줘야 하나?

인안나 언니마저 날 포기하니까, 용기가 생기는 거 있지.

밖으로 정말 나가야 한다고.

문 앞에서, 손잡이 앞에서, 내 머리를,

내 다리를 때리고 또 때렸어.

후회했어. 후회되는 만큼 계속.

그래야 움직일 것 같아서.

보고 배운 게 그래서 그런지,

정말로 박차고 나가게 되더라.

한 걸음. 한 걸음. 걷는 걸 처음 배우는 사람처럼

발을 뗐어….

새벽에는 좀 나았어. 조금 더 나올 수 있었어.

언니가 어느 방향으로 갔을까,

상상하고 또 상상했어.

다행이었어. 사람이 없어서. 버려진 곳이라서.

날 지켜보는 눈이 없어서.

핑크 그런 건 용기라고 할 수가 없어.

인안나 어두워지면, 하루에 두 걸음씩만

더 가 보기로 했어.

마당에서 골목, 골목에서 큰길,

큰길에서 번화가로.

그렇게 몇 주 만에 드디어, 멀리 왔는데,

정신을 차리니 사람들 사이에 있었어.

너무 많은 사람들이 서 있었어.

너무 시끄러웠어. 날 이상하게 쳐다봤어.

흘낏거렸어.

더럽다는 듯이. 불쾌하다는 듯이.

언짢다는 듯이. 우습다는 듯이.

내가 낙오된 사람인 걸 알아보기 시작했어.

뭘 두려워하는지 들켜 버렸어. 너무 쉽게.

수백 개의 눈동자가 나를 찔렀어.

속으로 할머니, 엄마, 언니 이름을 불렀어.

부른다고 올 수 있는 것도 아닌데.

핑크   누구였을까.

인안나   그러다 소리를 질렀던 것 같아.

다시 정신을 차렸을 땐 응급실에 있었어.

팔에는 붕대가 감겨 있었고.

아마 정신을 차리고 싶었던 것 같아.

깊지도 않았을 거야.

그때 성공하면 좋았을 텐데. 내가 그렇지 뭐.

다시 집으로 돌아갔어.

갈 수 있는 곳이 내 방밖에 없었어.

큰 용기를 냈는데, 실패로 돌아가니까,

밖이 더 두려워지더라고.

더 큰 용기를 만들 때까지… 불가능할 것 같았어.

나도, 언니처럼 쭉 구두를 신으면

얼마나 좋았을까.

나도… 이런 걸 신고 어딘가로 갈 수 있었으면

모두 돌아왔을 텐데. 떠나는 일, 없었을 텐데.

둡   **인안나는 구두를 신어 보려 했어.**

하지만 제대로 되지 않았어.
바닥을 다시금 밀어 보았지만,
역시나 요지부동이었어.

인안나   난 왜 안 됐을까?
         다들 문을 열고, 세상으로 나갈 수 있는데,
         필요한 사람이 되려고 노력할 수 있는데,
         왜 난… 팔 년 전에 멈춰 있었을까.
         너무 부러웠어. 걸어갈 방향이 있는 사람들이.
         언니도 그랬겠지? 엄마도, 할머니도.
         목적지가 있어야 한 걸음이라도 떼잖아.
         가야 하는 곳, 아니, 가고 싶은 곳이라도.
         아니, 걸어 볼 의지라도….
         나한텐 남아 있지 않았어… 흉내도 못 냈어.
         (웃으며) 어쩌다 이렇게 망가진 걸까.
         쓰레기는 치워지기라도 할 텐데, 난…
         이렇게 집도 아닌 곳에 들어와서는, 끝까지.

둘   인안나는 제 손에 얼굴을 파묻었어.
         두서없는 말들이 튀어나왔어.

인안나   버린 건 가족들이 아니야.
         내가 날 버렸어. 내가 날 망쳤어.
핑크   무슨 답을 원하는데.
인안나   그래도, 망가질 만큼 내가 한 거,
         내가 팔 년 동안 한 거,
         노력이라고 해 주면 안 돼?

핑크	노력.
인안나	꽤 큰 공장이었어. 첫 직장은.
	잘해 보고 싶었어. 달라질 것 같았어.
	일도 어렵지 않았어. 나한텐 큰 돈이었어.
	그걸로 꼭 할 일이 있었어.
	부품 장착에 결함이 없으면 O, 결함이 있으면 X.
	정신을 똑바로 차렸어. 하나하나 놓치지 않았어.
	하지만 언젠가부터 자꾸 옆 라인이 신경 쓰여.
	기계가 돌아가고 있었어. 나랑 같은 일이었어.
	나보다 빠른 속도였어, 뒤처지고 있었어.
	마음이 바쁜데, 따라잡을 수가 없었어.
	분명 제대로 확인했다고 생각했어.
	긴장됐어. 몇 번을 거꾸로 적어 버렸어.
	주임님이 라인을 멈추고 확인을 했어.
	다시, 다시, 확인을 하는 사이에 갑자기,
	분명 수동 모드였는데, 센서가.
	순식간에 사고가 났어. 사람들이 달려왔어.
	난 아무것도 하지 못했어.
	시간이 어떻게 지나갔는지 모르겠어.
	그날 일이 잊히질 않아.
	나 때문에 다친 사람, 비명, 붉은 피가.
	매일 떠올리려 했어. 매일 기억하려 했어.
	할 수 있는 건 그것뿐이었어.
	그렇게 병실 앞을 찾았어.
	차마 들어갈 수 없었어. 면목이 없어서.
	회사에서 면담을 요청했어. 원인과 손해를 따졌어.
	CCTV를 돌려 봐. 내가 졸고 있었대,

난 평소와 같았는데.

먹는 약을 운운했어. 긴장을 멈추는 게 다였어.

잘하고 싶었으니까.

얼마 뒤 해결할 수 없는 금액이 날아왔어.

하청의 하청.

단기 계약직이 감당할 금액이 아니었어.

하지만 도움을 청할 곳도, 사람도 없었어.

다들 너무 바빴으니까.

다들 이런 일에 고개를 돌릴 시간도,

말할 시간도 없었으니까.

업체에선 자기들이랑 적당히 협의하고

넘어가는 게 낫대.

더 문제를 키워 봤자 좋을 게 없을 거라고.

난 그날만 기억했어. 그렇게 받아들였어.

결국… 꾸역꾸역 번 돈을 전부 잃었어.

엄마 돈까지.

우리 셋이 같이 떠나자고 했는데.

엄마의 부탁이었는데. 다 망쳤어. 내가….

그래도, 잠깐이더라도,

분명 벗어나려고 애쓰지 않았을까…?

핑크 그만해. 듣기 싫어.

인안나 다음엔 레스토랑이었어.

사람만 쓰는 곳이었어.

그만큼 더 친절하려 했어.

누군가를 그렇게 대해 본 건 처음이었어.

점장이 끌고 오던 이동식 테이블이랑 부딪혔어.

지나간다고, 난 분명 그렇게 말했는데.

손님 허벅지에 뜨거운 스튜를 흘려 버렸어.

내 잘못이라고 했어.

난 이제 막 들어온 초짜였으니까.

손님한테 무릎을 꿇었어.

손님이 그릇 채 내 머리에 부었어.

뜨겁고 아파 소리를 지르면서,

젖은 머리를 조아리면서

난 계속 죄송하다고 말했어,

하지만… 사과받고 싶었어.

사과받고 싶은 마음이 드는 내가, 싫었어.

그 마음이 사라지질 않았어. 왜였을까.

나도, 뭔가를… 노력했던 건 아닐까?

핑크   피가 날 만큼, 이를 악무는 여자들,

그렇게 일하는 여자들뿐이야.

네가 한 건, 노력이라고도 못 쳐.

둡   **인안나는 쓰레기들에 처박힌 채 말을 이어갔어.**

인안나   그 뒤로도 난 사과만 했어.

공장에서, 물류 센터에서, 편의점에서, 콜센터에서,

그리고 정신을 차려 보니까…

난 아무것도 할 수 없는 사람,

기계에 밀려나는 사람이 되어 있었어.

자리를 잃었어. 지키고 싶었는데.

커피를 열 잔이나 먹는 차장님도 있었어.

기저귀를 차고 일하는 만년 계약직 반장님도.

그렇게 잠을 포기하고 밥을 포기하고

화장실도 포기하면서,

모두 악착같이, 제 자리를 지켜냈는데.

그 사람들에 비하면 난…

처음부터 자격 미달이었던 거야.

'포기해야 얻는 거야. 인안나.'

나랑 같이 일을 시작했던 동갑내기 여자애가

해 준 말이었는데.

그 앤 죽었어. 모두가 퇴근한 시간에, 화장실에서.

더 들을 말이 없는 곳,

걸려 오는 전화가 없는 곳에서.

그 애가 죽었다는 걸 아무도 몰랐던 열 시간.

그 열 시간이 미안해서,

그 애를 위해 해 줄 수 있는 게 없어서…

장례식에도 못 갔어.

내 방바닥에서, 다음날, 그다음 날에도

그 애를 생각했어.

그 애의 마지막을 떠올리며,

속으로 매일 물었어.

대체 왜?

그 애가 남긴 말에 답할 말도 찾아 봤지만

지금까지도 찾지 못했어.

핑크   노력이라는 말, 포기라는 말, 쉽게 쓰지 마.

쉽게 이해하지 마.

인안나   틀린 건 언니라고 생각했어.

악착같이 일에만 매달리다 억대 빚을 낸 언니,

누구한테도 말 못 하고 숨기다,

끝내 어딘가로 사라진 언니.

어느 날은 제발 정신 좀 차리라면서
몇 번이고 내 뺨을 때렸던 언니.
문 넘는 건 아무것도 아니라고,
내 멱살을 잡고 밖으로 끌고 갔던 언니,
한밤중 퀭한 눈으로 내 목을 졸랐던 언니가
잘못했다고 생각했어.
하지만 아니었어.
집이 부서지는 소리를 들으면서,
그리고 여기에 와서, 다시 깨달았어.
내가 살아 있는 게, 누군가를 슬프게 한다는 거,
내가 없어야, 누군가가 숨 쉰다는 거,
한 번은… 필요한 사람이 될 수도 있겠다는 거.
한 번은, 최선을 다해야 한다는 거.

둡   인안나는 핑크의 팔을 붙들었어.
           절박하게.

인안나   그러니까 기회를 줘. 실패하지 않게 해 줘.
           언니 말고, 나한테 벌을 줘.

둡   사락. 사락.
           핑크는 인안나를 바라봤어.
           그리고 쓰레기가 빠져나가는, 좁다란 구멍을 쳐다봤어.
           쓰레기들을 밀치며, 코로 냄새를 맡으며 구멍을 팠어.
           구멍은 느릿느릿 넓어져 갔어.

핑크   지독한 냄새가 나.

인안나	언니가 하고 싶은 대로 해.
핑크	진동해. 사람 냄새.
인안나	주고 싶은 걸 줘.

둡	핑크는 구멍 아래를 바라봤어.

핑크	키갈이 나를 죽이는 것 같아.
	네가 아니라.
인안나	그럴 리가.
핑크	망치를 치켜든 것 같아, 나한테.
키갈	와
	줘.
인안나	무슨 소리야?
핑크	나한테 이럴 순 없어.
	이렇게 아프게 할 순 없어.
키갈	와
	줘.
핑크	묻고 싶어. 가고 싶어.
인안나	어디로?
핑크	같이 가. 인안나.

둡	핑크는 넓어진 구멍을 향해
	인안나를 힘껏 밀었어.
	그리고 자신 역시 그 안으로 들어갔어.

키갈.

둘 끈적거리는 물웅덩이, 키갈이 있었어.
그리고 그 안엔 커다랗고 푸른 입을 가진
아귀가 있었어.

입맛을 다시듯 벌어졌다 오므리길 반복할 때마다
매립지에서 떨어진 쓰레기 더미가
입안으로 모여들었어.
입천장엔 미처 빼내지 못한 쓰레기가 박혀 있었지만,
아귀는 삼키길 반복했어.
그러곤 반짝거리는 작은 쓰레기 조각과
푸른 샘물을 뱉었지.

샘물은 땅을 적셨어. 그리고 어딘가로 흘러갔어.
천천한 속도로.
쓰레기 조각들은 물길을 타고 어느 둑에 부딪혀
거기에 멈췄어.
멈춘 곳엔, 보석으로 만든 탑처럼 작은 조각들이
높이 쌓여 있었어.

하지만 그마저 입구에 채 닿지 않을 만큼,
키갈은 깊은 지하에 있었어.

인안나는 주변을 둘러보다 문득 위를 올려다보았어.
빠져나온 구멍은 다시 좁아져 있었어.
높은 천장뿐이었어.
까마득하게 깊은 곳임을 느꼈어.
초침만이 전보다 더욱 또렷이 들려왔어.

인안나 여기가….
핑크 더 갈 곳은 없어.
인안나 저 소리, 점점 크게 들려.
핑크 여기에서 다시 시작해야 해.
인안나 너무 멀리 온 것 같아.
핑크 여기가 끝이니까.

둡 핑크는 인안나의 허벅지에 자라난 뿌리를 바라보았어.
그리고 외면하듯이, 고개를 돌렸어.

인안나 왜… 데려와 준 거야?
핑크 순서가 있을 것 같아서.
들어야 하는 대답이 있어서.
그걸 알아야, 너랑 진짜 끝낼 수 있을 것 같아서.

둡 핑크는 키갈을 바라보았어.
한편, 그때 천장으로부터 기다란 실이 떨어져 내렸어.
거대한 말의 꼬리처럼 굵고 튼튼한 실이.

인안나	목이 말라. 꼭 사막에 온 것처럼.
핑크	더한 곳일 거야.
인안나	저게… 키갈이야?
핑크	그래.
인안나	신인가.
핑크	신일리가.
인안나	에레쉬는…?
핑크	저 안에.
인안나	입안에?

둘	핑크는 인안나를 밀어 키갈 앞에 데려다 놓아.
	인안나는 조심스럽게 아귀 안을 들여다봤어.
	팔이 닿을 듯 말 듯,
	먼 듯 가까운 곳에, 에레쉬가 잠겨 있었어.
	얇은 막으로 둘러싸인 채.

한쪽 날개가 점점 녹아내리며 사라지고 있었어.
잠이 든 듯 눈을 감은 채로,
조금은 괴로워 보이는 얼굴이었어.
핑크 역시 내려다봤어.

핑크	어때?
인안나	누구였을까. 꼭 만나고 싶었는데.
	짐작이… 안 돼.
핑크	대체 뭘 원한 거야, 에레쉬?
	시간이 거꾸로 가고 있어, 분명.

얼굴… 내가 모르는 얼굴이야.

둡   핑크는 웅덩이 안으로 망치를 던졌어.
　　　　망치가 가라앉았어.

핑크   이제 필요 없어.
　　　　알려줘. 나한테 이러는 이유.
　　　　나한테 인안나 기억을 남긴 이유.
　　　　한순간이었어….
　　　　방 안의 몸들을 잃었어.
　　　　눈앞에서 두 동강이 났어.
　　　　심장이 철렁 내려앉듯이.
　　　　들어 올리지 못했어. 아무것도 못했어.
　　　　그 문들… 부수지 못했어.
　　　　어떻게 만든 곳인데.
　　　　나한테 뭘 원하는 거야?
　　　　내가 여기에서 사라졌으면 하는 거야?
　　　　알려줘. 넌 다 알잖아.

둡   그런데 웅덩이에서 파문이 일더니, 망치가 떠올랐어.
　　　　핑크는 망연히 바라보며 허탈한 웃음을 지었어.

핑크   이게 대답이야?
키갈   와
　　　　줘.
핑크   버리는 거야?
키갈   줘.

핑크	어떻게 그래. 나한테.
키갈	줘.
핑크	그래. 네가 원한다면.
키갈	와
	줘.
핑크	나도 널 버릴 거야.

둡 핑크는 에레쉬가 있는 아귀 안에 손을 넣었어.
상체를 구겨 넣은 채 에레쉬를 꺼내려 갖은 힘을 썼어.
하지만 점액처럼 끈끈한 뿌리가
에레쉬를 잡고 놓아주지 않았어.
핑크는 몇 번이고 끌어올리고 놓기를 반복했어.

핑크 깨어나. 눈 좀 떠.
떠나는 거야, 여기.

둡 인안나는 일어나 보려 애를 썼어.
키갈 안으로 들어가기 위해서.
하지만 마치 단단한 묘비처럼 꿈쩍도 하지 않았지.

핑크 (인안나에게) 말해 봐. 뭐든.
인안나 어?
핑크 널 여기로 데려온 이유. 우연이 아닐 테니까.
깨어날지 모르잖아.
인안나 글쎄.
핑크 어쩌면 기억에 남은 유일한 사람일지도 모르잖아.
이렇게까지 해야 할 만큼, 중요한 사람.

인안나	정말 날 알까?
	정말 나여서…?

둡	사락.

인안나	인안나.
	인안나.
	내 이름… 기억하고 있다면.
	에레쉬.

둡	그때, 천장으로부터 내려와 있던 검은 실을 붙잡고
	무언가가 쿵, 떨어졌어.
	속도를 조절하지 못한 채로, 빠르게.
	핑크와 인안나는 피했어.
	줄기가 무성한 동그란 형상이 보였어.
	주머니였어.
	거대한 구렁이처럼, 실은 길고 굵었어.
	마디마디마다 매듭이 가득했어.
	끊어져도 다시, 이어낸 흔적이.

주머니	(엉덩이를 문지르며) 아야야… 아휴….
핑크	괜찮아요?
주머니	이렇게 오기가 힘들어서야. 매번.
핑크	조심 좀 하지.
주머니	마음이 들떠서 말이야.

큰일 날 뻔했어. 오른쪽 왼쪽을 헷갈려서.

하마터면 저 낭떠러지로.

완성됐거든. 날개!

둡   **주머니는 자루에서 날개를 꺼내 펼쳤어.**

     촘촘하고 커다란 환한 날개였어.

주머니   예쁘지? 얼마나 튼튼한지 몰라.

핑크   고생했어요.

주머니   (에레쉬를 보며) 에레쉬, 여행 중인가 보네….

핑크   방들은요?

주머니   (물을 마시곤) 감감무소식이지, 뭐….

     기우는 통에 쭉 버티다

     떨어져 내린 것들도 있고….

핑크   아무 소리, 없었어요?

주머니   비명 한 줌 없더구나.

     받아들이는 건지. 두려움들이 없는 건지.

둡   **침묵이 흘렀어.**

핑크   다들 어디로 갔을까.

     나한테 오면 좋겠는데.

주머니   (인안나의 몸을 보며) 다른 몸일지도.

핑크   (인안나의 몸을 보며) 그럴 리가요.

주머니   받아 주고 있는 걸까. 키갈이.

핑크   그럼 날 두 번 죽이는 거야.

주머니   간지럽진 않니? 새 살이 돋을 때처럼.

인안나   (그제야 제 허벅지에 자라난 풀을 보며)

몰랐어요. 전혀요.

둡   핑크는 인안나의 몸 위로 올라갔어. 풀들을 헤집었어.

에레쉬의 눈썹이 찌푸려졌어.

여전히 눈을 감은 상태였지만.

핑크   잘못 찾아왔어.

주머니   그만둬!

핑크   여기가 아니야.

주머니   (떼어내며) 미련 버려. 아무짝에 쓸모없어.

핑크   궁금하지 않아요? 어디까지 망가트릴지?

연못. 거기 있는 그 작은 몸,

그 작은 몸이 내내 들어준 것들,

죄다 터져 없어지는 꼴 좀 보자구요.

땅 밑에 뭐가 있었는지, 누가 살았는지,

다 잊히는 거예요! 인안나 덕분에.

아니, 키갈 덕분에.

둡   사락.

드높은 쓰레기 탑이 휘청거리며 흔들리기 시작했어.

그러더니 조금씩 쓰레기가 떨어져 내렸어.

핑크   (탑을 올려다보며) 이래도 되는 거예요…?

키갈이 어떻게 우릴 내버려둬요.

주머니   고쳐 낼 거야. 늘 그랬잖아. 우릴 봐.

핑크   아니. 그 반대라구요.

둡   주머니는 아귀에게 다가갔어.

주머니   받아 줄 거지?
             에레쉬 탓이 아니야.
             에레쉬는 그저 살렸을 뿐이라구.
             네가 그걸 모를 리 없어.
             분명 다른 걸 기다렸을 테지.
             보내고, 품는 법을 알려 줄 참이라면
             지금이 알맞아.
             그러니 네가 품어야 할 게 누구인지, 잘 생각해 봐.

둡   하지만 아귀는 잠잠했어.
             사락. 사락.
             주머니는 두 손으로 인안나를 단숨에 들어 올렸어.

주머니   똑바로 봐! 네가 원하던 애야.
             지상에서 온 인안나라고.

둡   하지만 돌아오는 대답은 없었어.
             주머니는 인안나를 내려놓았어.
             인안나가 가져온 빈 패를 키갈에 던졌어.
             파문이 일며 키갈은 패를 삼켰지만, 돌려주지 않았어.
             망연한 핑크를 지나 주머니는
             키갈에 떠 있는 망치를 주웠어.

핑크   봐요.

주머니	깨트리면 돼. 이제라도.
인안나	(에레쉬를 보며) 아직… 한 마디도 못 나눴어요.
주머니	너도 편해질 거야.
핑크	부탁이야.
인안나	조금만 더요. 묻고 싶어요.

둡	핑크는 키갈에 기대었어. 지쳐 쓰러지듯이.
	주머니는 에레쉬와 핑크를 말없이 지켜보더니,
	인안나의 바닥을 힘껏 내리쳤어.
	내리치는 소리가 키갈의 곳곳을 울렸어.
	바닥의 파편들이 사방으로 떨어져 나갔어.
	하지만 다리가 붙은 중심부는
	여전히 꼼짝도 하지 않았어.
	여전히 인안나는 바닥 위에 있었어.

주머니	약속해 줄 거지? 네 발로 떠나는 거야.
인안나	에레쉬…. 에레쉬.
핑크	말해 줘. 제발.
인안나	에레쉬.

둡	그리고 남은 바닥을 향해 주머니가
	다시 망치를 들었을 때,
	물이 끓어오르더니 작게 솟구쳤어.
	그리고 에레쉬가 깨어났어. 막을 찢으며.
	에레쉬는 가쁜 숨을 내쉬었어.
	긴 악몽에서 깨어난 것처럼.

| 주머니 | (다가가) 정신이 들어? |
| 핑크 | 괜찮아…? |

둡	에레쉬는 인안나를 보았어.
	인안나도 에레쉬를 바라보았어.
	긴 정적 속에서,
	서로의 표정이 점점 달라져 갔어.
	에레쉬는 그런 인안나를 보더니 손을 뻗었어.
	붕대가 감겨 있는 팔이었어.
	에레쉬의 발음은 다소 어눌했어. 이가 빠져 있었거든.

에레쉬	인안나.
인안나	혹시.
에레쉬	인안나.
인안나	엄마… 예요?

| 둡 | 사락. |

에레쉬	무사하구나.
핑크	엄마?
주머니	무슨 소리들을 하는 거야?
에레쉬	(핑크를 보며) 가희.
핑크	누구…?
에레쉬	(주머니를 보며) 엄마?

둡	에레쉬는 핑크와 주머니를 둘러보았어.
	다가가려 했지만, 물속에 몸이 묶여 있었지.
	주머니는 주저앉은 채 말을 잃었어.
	핑크는 눈 한 번 깜빡이지도, 걸음 하나 떼지도 못했어.
	에레쉬는 셋을 보며 울먹였어.

에레쉬	함께 있어.
	다 모였네.
	다 모였어, 결국.

둡	사락.

에레쉬	같이 있을 줄이야.
	한집에 있었을 줄이야.

둡	사락. 사락.

키갈	와
	줘.

둡	사락.

인안나	정말이에요…?
에레쉬	인안나.
인안나	엄마예요?
에레쉬	마지막 기억이, 널 데려온 거였는데.
인안나	본 대로예요….

이 바닥에서 벗어나지 못했어요.

둡　　　에레쉬는 인안나를 끌어안았어.

에레쉬　미안해. 그 집에 너만 남겨 둬서.
인안나　미안해요···. 떠나게 해서.

둡　　　정적이 흘렀어.

핑크　　제정신이 아니야. 착각하는 거라고.
에레쉬　또 기다리게 했네.
핑크　　가자. 열쇠 가지고 있지?
인안나　너무 얼굴이 상했어요···. 말하는 것도.
에레쉬　(웃으며) 다쳤어. 바깥 생활이란 게 그렇지.
　　　　　　걱정 마. 나도 가만 안 있었으니까.
핑크　　에레쉬.
에레쉬　가희야.
주머니　여기가 어딘지··· 알아보겠어?
에레쉬　엄마.
주머니　아니··· 여기 말이다.
에레쉬　꿈꾸던 곳. 바라던 곳이죠.
　　　　　　내가 지키기로 한 곳이고요.
주머니　말이 안 나오는구나.

둡　　　주머니는 가슴을 쳤어.

인안나　여기 있을 줄은 몰랐어요.

여기서 만날 줄 몰랐어요.

우리 집, 내 방 아래에서….

사람들이 엄마를 봤대요.

지하철역에서, 어느 시내버스 정류장에서.

어느 길거리 골목에서, 어느 식당에서,

어느 화장실에서, 어느 산길 위에서.

반쯤 미쳐 있더래요,

옷은 더럽고 입술은 하얗고

얼굴은 까매져 있더래요.

한번 멈추지도 않고 앞만 보고 갔대요.

에레쉬   더 가지 말까, 멈춘 적도 있었어.

마지막으로 전화를 걸었던 날,

가희마저, 없어졌다는 걸 듣고는.

핑크   나한테 그런 이름은 없어.

에레쉬   태연히도 말하더구나. 아무렇지 않게.

우리 집 여자들이 다 그렇게 집을 떠났다고.

단 한 사람, 인안나 너를 제외하고.

핑크   머리가… 아파.

에레쉬   네가 그 집을 지키고 있는 걸 생각하면,

온몸이 시려.

인안나   망친 거예요. 내가.

떠나려고 했는데. 우리. 새로 시작하려고 했는데.

마지막 기회도 놓쳤어요, 내가.

에레쉬   (끌어안으며) 잘 왔어. 여기서 영영 살자.

핑크   말도 안 되는 소리 하지 마.

인안나   엄마가 나를 데려올 거라곤, 상상도 못 했어요.

왜 날 구해 줬어요…? 밉지도 않았어요?

	꼭 묻고 싶었어요.
에레쉬	데려오고 싶었어. 그런 꿈만 꿨어.
	번번이 놓쳤어. 품고 가던 길에서. 떨어트렸어.
인안나	그대로인데도요?
에레쉬	그대로가 아니야. 넌 변하고 있었어.
	변하는 건, 살아가는 거야.

둡	에레쉬는 인안나의 몸을 바라봤어.
	풀들이 자라고 있는, 인안나의 몸을.

인안나	…….
	살아가는 걸까요? 지금도.
	시간이 어떻게 가는지 모르겠어요.
	나 이제 어떤 시간을 살아야 해요?
	우리 이제… 누구로 살아야 해요?

둡	사락. 사락.
	에레쉬는 다시 핑크와 주머니를 둘러보았어.

주머니	내가….
핑크	기억이라곤.
에레쉬	잊는 게 좋았을 거야. 서로에게.
주머니	이 애들이. 네 딸들이라고.
에레쉬	애써 떠올리지 마요.
	그게 좋을지 몰라.
	그게 우릴 이어준 건지 몰라.
	우리 집 여자들다워요.

같은 선택을 한 것도.

땅 위가 아닌 땅 아래를 택했잖아요.

흙에 몸을 파묻으면서,

파묻은 몸들과 하나가 되면서,

모든 걸 기억하면서,

동시에 모른 척 잊어 주는 곳으로.

키갈　와

　　　줘.

에레쉬　인안나, 널 이곳으로 데려온 건…

　　　네가 이렇게 살았으면 해서였어.

　　　이런 삶이 있다는 걸 알려 주고 싶었어.

　　　모르는 사이로라도, 그렇게 함께 있고 싶었어.

　　　이 날개에, 품고 싶었어. 꼭.

인안나　….

주머니　매정한 엄마였을 거야. 난.

핑크　그 집 여자들.

　　　그 집 여자들 특기는 악착같이 사는 거였어.

　　　악착같이 살아서…

　　　어디론가 떠난 여자들뿐이었어.

둡　사락.

핑크　이제 어떻게 해.

에레쉬　달라지는 건 없어.

핑크　어떻게 그래.

둡　주머니는 샘물을 퍼마셨어.

마시고 또 마셨어.

인안나	할머니.
주머니	(연신 마시며) 다시 모르는 사이로 돌아가는 거야. 그뿐이야.
에레쉬	괜찮아요.
주머니	괜찮긴 뭐가!
에레쉬	나… 용서했어요.
	떠나면서, 발에서 피가 나고 저리도록,
	쓰러질 때까지
	수많은 길바닥을 걸었어요.
	그 길 위에 엄마, 엄마가 준 아픈 기억들,
	버렸어요.
	그러니 괜찮아요.
둘	주머니는 입을 닦았어.
	자신이 만든 날개를 품에 안았어.
주머니	또 상처를 주고 말 거야.
	내가 못 찾는 곳으로 가.
	서로, 더 볼 일 없게.
	이거면 돼. 튼튼해.
에레쉬	이젠 쓸모없을 거예요.
	나는 법, 전혀 모르겠어요.
주머니	아냐. 그래선 안 돼.
에레쉬	내 등 보여요? 자라지 않아요.

둡	주머니는 날개가 녹아내린 에레쉬의 등을 보았어.
	상처 안에서 무언가 자랄 듯이, 꿈틀대듯이
	피부를 뚫고 나오려 했지만, 그뿐이었어.
	핑크는 아귀를 붙잡았어.
	물속 깊은 바닥과 벽, 사방을 울리며
	키갈의 소리가 들려왔어.
키갈	줘.
핑크	왜 나한테 인안나를 남겼어?
키갈	줘.
핑크	에레쉬 대신 인안나를 받으면 되잖아.
	인안나가, 에레쉬의 잘못을 이어받게 해.
	해 줄 수 있지?
키갈	줘.
에레쉬	무슨 생각을 하는 거야.
핑크	아니면 차라리 날 삼켜.
주머니	낭떠러지로 보낼 생각이었다.
	내 손으로, 이 애를. 누구인지도 모르고….
에레쉬	인안나 몸을 봐요.
	여기, 이젠 인안나의 집이기도 해요.
둡	인안나는 자신의 팔을 바라보았어.
	거칠고도 굵은 뿌리가 조금 더 자라나 있었어.
	그때, 키갈에 진동이 일었어.
	바닥이 거세게 울렸어.

물이 솟구치며 쏟아져 내렸어.

그 바람에 핑크와 주머니는 미끄러졌어.

핑크가 주머니를 부축해 구석으로 데려가려 하자

주머니는 뿌리쳤어.

이어서 쓰레기 탑이 흔들리더니

쓰레기들이 하나둘 떨어져 내리기 시작했어.

주머니는 떨어지는 쓰레기들을 피하지 않고

올려다보았어.

에레쉬　　위험해요.

주머니　　에레쉬… 그 안은 어떠니?

에레쉬　　정신이 또렷해요.

주머니　　많이 무섭지는 않지?

인안나　　할머니.

에레쉬　　조금은요.

　　　　　　너무 많은 일들이 한꺼번에 스쳐 지나가서요.

주머니　　(날개를 매만지며) 이걸 만들면서,

　　　　　　내가 왜 그토록 이걸 완성하고

　　　　　　싶은지 생각하려 했어.

　　　　　　왜 이렇게 네 텅 빈 한쪽 날갯죽지가

　　　　　　가슴이 미어질까. 아니, 어느 때에는

　　　　　　너에게 날개가 있다는 게 왜 이토록

　　　　　　가슴이 아플까.

　　　　　　왜 너에게 이토록 애잔한 마음이 드는가.

　　　　　　너에 대한 기억이라곤 이곳에서

　　　　　　같이 먹고 자고 웃고 떠들고

싸우고 화해하고 장난치고, 그게 다인데 말이야.

우리가 그런 관계라고는…

그런 이름으로 부를 수 있는 사이라고는….

에레쉬 그 실, 바늘. 보기만 해도 늘 따갑고 아팠는데.

주머니 난 어떤 엄마였니?

에레쉬 …살아남으라고 했어요. 앞이 아닌 뒤에서.

남편 뒤에서, 가족들 뒤에서.

어떻게든 죽지 말아야 한다고. 죽지 말아 달라고.

그러니 사람이 되지 말고, 아내가 되라고.

집이 되라고. 그게 날 지키는 거라고.

주머니 (고개를 숙이며) 염치가 없다.

에레쉬 이젠 없어요.

내가 엄마한테 받은 거라곤

실 꿰는 솜씨뿐이에요.

애들한테는 어떤 것도 물려주지 않았어요.

어쩌면… 더 나쁜 걸 줬을지도 몰라요.

우리 애들이 가족에 치여, 세상에 치여 울 때마다

난 말없이 방을 나갔으니까요.

사랑도 미움도, 받아 주지 않았으니까요.

그렇게 살게 하고 싶었어요.

섞이지 않고, 각자 섬처럼, 조용히.

늘 나만 생각하고 싶었거든요….

팔을 잃기 전까지는요.

핑크 섬처럼. 조용히.

에레쉬 그 집은 진작에 금이 가 있던 거예요.

무너진 땅에 지은 것처럼.

그래서였을까.

부서지는 소리를 따라,

우는 소리를 따라 올라갔을 때,

그때 알아본 거예요. 그곳, 그리고 인안나를.

인안나가 누구인지를, 내가 누구인지를.

둘　여전히 주머니 쪽으로 쓰레기가 하나둘 떨어져 내렸어.

조금 더 빠르게, 조금 더 많이.

핑크는 망연히 바라보고 있었어.

주머니는 덩굴줄기를 걷어 내고는

쓰레기 탑 가까이 다가갔어.

주머니　난 평생 누군가의 발밑에 있었어.

엄마랑 나 사이엔 낡고 보잘것없어도

꼭 식지 않는 아궁이처럼 애정이 있었지.

바느질감이 잔뜩 쌓여 있는 방에, 오 남매가 먼지를 마시면서도 추운 겨울이면 서로의 등에서 느껴지는 온기에 기대 잠을 자곤 했는데, 엄마는 꼭 나를 앞에다 놓고 누우셨어. 나를 안아 주려고. 얼굴보다는 숨소리나 나를 안고 있는 팔 같은 게 기억나. 여름에 땀띠가 나도 그저 좋았어. 내 뒤엔 엄마가 있다는 게. 야위고 고단한, 햇볕에 그을린 새카만 팔. 하지만 엄마는 매일 밤 날 안으며 무슨 생각을 하셨을까. 오빠들은 커서 학교에 갔지만, 유일한 여자인 우리는 동네에서 받아 온 옷감으로 종일 주인마님 집에 갈 내의며 원피스며 이불이며 닥치는 대로 만들어 냈어. 나도 학교에 가고 싶었는데 엄마는 입버릇처럼 말

했거든. 자신이 글을 못 배운 이유와 마찬가지로, 넌 학교에 가지 못한다고. 너한텐 안 굶고 살아남는 게 최선이라고. 이런 말을 해서 미안하다고. 이해했어. 엄마가 어린 나이에 내 엄마가 된 것도, 왜놈들한테 끌려가 위안부가 되지 않으려고 급하게 결혼한 거였으니까. 그땐 열일곱이면 다 시집을 갔어. 살기 위해서. 우리 엄마는 열다섯에 가 버렸지. 그러니 군말 없이 아침이 되면 항상 학교 가는 오빠들 뒷모습만 바라보며 바느질을 해 댔어. 나도 글을 배우고 싶었는데. 머리 쓰는 오빠들보다 몸 쓰는 우리는 보리밥도 절반만 먹어야 했지. 편하게 앉아 운전하는 우리 아버지는 두 그릇이나 먹었는데 말이야. 그래야 하는 시절이었지. 종일 배가 고팠어. 꿈에는 동네 동무들한테 들은 음식들이 튀어나오곤 했어. 깨어나면 또 배가 고파서 주전자 물을 벌컥벌컥 마셔야 겨우 진정이 됐어. 낮에는 종일 주인집 벼를 벴는데, 못 참고 그 벼를 몰래 생으로 씹어 먹은 적도 있었어. (웃는다) 그러다 바라던 광복을 맞던 해, 엄마가 머리카락을 팔아 온 날이었어. 머리에 천을 두르고 계셨지. 기술을 배우라고 입버릇처럼 말하더니 정말로 날 서울에 보낼 거라고 하셨어. 며칠 뒤 정말 고향 언니 따라 그렇게 터미널에서 울먹이는 엄마 배웅을 받으며 버스를 탔어. 서울 양장학원에 가 죽어라 양장 기술을 배웠지. 자신 있었어. 엄마랑 해 오던 일이니까. 바늘에 수십 방 찔려도 종일 엄마랑 같이 있는 상상을 했어. 난 혼자가 아니라고 내가 나한테 말해 주면서. 종일 일하고 주먹밥으로 때워도 그저 좋았어. 양장점 미싱 보조로 취업을 했으니까. 첫 월급을 부칠 수 있었으니까. 그런데 집에 불이 나고… 엄마가 그 많은 옷감들과 같이 타 죽어 버릴 줄은 몰랐지. 어쩌면, 불길이 더 세게 타올랐겠지…… 땅이 둘로 찢어지면 찢어졌지, 우리 엄마랑 나까지 찢어 놓을 줄은 몰랐어. 그저 광복만 되면 순사 놈들이 우리 땅에서 싹 빠져나가고 우리가 뛰놀 땅이 넓어질 줄만 알았어…. 여자가 되지 말고 아내가 되지 말고 사람 노릇하면서 떳떳하게 살라고 했던 엄마. 순사 놈들이 우리 집에서 방 빼는 것도 못 보고 타 죽은 우리 엄마. 내 생일에 고기며 떡이며 한 번이라도 갖다 놓고 싶었다는 우리 엄마… 시장으로 배춧잎을 주우러 허리를 숙이며 다니던, 평생 허리를 숙이며 다녔던 내 어린 엄마…….

(머리를 쥐어 싸매며) 그런데 엄마 이름이 기억나지 않아.

엄마 이름이 뭐였지… 그리고 내 이름은….

에레쉬   옥순. 이옥순.

주머니   한번… 쓸 수나 있을까.

둘   사락.

쓰레기 탑이 격렬하게 휘청거리기 시작했어.

주머니는 키갈 속 에레쉬에게 다가갔어.

그리고 날개를 걸어 주었지.

바늘을 든 채.

주머니   에레쉬, 넌 기억력이 특출나니까,

다시 날 수 있을 거야.

에레쉬   물러서요.

주머니   보통 날개가 아니라고.

온 마음이 담긴 날개야.

키갈에서 나오자마자

이 바늘로 마저 단단히 꿰매 주마.

네가 날면… 내가 나는 것처럼 기쁠 거야.

나뿐만이 아닐 거야.

불길 속에서도 훨훨,

썩은 강둑에서도 훨훨…

날아오르는 기분을 느낄 거야.

수많은 여자들이, 떼를 지어 말이야.

에레쉬   그런 모습, 볼 수 있을까요.

둡   에레쉬는 초침 소리를 듣기 시작했어.

에레쉬   이 소리.

핑크   인안나가 해결할 거야.

인안나   연못가일지도 모른다고.

에레쉬   가야 돼.

둡   사락.

거대한 쓰레기 탑이 완전히 중심을 잃고

에레쉬 쪽으로 기울어졌어.

에레쉬의 놀란 얼굴이 탑의 그림자로 어두워져 갔어.

모두 그 탑을 바라보다 황급히 피하려는 때에,

주머니가 에레쉬와 인안나를 끌어안았어.

누구 하나 막을 새도 없이

주머니 등으로,

높디높은 탑의 쓰레기들이 전부 떨어져 내렸어.

쓰레기 조각의 양만큼이나,

길고 긴,

길고 긴 정적이 흘렀어.

몸을 숙이고 있던 핑크가 그 더미에 다가갔어.

믿기지 않는 걸음으로.

잔해를 뒤져서 에레쉬를 발견했어.

에레쉬는 인안나를 품고 있었어.

주머니는 보이지 않았어.

잔해들이 키갈을 가득 채우며,

튕겨져 나오듯, 에레쉬의 몸이 키갈 밖으로 빠져나왔어.

인안나와 함께.

핑크   괜찮아?

에레쉬   괜찮아. 괜찮니?

인안나   네.

에레쉬   엄마.

핑크   안 보여.

인안나	할머니, 할머니가.
둡	에레쉬는 주변을 둘러보았어.
	새 날개로 날아오르려 했지만 몸이 떠오르지 않았어.
	잔해들을 뒤지다,
	아귀 안에 상체가 깊숙이 파묻힐 만큼 들어가
	주머니가 맨몸으로 떠 있는 걸 봤어.
	한 손엔 줄기를 꼭 붙든 채로.
	다른 한 손엔 바늘을 든 채로.
	울음을 꼭 참은 얼굴로.
에레쉬	아귀… 아귀에,
핑크	거기 있다고?
둡	에레쉬는 다시 아귀를 벌리고
	주머니를 끌어올려 보았어.
	그런 에레쉬를 인안나와 핑크가 붙들고 당겨 보았지만
	역부족이었어.
	에레쉬는 숨이 차 밖으로 고개를 빼냈어.
에레쉬	놔주질 않아.
핑크	망할 놈의 입 구멍!
인안나	할머니… 어떻게 되는 거예요?
핑크	어떻게 해야 해?
인안나	왜 안 되는 거예요?
에레쉬	넘겨받은 건 아니겠지.
핑크	설마.

둡　　　사락.

에레쉬　　내 걸… 떠안은 건 아니겠지.
　　　　　　허락해 준 거 아니겠지.
핑크　　　이쪽이 아니야. 인안나여야 한다고.
에레쉬　　이 키갈이, 엄마한테
　　　　　　이 지하 세계가, 엄마한테,
　　　　　　허락해 준 거 아니겠지.
인안나　　키갈이… 마음을 씻어 주는 방법일지 모른다고….

둡　　　에레쉬는 멍해졌어.
　　　　　　날개로 인안나를 품었어.
　　　　　　핑크는 주저앉았어.

핑크　　　뭔가 잘못됐어.
　　　　　　인안나가 오고부터야. 내가 알던 키갈이 아니야.

둡　　　초침이 조금 더 빨라졌어.
　　　　　　그 소리에, 에레쉬는 손으로 어느 벽을 더듬거렸어.
　　　　　　그렇게 어느 작은 벽을 열었어.
　　　　　　바람이 불자 날갯짓을 하기 시작했어.
　　　　　　그러다 날아 올랐어, 비록 아주 찰나였지만.
　　　　　　핑크는 그 모습을 멀찍이서 바라만 봤어.

에레쉬　　가자.
인안나　　저도요.

핑크	두고 어딜 가.
에레쉬	키갈이 지켜 줄 거야. 날 지킨 것처럼.
인안나	지킬래요.
핑크	안 믿어.
에레쉬	그 마음들, 다 버려.
핑크	아직 아무것도 돌려받지 못했어.
	이거, 무슨 감정인지도 모르겠다고.

둡	핑크는 이리저리 돌아다녔어.
	몹시 혼란스러워했어.

핑크	왜일까? 점점 당신한테 화가 나.
	내 엄마였다는데, 왜 그렇게 느껴지지가 않지?
	내가 문젠가?
	화가 나! 화가 나서 막 달리고 싶어.
	소릴 지르고 싶어.
에레쉬	너한테 많이 기댔어. 아주 많이.
	그게 무거워서,
	네 마음이 휘어지고 있다는 것도 몰랐어.
	그래선 안 됐는데. 자꾸 거기에 숨고 싶었어.
핑크	난 어디에 기대서 살았던 걸까.
	불쌍하다, 내 인생.
에레쉬	다르게 대해야겠다고 마음을 먹었어.
	인안나한테는.
	왠지 연민이 더 컸어. 섬처럼 놔둘 수만은 없었어.
	이 집 여자들 앞으로 쌓여 있던 짐을
	저 애가 다 물려받은 것 같아서.

핑크	부럽네.
인안나	내가 이어받을게. 할머니 대신. 할 수 있어.
	(바람 부는 곳을 보며)
	저곳마저, 책임지지 못하면…….
키갈	와
	줘.

둘	에레쉬는 핑크에게 다가가 손을 잡았어.

에레쉬	일찍 정신을 차려야 했는데.
	네가 네 아빠를 닮아 가면서 집안을 깨부술 때,
	동생을 잡아끌고 문밖으로 던져 넣을 때,
	그때 정신을 차렸어야 했는데.
핑크	(손을 뿌리치며) 최악이기만 했네. 나.
에레쉬	네 머리 한번 쓰다듬어 주지 못했어.
	언제나 너만, 조용히 내 눈을 보고 있었지.
	대답을 기다리는 애처럼.
	기계에 팔이 끼고서 정신이 들었어.
	네가 멍하니 내 팔을 보고도
	말없이 방으로 들어가던 날,
	아무것도 느끼지 못하는 눈이 되었던 날,
	공허한 내 눈을 닮아 버린 날,
	우리가 어떤 대화를 나누고 있었는지
	알게 된 거야.
	집에 오기 싫어서 일에만 미쳐 있던 내가,
	딸, 아내, 엄마라는 자리가 싫어서
	직장에만 매달려 있던 내가,

더는 할 수 있는 일이 없어지고 나서,

점점 주변이 보였어.

내가 잃어버린 게 뭔지, 찾아야 할 게 뭔지.

웅크릴 새도 없이 새벽같이 나가야 했던 너,

방 안에 갇혀 있는 인안나,

그리고 그 집에 비로소 틀어박히게 된 나,

사라진 엄마를 찾지 않는 나,

너희 아빠로부터 벗어날 길이 보이지 않던 나.

무력하기 짝이 없던 나…. 괴로웠어. 미안했어.

그렇게 떠났어. 미친 듯이 걸었어.

집을 등지고, 최대한 멀리, 아주 아주 멀리.

땀이 나는 게 좋았어. 오르는 게 좋았어,

숨소리가 좋았어. 더 걸을 수 없으면 잤어.

지하철 의자에서, 버스 정류장에서,

건물 계단에서, 아파트 옥상에서,

공중화장실에서.

그렇게 잠들고, 꿈꾸고, 깨어났어.

핑크　　무책임해.

에레쉬　　그러다 어느 바닥 안으로 들어왔어.

여기다 싶었어. 좋은 바람이 불었거든.

어느 날 이곳에 네가 왔어.

좋았어. 누군지도 모르면서.

키갈을 찾아갔어. 너한테 주고 싶었거든. 그 방들.

숨겨 놓고 싶었어. 재우고 싶었어.

원하는 만큼 실컷 만들면 했어.

미안해. 더 일찍 알아보지 못해서.

둘	사락. 사락.
	바람만 불어 왔어.

핑크	우린 가족이 될 수 없어.
에레쉬	사라져서, 가족이 될 수 있는 건 아닐까.
	사라져야… 만날 수 있는 건 아닐까?
핑크	우리 몸을 봐.
에레쉬	그래. 이제야 가족이 된 건지도 몰라.

둘	사락. 사락.

핑크	셋이 떠나려고 했다는 말, 진짜야?
	그 계획에… 나도 있었어?
에레쉬	꿈꿨어. 달라진 우리 셋의 삶을.
	떨어진 섬이 아니라 이어진 땅을.
	정말, 할 수 있을 것 같았어.
핑크	달라질 수 있었을까.
에레쉬	바라는 건, 늘 뺏겼지만 말이야.
인안나	나 때문에.
에레쉬	너 때문이 아니야.

둘	사락.
	다시 미세한 진동이 일었어.
	초침 소리가 더 빠르게 흘러갔어.
	꼭 빠르게 뛰는 심장 박동처럼.

인안나	언니. 데려가 줄래? 지킬게. 저곳만은.

에레쉬	키갈이 못 막는 곳이 있어.
	함께 있는 거, 가능할지 몰라.
핑크	아니. 우린 키갈을 벗어날 수 없어.
에레쉬	마음이란 건 바뀔 수 있어.
핑크	쉽게 바뀌는 건 싫어, 뭐든.
인안나	연못에, 정말, 시간이 가고 있는 거라면,
	들고 있는 게 뭐든, 위로 가지고 갈게요.
	아빠든 나든, 둘 중 하나는 멈춰야 하니까.
	그럼 원래대로 돌아올 거예요.
	이 집, 할머니도요.
에레쉬	이제 여긴 네 집이기도 해.
인안나	쓸모 있어질래요. 이번만큼은. 집을 위해서.
핑크	마지막 부탁이야.
인안나	그래.
핑크	믿을 거야.
인안나	믿어 줘.
에레쉬	인안나.
키갈	와
	줘.

둠	핑크는 인안나를 문 앞으로 데려갔어.
	한참 뒤, 에레쉬는 말없이 비탈길을 올랐어.
	그리고 핑크는 비탈길로 인안나를 밀었어.
	그런 뒤 그 뒤를 따랐어. 돌아가지 못하게 하려는 듯이.
	인안나는 에레쉬와 핑크를 물끄러미 바라보았어.
	눈에 새기려는 듯이.

연못가.

둡	높은 언덕처럼, 긴 혓바닥처럼 가파른 길이 이어졌어. 셋은 거리를 두며 올라가고 있었어. 가까워질수록 크고 작은 돌들이 굴러 내려왔어. 연못에 다다를수록 초침 소리가 더욱 크고 빠르게 울렸어. 그때마다 에레쉬는 등 뒤에 인안나와 핑크를 둔 채 돌을 치우며 앞을 헤쳐 나갔어. 주머니가 준 날개로 날아 보려 했지만, 되질 않았어.
핑크	난리도 아니야.
에레쉬	괜찮아야 할 텐데.
핑크	이렇게나 굴러떨어지고 있을 줄이야. 내가 자꾸 한눈을 팔아서. 정말⋯ 큰일이 벌어진 건 아니겠지. 이렇게 시끄러웠나.
에레쉬	강하니까. 무사할 거야.

핑크	앞장설게.
에레쉬	아니, 물러서.
핑크	안 아파? 팔.
에레쉬	이 정도야.
핑크	자랄까. 날개.
에레쉬	글쎄.
핑크	자세히 말해 준 적은 없었어.
	나도, 더 물어본 적 없었고.
에레쉬	뭐 중요하다고.
핑크	사고였다고만 했어.
에레쉬	흔한 일이었어.
	절단기. 먹통이었거든.
	여러 번 말해도 바꿔 주질 않았어.
	그날도 평소랑 같았어.
	이미 열일곱 시간을 일하고 있었어.
	다들 그런 상태로
	자기 일에 몰두해 있는 곳이었어.
	그런데도 그 정신에 내 팔을 찾아갈 정도였어.
	팔은 내 전부였으니까. 전부를 놓칠까 봐.
	시간이 좀 지나고서는, 가보 같더라.
핑크	가보?
에레쉬	우리 집 여자들만의 가보.
핑크	그런 거 없어. 나한텐.
에레쉬	그 망치. 어쩌면 그런 이유 아닐까.
핑크	(망치를 보며) 들려 있었어.
	여기에서 눈을 떴을 때부터, 내 손에.
	이유는 몰라. 근데 의지가 됐어.

나중엔, 키갈이 준 거라고 생각했어.

뭔갈 부술 때마다, 희열을 느꼈어.

다 작아지는 거, 다 쪼개지는 게 좋았어.

방을 만들 때도 그랬어. 캄캄해지는 게.

함께 숨을 수 있는 게.

낫는 것 같았어. 웃었던 것도 같아.

그렇게 웃은 게 얼마 만이었는지.

에레쉬 거 봐.

핑크 근데 앨 만나고 나니까, 모르겠어. 이걸 준 키갈도.

힘을 쓸 수가 없어. 하던 게 안 돼.

어쩌면, 인안나가 주인이 아닐까 싶고.

에레쉬 인안나한테는 인안나만의 팔이 있을 거야.

인안나 나한테도요?

핑크 주머니한테 물려받은 게 뭐라고?

에레쉬 바느질.

핑크 바느질?

에레쉬 시다라고 들어 봤어?

핑크 잘은 몰라.

에레쉬 여기도 소녀, 저기도 소녀.

온통 소녀들 천지인 곳이야.

가난에 찌든 소녀들이 찾는 곳.

내 첫 직장. 이 팔의 시작점.

늘 번호로 살아갔지. 3번 시다,

6번 미싱사, 1번 오야.

하루 60원,

짜장면 한 그릇도 못 사 먹을 돈을 벌겠다고,

이른 아침부터 막차 시각 직전까지,

김치 반찬 들어 있는

도시락 하나 겨우 싸 가지고 다니면서,

화장실 갈 시간도 없이,

좁은 다락방에서 허리도 못 펴고,

무릎을 꿇은 채로 작업을 해.

피 토하면서 미싱기 앞에서 줄줄이 쓰러져도

쳐다도 못 봐.

까딱했다간 내 손도 다치니까.

내 앞에 쌓인 옷감이 수두룩하니까.

다쳐서 누구냐고 물어봐도 답할 말이 없어.

이름을 모르니까.

인안나　　엄마 이름, 알고 싶어요?

에레쉬　　(웃으며) 나한테 다른 이름은 없어.

열다섯 소녀들의 이름은 번호였어.

우리가 만든 옷에

우리 번호가 표시되어 있는 것처럼,

우리 얼굴에도.

궁금한 이름들이 많았는데.

배가 고파 화장실에 가 수돗물을 먹고 오던

날이면, 제 도시락을 내 쪽으로 말없이

밀어 줬던 언니, 중요한 부속품을 잃어버려

재단사한테 온갖 모욕을 받을 때

조목조목 재단사의 분배 방식을 짚으며

쓴소리를 해줬던 언니.

어지러워 몸이 픽 쓰러지자 나를

병원에 보내고 내 몫까지 맡아

새벽까지 일을 봐줬던 언니.

그 언니들의 이름은 뭐였을까?

우린 최선을 다해 과묵해지려고 했어.

다들 가족을 등에 지고 나왔으니까,

너무 굶주렸고 너무 허리가 아팠으니까.

그럴 때면 엄마를 떠올렸어.

실을 잡았던 어린 엄마를.

그것도 물려받은 걸까.

핑크   다른 일은?

에레쉬   할 수 없었어. 손 쓰는 일 외에는.

자식이라고는, 여자애라고는 나 하나뿐이었어.

너희 할머니가, 애 가지기 싫다고,

할아버지랑 살 닿는 게 끔찍하다고

어디서 약을 구해다 먹었나 봐.

몸 마음 상해 가며 애썼는데,

그런데도 내가 생겼으니,

그렇게라도 살아야 하는 것이 나왔으니,

어떡하겠어. 학교고 뭐고,

죽어라 돈을 벌어야지.

시다에서 미싱 보조, 미싱 보조에서 미싱사,

그리고 재단 보조까진 올라갔는데,

재단사에서 막혔어.

어차피 남한테 험한 소리 하는 일,

셈이 밝아야 하는 일은 하고 싶지 않았고.

그런 재주도 없었고.

이후로도 말없이 손 쓰는 일들만 했지.

가발 만드는 공장, 방앗간, 반도체 공장 품질검
사, 사무실 회계경리, 급식도 만들었다가, 택배

	포장도 했다가, 청소도 좀 했다가, 간병도 했다가, 운 좋게 대기업 하청 업체 공장에 가 TV며 노트북이며, 맨몸으로, 맨 팔로 순 만들기만 했지. 그러다 이렇게.
핑크	그 팔, 대단하네.
에레쉬	난 수많은 소녀들 중 하나일 뿐이야.
	다들 어떤 팔을 가지고 살고 있을까.

둡	**에레쉬는 여전히 돌 사이를 팔로 헤쳐 나갔어.**

인안나	예전엔…
	엄마 팔을 주무르면 다시 자라날 줄 알았어요.
에레쉬	그래. 얼굴이 빨개질 정도로 씩씩거렸지.
	밤마다 오물조물 주무르느라고.
	어찌나 예쁘던지. 어찌나 미안하던지,
	어떻게 받아들여야 할지….
	그래도 이곳이 있어서 기뻐.
	여긴 자라기만 하니까.
	주무르면 주무를수록 더러운 게 빠져나가고,
	새 흙이 돌아오니까.
	그리고 흙을 따라 누군가가 다시 찾아오니까.
인안나	땅속이 달라지면, 땅 밖도 달라질까요?
에레쉬	여긴 나아지고 있어. 지금 이 순간에도,
	멈추지 않고.
	멈추지 않을 거라는 거, 사라지지 않을 거라는 거,
	우린 땅에서 살고, 죽고, 다시 태어날 거라는 거,
	땅이 될 거라는 거, 땅은 평생의 집이라는 거,

	우린 그걸 기억하면 돼.
인안나	흙이 되는 거. 나도 할 수 있을까요.
에레쉬	네 팔을 봐.

둡   인안나는 제 팔에 돋아난 뿌리들을 보았어.

인안나	아까보다 더….
에레쉬	너도 우리랑 다르지 않아.
핑크	….
인안나	제가 다 망치고 있는데도요.
에레쉬	돌려놓는 건지도 몰라.
인안나	제가요?
핑크	난 더 모르겠는데. 누구로 살아야 하는지도.
에레쉬	좀 몰라도 돼. 잊어도 돼. 모른 척도 해도 돼.
	잊은 척도 해도 돼.
	키갈이 우리에게 제일 먼저 해 준 것처럼, 우리도.
핑크	….

둡   바람의 온도가 달라졌어.

셔늘한 바람이 셋의 얼굴 가까이 불어왔지.

주머니가 달아 준 새 날개가 펄럭거렸어.

그리고, 마침내 작은 연못 앞에 다다랐어.

연못에는 물풀이 가득 피어 있었지만,

앙상했고 악취가 났어.

그 옆에는 담장처럼, 탑처럼, 무덤처럼

저마다의 높이로 돌들이 쌓여 있었어.

그리고 그들 사이에, 우뚝 솟은 암석 하나가 보였어.

크고 작은 돌들이 따개비처럼

가득 붙어 있는 암석이었어.

암석 위로, 거꾸로 처박힌 짧은 다리가 보였어.

핑크는 그 앞에 인안나를 내려놓았어.

그러곤 돌들을 떼어내 돌덩이의 얼굴을 살폈어.

에레쉬도 다가갔어.

초침 소리가 멈추질 않았어.

핑크	나 좀 봐.
에레쉬	별일 없었을 거야.
돌덩이	….
핑크	(돌덩이를 흔들며) 야!
에레쉬	네가 얼마나 씩씩한데.
돌덩이	….
핑크	안 들려?
돌덩이	왜 - 이 - 제 - 왔 - 어?

둡	말을 마친 뒤 돌덩이는 숨을 크게 내뱉었어.
	노인처럼 목소리가 쉬어 있었어.
	색색거리는 숨소리가 가빴어.
	에레쉬는 돌덩이를 품에 안았어.

에레쉬	미안. 미안해.
인안나	엄마가 왜요. 나 때문인데.
돌덩이	엄 - 마?

핑크	(에레쉬에게 다가가며) 우는 거야…?
돌덩이	떨-어-졌-어. 천-장-이.
	평-생-을-지-켜-왔-는-데.
	시-간-이-가. 오-랫-동-안-멈-춰-있-던-
	시-간-이.
	얼-마-나-무-서-웠-는-지-알-아?
둡	돌덩이는 암석 밖으로 팔을 뻗어 폭탄을 보여 주었어.
핑크	(폭탄들을 살피며) 정말이네. 이 숫자들 좀 봐….
	하나도 아니고… 전부.
돌덩이	이-제-어-떡-해? 나-죽-는-거-야?
핑크	얼마 없어. 시간이.
	우리… 어떡해?
둡	핑크는 망연자실한 듯 그 자리에 굳어 버렸어.
	인안나가 입을 뗐어.
인안나	나한테 줘.
돌덩이	왜-집-이-부-서-지-는-거-야?
	왜-집-이-우-릴-부-수-는-거-야?
인안나	내가 와서 그래.
돌덩이	네-가-누-군-데?
핑크	지상에서 왔어. 돌아갈 거야.
	네가 안고 있는 걸 가지고 멀리 올라갈 거래.
	그러니 걱정하지 마. 오히려 잘된 거야.
	(애써 웃어 보이며) 이-제-똑-바-로-서-도-

	되 - 니 - 까!
돌덩이	따 - 라 - 하 - 지 - 마 - 짜 - 증 - 나 - 니 - 까!
핑크	야.
돌덩이	그 - 러 - 니 - 까 - 쟤 - 가 - 누 - 군 - 데?
핑크	(망설이다) 동생.
돌덩이	누 - 구?
핑크	인안나. 내 동생.
	기막히지 않아?
	지금 나누기엔 너무 긴 이야기야.
돌덩이	부 - 럽 - 다. 기 - 다 - 렸 - 던 - 거 - 맞 - 지.
핑크	전혀.
돌덩이	넌 - 늘 - 위 - 를 - 보 - 곤 - 했 - 잖 - 아.
핑크	내가?
돌덩이	가 - 족 - 이 - 라 - 니.
	가 - 족 - 은 - 좋 - 은 - 거 - 잖 - 아.
핑크	키갈이 다 알려 줘 버렸어.
	에레쉬, 주머니까지.
	우리가 어떤 관계였는지를. 저 위에서 말이야.
	엄마였대. 할머니였대.
	다 기억하는 건 인안나뿐이지만.
	좋진 않아. 모르겠어.
돌덩이	어 - 디 - 서 - 든 - 열 - 심 - 히 - 기 - 다 - 리 - 면 -
	만 - 나 - 는 - 걸 - 까.
에레쉬	한 가지 더 알려 줄 게 있어.
	네가 누구였는지 말이야.
돌덩이	내 - 가 - 누 - 군 - 데?
에레쉬	(주저하며) 우리가… 가족이었다고 하면,

| | 믿어 줄래? |
| **핑크** | 뭐? |

| **둡** | **사락. 사락.** |

돌덩이	가 - 족?
에레쉬	가족.
핑크	그게 무슨 말이야.
인안나	기억이 없어요.
돌덩이	그 - 럴 - 리 - 가.
	우 - 린 - 서 - 로 - 너 - 무 - 낯 - 선 - 걸.
	우 - 린 - 너 - 무 - 다 - 르 - 잖 - 아.
에레쉬	다르지 않아.
돌덩이	내 - 몸 - 에 - 얼 - 마 - 나 - 많 - 은 - 돌 - 들 - 이 -
	있 - 는 - 데 - 애 - 네 - 까 - 지 - 전 - 부?
에레쉬	그래. 전부.
인안나	전부?
돌덩이	가 - 족 - 은 - 좋 - 은 - 거 - 잖 - 아.
에레쉬	….
핑크	우리가?

| **둡** | **무거운 정적이 흘렀어.** |

에레쉬	우린 숲에서 헤어졌지.
돌덩이	그 - 래 - 맞 - 아.
에레쉬	난 그 숲에 대해 이미 알고 있었어.
	꿈에서 만났거든.

돌덩이　　꿈 - 에 - 서?

에레쉬　　한낮에도 컴컴한 곳이었지.

　　　　　　꼭 굴속에 있는 것처럼.

　　　　　　밤이면 어디선가 비밀스럽도록

　　　　　　물이 흐르는 소리, 헤엄치는 소리가 들렸어.

　　　　　　근데 아무리 찾아봐도 누가 있는지 보이질 않아.

　　　　　　그림자만 무성해.

　　　　　　몇 날 며칠을 헤매고 헤매다 겨우 알았어.

　　　　　　무성한 바위들이 물을 흘려보내고 있다는 걸.

돌덩이　　맞 - 아. 모 - 두 - 물 - 을 - 되 - 돌 - 려 - 보 - 내 - 고 -

　　　　　　있 - 었 - 어.

　　　　　　땅 - 을 - 적 - 시 - 려 - 고. 살 - 리 - 려 - 고.

에레쉬　　그 물이 향하는 곳, 그 중심, 그 아래에,

　　　　　　네가 있었어…. 깨진 돌을 들고.

　　　　　　뺏기지 않으려는 듯이.

돌덩이　　꼭 - 내 - 가 - 깨 - 진 - 것 - 같 - 았 - 어.

　　　　　　얼 - 마 - 나 - 많 - 이 - 깨 - 졌 - 는 - 지 -

　　　　　　얼 - 마 - 나 - 많 - 이 - 뺏 - 겼 - 는 - 지 - 몰 - 라.

에레쉬　　얼마 안 가 네가 나한테 찾아왔어.

　　　　　　가희와 인안나가 태어나기 전이었지.

　　　　　　나중에야 난 네가 이 애들을

　　　　　　나한테 보내 줬다고 생각했어.

　　　　　　내가 자책하지 않게, 다시 시작할 수 있게.

　　　　　　결국 실패했지만….

돌덩이　　내 - 가 - 족 - 은 - 날 - 잃 - 어 - 버 - 렸 - 어.

　　　　　　그 - 리 - 고 - 끝 - 까 - 지 - 찾 - 지 - 못 - 했 - 어.

에레쉬　　어느 날, 그 숲과 마주했어.

꿈과 꽤 비슷했어.

어쩌면, 꿈일지 모른다고 생각했어.

거기에서, 놓쳐 버렸어. 놓아 버렸어. 너를.

돌덩이　기-다-렸-는-데. 기-다-렸-는-데.

그-렇-게-오-랫-동-안-오-지-않-았-어.

에레쉬　지워 버렸어. 잃어버렸어.

인안나　엄마는 자주 숲에 가곤 했어.

가끔씩 밤이 깊어도 돌아오질 않았어.

둡　사락. 사락.

돌덩이　'틈-을-없-애-는-거-야.

꼭-꼭-숨-기-는-거-야.'

그-다-음-은? 그-다-음-은?

에레쉬　'우리 손바닥에 뭐가 있는지'

돌덩이　'손-을-맞-잡-으-면-아-무-도-모-를-

거-야.'

둡　사락. 사락.

에레쉬　그건, 우리만의 암호였어.

인안나　그건 엄마가 나한테 들려주던 얘기야.

내가 아주 어릴 때.

엄마가 캄캄한 밤을 메마른 얼굴로 버틴 날이면.

돌덩이　컴-컴-한-밤-을-버-티-는-주-문.

그-날-내-손-을-잡-아-준-건-풀-숲.

숲-속-의-이-바-위-들-이-야.

에레쉬	용서를 구하지 않을 거야.
돌덩이	불 - 과 - 바 - 다 - 와 - 바 - 람 - 을 - 건 - 너 - 는 - 용 - 감 - 한 - 다 - 리 - 들.
	이 - 애 - 들 - 이 - 날 - 내 - 내 - 덮 - 어 - 주 - 고 - 재 - 워 - 줬 - 어.
	자 - 기 - 몸 - 에 - 서 - 물 - 을 - 꺼 - 내 - 나 - 에 - 게 - 먹 - 였 - 고,
	춥 - 지 - 않 - 게 - 내 - 몸 - 을 - 감 - 싸 - 주 - 었 - 어.
	내 - 가 - 족 - 은 - 이 - 애 - 들 - 이 - 야.
에레쉬	나보다 훨씬 좋은 가족들일 거야.
	그래도, 그 손을 잡아 주고 싶어서.
돌덩이	왜 - 폭 - 탄 - 보 - 다 - 아 - 픈 - 말 - 을 - 하 - 는 - 거 - 야?
	에 - 레 - 쉬 - 가 - 주 - 머 - 니 - 가 - 핑 - 크 - 가
	그 - 리 - 고 - 저 - 바 - 닥 - 에 - 있 - 는 - 애 - 가
	내 - 엄 - 마 - 할 - 머 - 니 - 동 - 생 - 이 - 라 - 고?
에레쉬	잊어서 미안해. 그 손, 놓쳐서 미안해.
	다시 잡아 주지 못해서. 이제야 알아봐서.
돌덩이	팔 - 이 - 아 - 파. 손 - 가 - 락 - 이 - 아 - 파.
에레쉬	비슷한 숲도 없었어.
	너무 늦은 걸까 싶었어.
	아니, 어쩌면 헛걸 본 건가 했어.
	아무것도 아닌 사이였을지도 모른다고,
	잠깐 환상을 본 거라고.
돌덩이	저 - 위 - 에 - 엄 - 마 - 가 - 있 - 다 - 고 - 믿 - 으 - 면 - 서 - 평 - 생 - 이 - 곳 - 에 - 서 - 폭 - 탄 - 을 - 끌 - 어 - 안 - 고 - 있 - 었 - 어.

엄-마-를-지-켜-주-려-고.

나-중-에-만-나-면-칭-찬-받-으-려-고.

내-가-속-을-썩-여-서-어-딘-가-가-

부-족-해-서-마-음-에-들-지-않-아-

서-날-버-렸-다-고-생-각-했-으-니-까.

엄-마-몸-이-빵-터-지-지-않-게-이-

렇-게-버-티-고-있-는-데-

내-가-족-이-여-기-에-있-었-다-고?

나-를-또-잊-어-버-렸-다-고?

우-리-집-이-무-너-진-다-고?

우-리-가?

인안나 나한테 줘.

돌덩이 던-지-고-싶-어-지-금-당-장!

핑크 야! 위험해!

돌덩이 하-지-만-어-디-로? 누-구-한-테?

인안나 괜찮아?

둘 돌덩이는 헉헉거렸어.
     핑크는 익숙한 듯 입에 숨을 불어넣어 주었어.
     그러자 다시 편히 숨을 쉬었어.

핑크 숨 쉬어.

돌덩이 어-설-프-기-는.
     주-머-니-가-잘-하-는-데.

핑크 대체 뭘까 싶었는데.
     하루에 한 번은 꼭 보러 와야 안심이 됐어.
     깊이 잠들면 불안했어. 늘.

너랑 그런 사이일 줄은.

돌덩이 주 - 머 - 니 - 는?

핑크 자고 있어.

돌덩이 이 - 와 - 중 - 에?

난 - 언 - 제 - 푹 - 자 - 볼 - 까.

언 - 제 - 제 - 대 - 로 - 숨 - 을 - 쉬 - 어 - 볼 - 까.

에레쉬 노력할게. 계속.

돌덩이 이 - 젠 - 냄 - 새 - 때 - 문 - 에 - 코 - 가 - 막 - 히 -
겠 - 어.

기 - 름 - 냄 - 새 - 가 - 나. 피 - 냄 - 새 - 가 - 나.

연 - 기 - 냄 - 새 - 가 - 나.

화 - 약 - 냄 - 새 - 가 - 나. 썩 - 는 - 냄 - 새 - 가 - 나.

점 - 점 - 더 - 심 - 해 - 지 - 는 - 걸 - 까. 내 - 가 - 약 -
해 - 지 - 는 - 걸 - 까. 흙 - 이 - 필 - 요 - 해.

더 - 많 - 은 - 물 - , 더 - 많 - 은 - 바 - 람,

더 - 많 - 은 - 동 - 물, 더 - 많 - 은 - 식 - 물,

더 - 많 - 은 - 바 - 위, 더 - 많 - 은 - 균 - 들 - 이.

집 - 을 - 찾 - 게 - 해 - 줘 - 야 - 해.

노 - 력 - 해 - 야 - 해. 돌 - 아 - 오 - 도 - 록.

키갈 와
줘.

핑크 우리 진짜 바빠.

길, 숨구멍, 몸, 먹이, 얼마나 많이 만들고 있는데.

에레쉬 더 많이 찾을게. 더 많이 살필게.

돌덩이 움 - 직 - 일 - 수 - 있 - 을 - 까.

이 - 연 - 못 - 도 - 나 - 도 - 폭 - 탄 - 도.

나 - 아 - 질 - 수 - 있 - 을 - 까.

핑크	전해 줘.
인안나	한결 나을 거야.
돌덩이	시 - 간 - 이 - 필 - 요 - 해.
핑크	미치겠네.
돌덩이	너 - 말 - 이 - 야. 바 - 닥.
	폭 - 탄 - 을 - 저 - 위 - 로 - 가 - 져 - 간 - 다 - 고 - 했 - 지? - 어 - 떻 - 게 - 쏠 - 건 - 데?
인안나	여기, 땅 아래에 있는 가족들을 지키는 데 쓸 거야.
돌덩이	위 - 가 - 부 - 서 - 지 - 면,
	아 - 래 - 도 - 부 - 서 - 지 - 는 - 법 - 이 - 야.
인안나	아래가 부서져도 마찬가지잖아.
돌덩이	내 - 가 - 너 - 보 - 다 - 언 - 니 - 라 - 는 - 데 - 버 - 릇 - 이 - 없 - 네.
인안나	아… 미안.
핑크	웃겨.
돌덩이	너 - 도.
핑크	그렇다고 곧장 언니라고 부를 순 없잖아?
돌덩이	오 - 래 - 들 - 살 - 아 - 서 - 좋 - 겠 - 다.
	오 - 래 - 들 - 살 - 아 - 서 - 좋 - 겠 - 어.
	여 - 기 - 에 - 있 - 는 - 돌 - 들 - 얼 - 마 - 나 - 늙 - 었 - 는 - 지 - 몰 - 라.
	나 - 도 - 이 - 렇 - 게 - 오 - 래 - 살 - 고 - 싶 - 은 - 데.
에레쉬	내가 그렇게 만들게. 이곳을.
돌덩이	위 - 에 - 서 - 온 - 너 - 는 - 어 - 떻 - 게 - 살 - 았 - 는 - 데? - 어 - 떻 - 게 - 왔 - 는 - 데?
인안나	(주저하며) 방 안에 있었어.

죽으려고 하는데, 바닥이 열렸고.

나가고 싶었는데… 팔 년이 지났어.

연습하는 사이에 팔 년이나 지나 있었어.

돌덩이   팔-년-이-나-시-간-을-준-다-고?

인안나   ….

돌덩이   부-럽-다.

나-도-시-간-을-가-지-고-싶-어.

폭-탄-을-지-키-다-보-면-시-간-이-

가-장-무-서-워.

인안나   편히 숨 쉴 수 있게,

못 가져본 거, 조금이라도 돌려주려고 할게.

그거… 나한테 줄 수 있어?

에레쉬   (붙들며) 인안나.

둡   사락.

돌덩이로부터 돌들이 우두둑 떨어져 나가기 시작했어.

핑크는 돌덩이로부터 폭탄을 뺏으려 했어.

하지만 돌덩이는 뺏기지 않았어.

돌덩이   네-개-야-네-개.

핑크   진짜.

돌덩이   이-폭-탄-들-이-어-디-서-왔-는-지-

알-아-야-해. 잊-으-면-안-돼.

인안나   잊지 않을게.

돌덩이   여-길-지 나-가-던-애-들-과-마-주-

친-적-있-어.

그-때-내-품-엔-폭-탄-한-개-뿐-이-

었-는-데.

엎-드-려-서-껴-안-고-있-던-때-였-
는-데.

파-란-눈-을-한-애-와-갈-색-눈-을-
한-애-가-서-로-손-을-꼭-잡-고-걸-
어-가-고-있-었-지.

파-란-눈-이-가-방-을-메-고-있-었-고
가-방-이-떨-어-지-지-않-게-갈-색-
눈-이-뒤-를-지-켰-지.

그-애-들-은-멀-리-서-왔-다-고-했-어.

이-폭-탄-도-조-금-은-추-운-나-라-
에-서-왔-다-고-했-어.

내-가-끌-어-안-은-폭-탄-을-보-더-니
곧-수-도-없-이-많-은-폭-탄-들-이-
떨-어-져-내-릴-거-라-고-했-어.

어-떤-건-터-진-뒤-에-발-견-되-겠-
지-만-어-떤-건-터-지-기-위-해-파-
묻-힐-거-라-고.

동-물-들-이-실-험-실-로-들-어-가-
길-러-지-고-식-물-들-이-바-짝-타-
버-리-고-점-점-먹-을-것-이-줄-어-
들-고-집-들-이-가-라-앉-으-면-서-로-
땅-을-뺏-기-위-해-무-엇-이-든-할-
거-라-고-했-어.

터-지-는-소-리-에-익-숙-해-져-야-
한-다-고-했-어.

다-친-애-들-을-만-나-면-가-족-이-

되-어-주-라-고-했-어.

다-시-만-날-때-까-지-서-로-각-자-

폭-탄-을-꼭-지-키-기-로-약-속-했-어.

그-런-데-늘-어-가-는-거-야.

어-쩌-면-그-애-들-이-놓-친-건-지-도-

모-른-다-고-생-각-했-어.

그-애-들-은-내-유-일-한-친-구-야.

언-젠-가-만-나-면-약-속-을-지-켰-

다-고-손-자-국-가-득-한-이-폭-탄-

들-을-보-여-주-려-고-했-어.

그-런-데-너-한-테-주-고-나-면-실-망-

할-지-몰-라.

게-다-가-너-도-저-위-에-가-면-다-

른-사-람-들-처-럼-땅-을-뺏-으-려-

고-폭-탄-을-던-지-게-될-지-모-르-

니-까.

인안나 너랑 내가 친구가 되면 돼.

친구한테 줄 수 있는 건 많아.

나눠들 수 있는 것도.

돌덩이 그-건-그-래.

인안나 할 수 있는 일이라곤… 이게 전부거든.

어쩌면… 내가 할 수 있는 마지막 일일지도 몰라.

돌덩이 방-에-팔-년-동-안-있-었-으-니-까

팔-년-동-안-널-지-켰-으-니-까

폭-탄-도-소-중-히-다-룰-거-지?

인안나 ……그래. 그럴 거야.

'손을 맞잡으면.'

돌덩이	'아-무-도-모-를-거-야.'
에레쉬	나한테 줘.
	키갈에게 가져갈게.
	삼켜 달라고 부탁할게.
	나한테서 뭐든 다 가져가도 좋으니까,
	없애 달라고, 부디 없던 일이 되게 해 달라고,
	아니, 이 폭탄들이 품은 걸 넘겨받게 해 달라고.
	이걸 들고 있던 시간만큼
	나도 꼭 아프게 해 달라고.
돌덩이	….
인안나	이 폭탄이 가야 할 곳은,
	이걸 들어야 할 사람은, 따로 있어요.
	진짜 주인은, 나예요.
에레쉬	…인안나.
둡	땅이 흔들렸어.
	돌무덤이 부서져 내리기 시작했어.
	사방으로 돌들이 구르며 튕겨져 나갔어.
핑크	이제 더 못 기다려!
둡	핑크는 뿌리 깊은 무를 꺼내듯이
	돌덩이를 뽑아내 제 등에 누였어.
	입과 코, 팔과 다리를 제하고
	돌덩이는 여전히 돌 속에 파묻혀 있었어.
돌덩이	돌-들-이-떠-나-가.

집-들-이-쪼-개-져.

하-나-라-도-흘-리-면-안-돼.

나-랑-같-이-지-키-는-거-지?

너-는-저-위-에-서. 나-는-이-곳-에-서.

인안나   그래. 같이.

돌덩이   친-구-들-을-아-프-게-하-면-안-돼.

사-는-게-얼-마-나-부-러-운-일-인-

지-까-먹-으-면-안-돼.

인안나   일어설 수 있을 거야.

당장은 어렵더라도…

바닥 아래에 가족들이 있을 테니까.

돌덩이   저-애-한-테-가-줘.

둡   핑크는 돌덩이의 말대로 인안나에게 다가갔어.

돌덩이는 인안나에게 하나씩 하나씩,

품고 있던 알을 건네듯 폭탄을 건넸어.

에레쉬는 인안나에게 들린 폭탄을 멍하니 바라봤어.

핑크는 애써 인안나를 보지 않았어.

돌덩이   가-볍-다. 슬-프-다. 허-전-하-다.

둡   돌덩이는 텅 빈 팔 안쪽을 바라보며

핑크의 등에 얼굴을 파묻었어.

폭탄이 인안나에게 들리자

시간이 잠시 멈췄어.

그러더니 주어졌던 시간이 다시 처음의 상태가 되었어.

돌덩이	돌 - 아 - 왔 - 어. 시 - 간 - 이.
핑크	휴.
돌덩이	다 - 시 - 시 - 작 - 이 - 야.
핑크	안심하긴 일러. 여전히 가고 있잖아.
인안나	한결 다행이야.
돌덩이	주 - 인 - 이 - 바 - 뀌 - 어 - 서 - 일 - 까? 계 - 속 - 주 - 고 - 받 - 으 - 면 - 끊 - 기 - 지 - 않 - 으 - 려 - 나?
핑크	미련 버려.
인안나	이젠 내 거야.
에레쉬	인안나. 정말… 갈 거니?
인안나	네.
에레쉬	있어도 돼. 있게 해 줄 수 있어. 분명.
인안나	엄마, 언니들, 할머니를 위해, 나도 뭔가를 하고 싶어졌어요. 하고 나면, 문밖으로 갈 수 있을 것 같아요. 부탁, 들어주세요….
둡	인안나의 팔뿐 아니라 발에도 뿌리가 자라기 시작했어.
에레쉬	(열쇠를 꺼내며) 천장에 문이 있어. 그 문은 유별나서, 돌아보면 사라질 거야. 그러니 뒤도 돌아보지 말고 가야 해. 할 수 있어…?
인안나	노력해 볼게요.
에레쉬	문을 열기 전까지만이라도, 고민해 봐.

둡	에레쉬는 마지못해 인안나를 돌려세웠어.
	인안나는 폭탄을 끌어안고 모두를 등졌어.

인안나	언니. 잘 있어.
핑크	다신 만나지 말자. 다시는.
인안나	…그래. 그러자.
에레쉬	가다가 후회되면, 멈춰. 그래도 돼.
인안나	데려다주실래요, 엄마?
에레쉬	그래.
인안나	…안녕. 언니.
돌덩이	안 – 녕. 인 – 안 – 나.

둡	에레쉬는 인안나를 밀었어.
	조금 가다, 다시 멈추길 반복하면서.
	핑크와 돌덩이는 꿈쩍없이 그 자리에 남아
	그들을 지켜봤어.
	그러다 핑크는 고개를 떨구었어. 꼭 우는 것처럼.

돌덩이	힘 – 내 – 인 – 안 – 나!
인안나	어?
돌덩이	가 – 볍 – 다 – 고 – 생 – 각 – 하 – 면 – 가 – 벼 – 워 – 져!
	무 – 겁 – 다 – 고 – 생 – 각 – 하 – 면 – 무 – 거 – 워 – 져!
	그 – 러 – 니 – 까 – 생 – 각 – 해 –
	먼 – 지 – 만 – 하 – 다 – 고.
	먼 – 지 – 만 – 한 – 일 – 이 – 라 – 고.
	괜 – 찮 – 다 – 고!
인안나	…고마워!

출구.

둘   사락.
           에레쉬와 인안나는
           어느새 핑크와 돌덩이로부터 완전히 멀어져 있었어.
           뒤를 돌아보려는 인안나를 에레쉬가 말렸어.

에레쉬   …연습해야지. 앞만 보는 연습.
인안나   엄마 얼굴, 한 번만 더 보고 싶은데.
에레쉬   잊어 버릇해야지. 가고 싶다며.
인안나   내 팔, 쓸모가 있었어요.
           나도 우리 집 여자들의 가보를 이어받는 거예요.
           기뻐요. (폭탄을 더 세게 끌어안는다)
에레쉬   무겁진 않니?
인안나   가볍다고 생각하니까, 가벼워요.
           계속 그렇게 생각할 거예요.
           멀어지고 있어서 다행이에요.
           곧 괜찮아지겠죠? 여기.
에레쉬   들어 줄게. 나한테 줘.
인안나   안 돼요. 이건 내 거예요.

	엄마는 빈손으로 가요.
에레쉬	이제 이 손으로 뭘 할 수 있을까.
인안나	왜요?
에레쉬	날개가 사라졌으니까.
	나는 법도 모르니까.
	꿈꿨던 모습이 아니니까.
	꼭, 옛날 같아서.
인안나	괴로워요?
에레쉬	모든 기억이 생생히 떠오르니까
	꼭 마음을 칼로 찌르는 것 같아.
	이런 마음으로… 이곳에서 살 수 있을까.
	잊어야만 제대로 살 수 있는 것 같아.
	키갈이, 그걸 알려 준 게 아닐까.
인안나	무슨 뜻이에요?
에레쉬	집을 나와 떠돌 때,
	길 위에, 다 버릴 때,
	내 몰골은 비참했지만 난 누구보다 자유로웠어.
	그 누구와도 얽매이지 않았으니까.
	그 누구도 나한테 무엇도 요구하지 않았으니까.
	그 누구도 내게 연락할 길이 없었으니까.
	세상과 나만 있는 느낌이었지.
	내가 나를 도왔어, 나만 생각했어, 그래도 됐어.
	자유로웠어. 한없이 편안했어.
	그런데 돌아가면 이젠….
인안나	엄마. 같이 저 위로 가는 건요?
	잠깐도 안 될까요.
에레쉬	네 옆자리도, 저 아이들 옆자리도,

내가 있을 곳이 아닌 것 같아.

다 버리고… 다 벗겨 내고 싶어.

나만 남기고 싶어. 길 위에.

이 기분을 네가 이해할 수 있을까.

인안나   엄마….

둘   사락.

둘 앞에 좁다란 길이 나타났어.

몇 걸음 더 가 보니 천장에 손잡이가 달려 있었어.

에레쉬는 열쇠만 만지작거렸어.

그러더니 마침내 그 커다란 문을 열었어.

빛이 쏟아져 내렸어. 환한 지상의 빛이.

에레쉬는 멈춰 섰어.

그리고 뒷걸음질을 쳤어.

인안나   (빛을 올려다보며) 이제 가야겠죠?

에레쉬   ….

인안나   엄마?

에레쉬   그래.

인안나   한 번만 뒤돌아봐도 돼요?

에레쉬   아니.

인안나   아쉬워요.

에레쉬   내가 다시 날 수 있을까?

        가고 싶은 곳으로…… 갈 수 있을까?

인안나   무슨 소리예요?

둡   에레쉬는 힘껏 길을 끊어냈어.

            인안나와의 길을.

            인안나는 돌아보았어.

            에레쉬는 날갯짓을 해 보고 있었어.

            느리지만 조금씩, 날아오르고 있었어.

인안나   엄마.

에레쉬   돌아가긴 싫어.

            예전으로 돌아가고 싶진 않아….

            날고 싶어. 마음껏. 높이.

            날개가 너덜너덜, 찢길 때까지, 실컷,

            멀리 가 보고 싶어. 달아나고 싶어.

            …미안, 인안나.

            잘 가.

둡   에레쉬는 인안나와 제 사이에 있던 길을

            완전히 놓아 버렸어.

            그리고, 날갯짓을 하며

            어둠 속 어느 절벽 아래로 사라졌어.

인안나   엄마!

둡   인안나는 소리쳤어.

            끊긴 길 아래의 깊고 캄캄한 어둠을 바라보았어.

            어쩔 줄을 모르는 채로 울먹이다가,

인안나는 마침내 에레쉬를 따라
그 안으로 몸을 던졌어.

떨어지고, 부딪히고,
다시 떨어지고, 휩쓸리길 반복하면서
인안나는 어딘가에 도착했어.

풍덩, 하는 소리만이 들렸지.
그러곤 긴 시간이 지났어.

인안나가 정신을 차렸을 때
그곳은 주머니가 잠겨 있던 키갈 주변이었어.
내 몸은 젖어 있었어.
인안나의 몸에서도 물이 뚝뚝 떨어졌고,
품에 들린 폭탄은 까만 조약돌이 되어 있었어.
인안나는 조약돌을 만지작거리며 주변을 살폈어.
무너진 쓰레기 탑, 그뿐이었어.

인안나   엄마.

둡   인안나는 쓰레기 더미를 뒤지며 에레쉬를 찾아봤어.
          하지만 어디에도 없었어.
          돌을 부여잡고 울기만 했어.
          그때, 작은 공처럼, 덩굴 하나가 다가왔어.
          덩굴과 얼굴엔 상처가 나 있었지. 쓰레기가 껴 있었고.
          어쩐지 훈장처럼 보이기도 했어.

주머니	인안나.
인안나	할머니?
주머니	일어서렴.
인안나	괜찮으신 거예요? 다친 덴 없어요?
주머니	애는 머리만 건드려. 몸은 말짱하다.
	팔팔하니 그저 이팔청춘이야! 하하.
인안나	저… 이제 기억하시는 거예요?
주머니	'넌 네 방문처럼 조용하구나.' 그랬지 그날?
	한마디 더 했어. 네가 그걸 까먹었더구나.
인안나	뭐라고 하셨는데요?
주머니	'인안나. 조용한 건 시끄러운 거야.
	속이 아주 시끄러운 거지.
	네 그 방문 안에는, 말들이 한가득인 거야.
	쏟아질 만큼.
	그러니 귀는 막지 마. 네가 들어줘야 해.'
인안나	……정말요?
주머니	가자꾸나.
키갈	줘.

둡	인안나는 발을 움직여 보았어.
	그리고 쓰레기들 틈에서 터벅터벅 걸어 나왔어.
	인안나는 걸을 수 있는 자신을 신기해했어.
	바닥은, 완전히 사라져 있었어.
	대신, 발바닥 밑으로
	길고 굵은 뿌리들이 자라나 있었지.
	거대한 밧줄처럼 말이야.

주머니	춥진 않니?
인안나	저, 걸어요.
주머니	(뿌리들을 정돈해 주며) 잘 걷는구나.
인안나	사라졌어요. 폭탄도요.
주머니	삼켜준 게야. 네 손에 들린 게 그거였다고.
인안나	약속했는데.
주머니	네가 가진 게 탐났던 모양이지.
키갈	줘.
인안나	엄마를 구하려고 했어요. 엄마가 사라졌는데,
	엄마…… 엄마 어딨어요?
	(키갈을 뒤지며) 이 안에 있어요?
주머니	숨었을 거야.
인안나	네?
주머니	엄마도, 딸도, 그 누구도 되고 싶지 않아서.
	누구의 기억에도 남아 있고 싶지 않아서.
	…내가 아는 에레쉬는 틀림없이 그럴 테지.
	난 다시 날개를 짤 거야.
	샘물을 퍼마시면서. 처음 짜는 것처럼.
	그 애가 돌아올 때까지.
	그래도 계속 생각나면, 잊은 척 날 속일 거다.
인안나	(안기며) 나는요? 난 어떻게 해야 돼요 할머니?
주머니	(등을 쓸어주며) 네 자리로 가. 우리랑 마찬가지로.
인안나	다시 만날 수 있는 거죠?
	여기, 다시 올 수 있는 거죠?
주머니	우린 늘 네가 딛고 있는 땅 아래에 있어.
	외롭고 쓸쓸하거든, 바닥에다 대고 말해.

듣고 있을 테니까.

좀 떨어져 지낼 뿐, 못 보던 식구들이 좀 늘었을 뿐,

우린 네 가족이야.

키갈　와

　쥐.

둡　주머니는 인안나의 어깨를 잡았어.

힘을 실어 주듯이.

그리고 손에 가위와 실타래를 쥐여 주었어.

인안나　이게 뭐예요?

주머니　애장품!

저 멀리 빛만 따라가.

앞만 보면서.

지름길로 갈 거야!

가다 보면 에레쉬가 데려다줬던 문이

다시 보일 거다!

그 앞에서 잘라 내렴.

행여 내가 쫓아오지 못하게. (웃는다)

에레쉬든 펑크든 돌덩이든 따라오지 못하게.

밝고 뜨거운 빛, 고요한 빛이 쏟아지겠지.

그 안으로 들어가.

그리고, 다시 시작해.

인안나　…안 놓을게요. 이 실.

둡　인안나는 제 손에 들린 가위와 실을

오랫동안 바라보았어.

잠시나마 주머니를 눈에 담았어.
그리고 발을 내딛기 시작했어.
뿌리들은 발에 짓밟히면서도 떨어져 나가지 않았어.

사락. 사락.
둘은 멀어지기 시작했어.
인안나는 뒤를 돌아보지 않으려고 애를 썼어.
더 빨리, 더 힘을 주어 걸어가기 시작했어.

주머니는 실을 따라 한 걸음 내딛어 보려다
이내 멈췄어. 그러곤 키갈에 있는 샘물을 퍼마셨지.

걷고, 걷고, 또 걸으면서
다리가 무겁고 저리도록
인안나는 빛을 따라, 실을 따라 걸었어.

그리고 다시금,
끊어진 길 앞에 섰어.
실이 끊어진 곳이었어.
길 너머에 문이 있었어.

인안나는 제 길고 굵은 뿌리를 길 삼아
딛고 건넜어.

그런 뒤, 문 앞의 빛을 올려다봤어.
한참 뒤, 가위를 들었어.

그때, 아래로 실이 감기며 빛이 갑자기 더없이 환해졌어.

너무 밝아서, 인안나는 겨우 실눈을 떴어.

그러자 인안나의 발아래에

핑크, 돌덩이, 에레쉬, 주머니가,

고개를 내밀고 있었어.

너무 눈이 부셔서, 어딘가 낯선 얼굴이라서

한참 뒤에나 알아볼 수 있었어.

빛을 받은 그들은 인안나를 보며 미소를 띠고 있었어.

핑크를 제외하고는.

인안나　어떻게… 다 여기 있어?

핑크　가는지 안 가는지 확인해야지.

돌덩이　폭 - 탄 - 은?

인안나　(돌멩이를 꺼내 보여 준다) 여기.

돌덩이　(웃으며) 잘 - 들 - 고 - 있 - 네.

인안나　가벼워.

돌덩이　거 - 봐.

에레쉬　이런 뿌리는 처음 봐. 근사하네.

인안나　나… 여기서 살면 안 되겠죠?

주머니　떽.

인안나　(미소 지으며) 우리, 같이 있는 거죠? 항상.

둡　핑크, 돌덩이, 에레쉬, 주머니가 고개를 끄덕였어.

인안나는 가위를 들었어.

그리고 뿌리를 잘라 냈어.

그 커다란 뿌리를

핑크, 돌덩이, 에레쉬, 주머니가 들어 주었어.

인안나는 고개를 돌렸어.

문을 넘었어.

환한 빛 속으로 들어가

한참 뒤 문을 닫았어.

바닥.

둡   인안나는 긴 한숨을 쉬었어.
     나는 재빨리 인안나의 주머니에서 빠져나왔어.
     그리고 내 껍질을 흔들어 보이며
     인안나를 반갑게 맞이했어.

     인안나는 주변을 둘러보았어.
     금이 간 벽, 부서진 바닥들,
     쏟아진 살림살이들, 파편이 된 옷장들,
     방은 완전히 폐허가 되어 있었어.

     벽에 붙어 있던 말들도
     모두 뭉개져 있었지.

     인안나는 자신이 서 있는 바닥을 바라보았어.
     온전하게 남아 있는 몇 안 되는 바닥.
     그 위로 작은 풀 한 포기가 삐죽 튀어나와 있었지.

     인안나는 창문을 활짝 열었어.

방문도 열었지.
고요했어.

집을 치우기 시작했어.
망가진 것들을 내다 버렸어.
하나, 둘, 셋, 넷,
수없이 많은 고장 난 살림살이들이 빠져나갔어.

인안나는 두 발로 성큼성큼 걸으며
방문 너머와 안쪽을 몇 번이나 오갔어.
인기척 같은 게 느껴지면 화들짝 놀라기도 했지만.

그렇게 방이 치워졌어.
정돈되어 갔어.

긴 시간이 지나고,
인안나는 풀이 돋아난 바닥으로 돌아왔어.
그리고 거기에 뺨을 갖다 대었어.

인안나   행복한 기억을 떠올려 봐.
　　　　　　그럼 살 수 있어.

둘　　　　자신에게 말하듯이,
　　　　　　혹은 바닥 아래에 얘기하듯이,
　　　　　　인안나는 한동안 같은 말을 중얼거렸어.

　　　　　　그런 뒤 인안나는 나를 붙들고

아주 많은 말들을 적기 시작했어.

살아야 할 이유들을.

창밖의 풍경이

지하 세계처럼 캄캄해질 때까지

아주 오랫동안.

나는 여기 적힌 이 이야기를 평생 품기로 했어.

실처럼, 돌처럼, 망치처럼, 날개처럼.

막.

야견들*

배해률

작가의 말

　1938년 5월의 세계를 살아 본 적은 없지만, 올망졸망 모여 사는 여관집 식구들과 도망길에 짐을 내던진 김시우와 총을 든 최은심과 산으로 숨어든 들개들의 마음으로는 살아 본 적이 있습니다. 이기와 적대가 달아 놓은 족쇄 때문에 멀리 나아가지 못하는 이 마음들을 널리 널리 풀어 주고 싶었습니다. 족쇄에 금을 내는 이야기를 쓰려고 했는데, 금이 나자 박살이 나는 것은 금방이었습니다.

　낯선 이를 위한 싸움에 동참하려는 마음과 내 손에도 피를 묻히고야 마는 의지들로 〈야견들〉을 지었습니다. 짐승을 멸칭으로 사용하는 이들을 무찌르고 기꺼이 짐승이 되기로 하는 이들의 여정이 누군가의 묵은 체기를 잠시나마 가셔 줄 수 있기를 바랍니다.

나오는 이

김시우   20대 중반, 뽀이로 태어난 모던걸

오정화   40대 중반, 여관 주인

오정희   40대 초반, 묘지기

여승룡   30대 후반, 오정희의 남자 동서, 오정희
           남편 고 씨의 수동무[**]

김신애   20대 초반, 오정화의 양딸

고복길   10대 후반, 오정희의 딸

고영길   10대 후반, 오정희의 딸,
           한쪽 다리가 다른 한쪽 다리보다 짧다

최은심   70대, 여관 손님

윤일호   20대 중반, 조선인 순사

강정도   30대 초반, 대동사 지부장의 아들

미우라 고로 20대 초반, 일본인 순사

…

삽사리와 들개

등등

때와 곳

1938년 5월. 일제강점기의 조선. 경기도 내륙의 외딴 마을. 종착역에 내려서도 한참은 더 걸어 들어가야만 다다를 수 있는 이 마을은 안개가 짙고 산세가 험준한 농무산(籠霧山)의 자락에 있다.

주요 공간으로는 마을에서 그나마 가장 가까운 기차역(종착역), 외진 마을의 외길, 그 외길 끝의 여관, 산자락의 묘지와 묘지기를 위한 토막집, 농무산의 안팎이 있다.

무대

익숙한 것들이 흩어지는 곳.

---

* '축견단속규칙'과 같이 일제강점기에는 광견병 예방의 목적으로 들개들을 잡아들이는 일명 '야견박살령'과 같은 조치들이 취해졌으며, 순사들이나 피혁 사업을 하던 이들이 이에 적극적으로 나섰다. 「야견들」은 이와 같은 '야견박살'이 적극적으로 시행되던 때를 배경으로 한다. (천명선. (2018). 일제강점기 광견병의 발생과 방역 (의사학 제27권 3호). 참고)

** '수동무'란 조선시대 남성들 간의 유사 혼인 관계를 일컫는다. 주로 성인과 미동(소년) 사이에 이뤄졌으며, 미동들은 주변인들로부터 누군가의 '작은 마누라.' 혹은 상대의 부인에게는 '동서'로 호칭되기도 하였다. (박차민정 『조선의 퀴어』(현실문화, 2018), 76쪽 참고)

프롤로그

외딴 마을의 외길. 해도 곧 떨어질 시간. 빨간 양화(하이힐)를 신은 김시우가 양손에 커다란 짐 가방을 든 채 한 걸음 한 걸음 그 길을 걸어 나간다. 몇 날 며칠을 먹지 못했는지 그의 몸은 유약하다 못해 곧 부러질 것만 같다. 들고 있는 짐 가방이 흔들릴 때마다 그의 몸도 따라서 휘청댄다. 잠시 멈춰선 그, 들고 있던 두 개의 가방을 번갈아 보더니, 그중 하나를 길가에 버리곤 다시 걸음을 재촉한다.

인근 농무산(籠霧山)에서 들개들의 울음소리가 들려온다. 김시우는 문득 소리가 나는 쪽을 바라본다. 안개가 자욱하게 내려앉은 농무산의 풍경에 시선을 빼앗긴다. 자신도 모르는 사이에 내딛어진 그의 발이 자갈을 밟고 헛돈다.

순간, 길바닥으로 고꾸라지는 김시우. 그대로 정신을 잃는다.

들개들의 울음소리가 계속해서 이어지는 가운데, 해가 진다. 캄캄해진다.

〈1막〉

1장.

완전히 어두워지면, 저 멀리서 손전등 불빛이 차츰 다가온다. 이제는
온전히 밤이 된 마을의 외길을 손전등 불빛 하나에 기대어 여관집의
여식들(김신애, 고복길, 고영길)이 걸어온다. 걸음이 느린 고영길이 손
전등을 들었고, 다른 둘은 장 본 것들을 한 보따리씩 안거나 들고 있
다. 고복길의 손에는 앞서 김시우가 버린 짐 가방도 들려 있다.

복길   *외로운 무덤에 밤이 되니 월색만 고요해*
      비석에 서린 회포를 말하여 주노라
      아 외로운 저 나그네 홀로이 잠 못 이뤄
      구슬픈 짐승 소리에 말없이 눈물져요[1]
영길   가사가 그게 맞니.
복길   내버려 둬, 내가 부르고 싶은 대로 부르게.
신애   얘들아, 잠깐.

세 사람, 이윽고 길 한복판에 널브러져 있는 김시우를 발견한다. 김
신애가 짐들을 잠시 길에 내려놓는다.

신애   영길아, 덴찌[2]. 덴찌 이리 내.

---

[1]   가수 배호의 〈황성옛터〉 일부를 개사함. (작사가 왕평, 1928.)
[2]   손전등.

김신애는 고영길에게 건네받은 손전등을 들고, 김시우에게 천천히 다가간다.

신애 거기, 거기 누구요.

복길 답이 없네. 언니야, 혹시 죽은 거 아닐까.

신애 저기요? 여보세요.

김신애가 다리를 굽혀 김시우를 흔들어 본다.

복길 언니야, 이 사람 신고 있는 것 좀 봐.

신애 복길아, 물러서.

영길 …이게 하이힐.

복길 뭐시기?

영길 하이힐.

신애 저기요, 저기요? 정신 좀 차려 보세요.

영길 법국³에서 넘어온 건데, 원래는 학식 높은 양반 나으리들이 개똥을 피하기 위해서 신었대.

복길 거참 양인들 취향 한번 요상하네. 발목 부러지것 다. 이런 걸 신고 걸으니 기력이 다하지.

신애 숨은 붙어 있는 것 같은데.

영길 신애 언니, 가방.

세 사람은 김시우의 다른 가방을 본다.

영길 이 사람 짐이었나 봐.

---

3   프랑스.

복길	우리 여관으로 가려 했나.
신애	그냥 이리 둘 수도 없고.
영길	그래도 생판 처음 보는 사람을 어찌 믿고 살려.
복길	영길이 너는 어째 사람이 정도 없다. 여기 그냥 두면 죽을 텐데?
영길	봇짐 아재가 요즘 일본인 강도들이 판을 친다면서 조심하랬어.
복길	어째 칼만 갈고 금방 오겠다는 것이 한참이 걸린다 했어. 그 아재랑 쓸데없는 이야기 주고받느라 늦었구만.
영실	(히죽대는) 쓸데없는 이야기? 복길아, 이 세상에 쓸데없는 이야기가 어디 있니.
복길	너… 너 또 이러지. 나 돌머리 취급하지!
신애	얘들아, 싸울 거면 집에 가서 싸우자. 응?
복길	하지만 언니야, 고영길이 말하는 것 좀 봐라. 지가 책 좀 읽는다고 나를 아주 똥멍충이 취급한다.
영길	그럼 아니야?
복길	야, 너 때문에 금방 다녀올 거도 한참 걸린 거 모르냐? 이리 해까지 다 저물어 버리고.
영길	그거 무슨 뜻인데? 어?
복길	어무이가 단단히 일러 줬잖아. 밖에서는 항상 숨죽이고 다녀라. 눈에 띄지 말고.
신애	그래, 그건 복길이 말이 맞다.
복길	언니야, 그치? 맞지?
영길	이 몸으로 어찌 눈에 안 띄겠어.
신애	됐어. 다들 그만해.
복길	야, 너 읽겠다고 산 책들도 내가 다 들고 있는 것

도 안 보여? 어?

영길 그럼 이리 내.

복길 네가 그거 들면 내일 아침이나 돼야 집에 도착하
겠지.

영길 뭐?

신애 조용! 조용히 좀 해! 계속 산란하게 굴면 다음부
터 복길이 너도 안 데리고 갈 거야.

복길 언니야, 그건 또 아니지.

신애 그러면 입 좀 다물어.

복길 치….

신애 곱게도 생겼다. 이 아씨는 어쩌다 여기 이러고 계
시나.

복길 근데… 아씨 맞지?

신애 응?

복길 아니, 목젖이 툭 불거져 나온 것이. 턱도 우리 승
룡이 삼촌보다 어째 더 각이 진 것 같고.

영길 (또 히죽대는) 네 말대로라면, 각진 턱을 가진 여
성들은 어디 서러워 살겠냐.

복길 너 또.

신애 영길아. 그 봇짐 아재가 또 뭔 말 없던? 그 일본
인 강도 말이야. 유난히 곱게 입고 다닌다든지.
길바닥에 쓰러진 체를 한다든지.

영길 곱게 입고 쓰러진 체를 하는 강도 얘기는 못 들
어 봤는데.

신애 그렇지?

복길 아무래도 우리 여관 손님이 맞지.

영길 아니면?

복길　이 길 끝에 있는 게 우리 여관뿐인데 당연하지.

신애　그럴까. 그렇겠지.

영길　복길이 너는 참 단순해서 좋다. 너 이런 옷이 한 벌에 얼마나 하는지 아니?

복길　얼마나 하는데.

영길　십 원도 넘는다더라.

복길　어머나.

영길　그렇게 돈이 많은 이가 굳이 우리 여관을 찾는다고, 이 밤에? 무슨 기구한 사연이 있는 거야. 괜히 들였다가 무슨 일 치를지도 모른다고.

신애　영길아, 이 옷이 그리 비싸대…?

영길　그렇대. 이거 한 벌 사는 돈이면 능금 천 개를 산다더라.

신애　그래서 이리 곱구나.

농무산 기슭에서 들개들이 울어 댄다.

영길　언니, 일단 우리 짐도 있으니, 정 그러면 짐부터 가져다 두고 돌아오자.

복길　그러다 그새 손님 아씨 요단강 건너면 어째. 산짐 승한테 잡아먹히거나 하면은?

영길　아직 손님 아니야.

복길　언니야.

영길　언니.

신애　능금이 천 개라고. 먹지도 못하고 다 썩히겠네.

복길　응?

신애　복길아 짐 내려놓고 거들어. 영길이 너는 덴쪼로

길이나 잘 비추고.

김신애가 다시 고영길에게 손전등을 돌려준다.

영길　　언니, 요즘 왜놈들 만주로 쌀이며 철이며 죄다 보내느라 다들 곳간이 텅텅 비어 있대. 조선인들 곳간 털어서 자기네들 곳간 다시 채운대고.

복길　　언니 말 들어.

영길　　길 가는 조선인들 낚아채서 다른 데 팔아 버리기 일쑤래.

복길　　그런 짓을 이리 곱게 입고 하겠냐.

영길　　너는 걱정도 없어? 장에 소문이 파다하더라, 매일 누구 한 명은 꼭 소리 소문도 없이 사라진다고.

신애　　…얘들아, 우리 집 식구가 몇이니.

복길　　응? 보자, (손가락을 하나씩 꼽으며) 우리 어무이, 승룡이 삼촌, 언니야랑, 얘랑….

영길　　(말 자르며) 여섯이다, 여섯.

복길　　너 또 또 또!

신애　　한 푼이 아쉬워. 손님을 먹여 살려야 우리도 먹고산다.

복길　　그래. 언니야 말이 맞다. 어무이도 맨날 그리 말하잖어. 우리 여관은 외진 데 있는 만큼 손님 하나하나를 귀하게 여겨야 한다고.

신애　　그리 알았으면 얼른 움직여.

영길　　언니, 책이라도 들고 가면 안 될까. 자기 전에 읽으려고 했단 말이야.

복길　　너는 지금 그게 할 말이냐.

| 신애 | 그럼, 너 챙길 수 있는 만큼만 챙겨. |
| 영길 | 응. |

고영길이 책 두어 권을 골라 겨드랑이에 낀다.

복길	그런데 우리가 이 아씨를 어찌 업어.
신애	업기는, 끌어야지.
복길	그래도 될까.
신애	이리 두는 것보다야 낫지. 자, 복길아, 어서. 너는 그쪽 팔을 끌어.
복길	응.

김신애와 고복길이 김시우의 양팔을 한 쪽씩 잡고 끌어 대기 시작한다.

영길	비싼 옷 다 해지겠네. 이거 나중에 물어내라 하면 어째.
복길	목숨을 살려 줬는데, 그깟 옷 좀 찢어진 거 갖고 뭐라 하겠어.
신애	말할 사이에 힘을 써.
복길	저 영길이 저것이 계속 딴지를 거니까….
신애	영길아, 앞 좀 잘 비추래도.
영길	응.
신애	얼른 가자. 진짜로 산짐승들 마주치기 전에.

세 사람, 김시우를 데리고 여관으로 향한다. 그들이 떠난 자리에는 챙기지 못한 짐들이 한가득이다.
인간들이 떠난 곳으로 들개 무리가 다가온다.

2장.

이틀 뒤, 아침. 오정화의 여관. 마당에 나와 있는 여관 식구들(오정희, 여승룡, 김신애, 고복길, 고영길)과 마루에 앉아 있는 손님 최은심. 이들의 시선은 일제히 여관 대문 앞에 서서 의원을 배웅하는 오정화에게로 향하고 있다.

멀어지는 의원을 뒤로하고 돌아오는 오정화에게 식구들이 기다렸다는 듯 다가간다.

정희 의원이 뭐래, 산대?

정화 죽고 살고 할 정도 아니래. 그저 잠을 못 자서 쓰러진 거래.

복길 벌써 이틀을 내리 자고 있는데.

정화 의원 선생님 말이 그러니 기다려 보자.

승룡 내가 그날 애들 마중이라도 나갔으면 좋았을 텐데. 그럼 더 빨리 발견했을 건데.

정희 동서, 됐어.

승룡 그… 다른 말은 없었구요?

정화 …….

정희 뭐야, 동서 뭘 알고 물어보는 거야?

승룡 아뇨, 뭘 알긴. 내가 뭘 알아.

정화 저 신애야, 영길이랑 복길이 데리고 물이나 길어 와.

복길	왜? 이모 무슨 일인데. 우린 들으면 안 돼?
정화	들을 것도 없어. 내가 이틀 내리 병자 옆에서 고생하다 보니 찬물이나 한 고뿌[4] 들이켜고 싶어 그래. 너희 중 누군지 항아리를 불 옆에 둬서 물이 미적지근하니 시원치 않다. 아, 얼른.

세 사람, 꿈쩍 않자.

정화	얼른!
신애	…영길아, 복길아. 따라나서.
영길	어차피 나는 필요 없지 않나.
정희	영길아, 너는 그저 걸어야지.
복길	고영길, 가자.
영길	분명 불길한 소식이겠지. 저 곱상한 병자 때문에 산짐승들한테 장 봐 온 것도 죄다 빼앗기고.
복길	너는 네 책이 찢긴 게 분한 거겠지.
신애	그만 투덜대고. 얼른 따라붙어.

김신애가 마당 한편에 둔 물지게를 등에 진다.

복길	언니야, 올 때는 내가 질게.
신애	영길아, 뭐해.

김신애를 따라 고복길과 고영길이 집을 나선다.

---

4   컵.

정화	무리하지 말고. 오늘 마실 것만 떠 오면 돼.
정희	영길아, 나간 김에 열심히 걸어.
정화	아, 그래 너희들 오는 길에 산자락에 두릅 새순 남은 거 있나 봐라. 오늘 상에 두릅 좀 무쳐서 올렸으면 하니까.
신애	(멀리서) 예 -.
정희	자, 뭔데 이제 말해 봐.

오정화가 최은심을 본다.

정화	할매도 들으시려구?
은심	그럼 들어가라고? 이 여관은 손님한테 이래라저래라 시키는 게 많다.
정화	그럼 할매, 혹시 역에서 순사들이 누굴 찾고 있더나?
은심	나는 순사들 지나가면 고개 팍 숙이고 가만히 있어.
승룡	순사들이 찾고 있대요?
정희	언니, 위험한 사람인 거야?
정화	선생 말이 웬 조선인 순사 하나가 어제부터 역 주변을 돌아다니면서 서울에서 온 사내 하나를 찾는다고.
정희	…사내?
정화	응.
승룡	큰일이네.
정희	동서, 저 방에는 사내가 없어. 그런데 큰일은 무슨 큰일.

정화	정희야, 그게… 지난밤에 내가 옷을 갈아입히는데, 여인의 몸이 아니더라고. 그래서 내가 승룡이 불러다가 갈아입히라 했지.
정희	어머.
은심	서울이 이제는 아예 모르는 세상이 됐다더니. 머스마가 여인네 옷을 입고.
승룡	그래서 쫓는 거래요?
정화	옷 좀 유별나게 입는다고 뭘 쫓나. 그게… 징용고지서가 날아와서 도망쳤대.
은심	건넛마을도 그거 때문에 벌써 난리야. 얼마 전부터 붙들려 가기 시작했는데, 떠난 이들이 기별도 없대고. 졸지에 생이별한 이들이 한바닥이야.
정희	의원 선생 입단속은 했어?
정화	여태껏 한 번도 우리 집 사정 밖에다 얘기한 적 없는 이야. 믿을 수 있어. 믿어야지.
정희	이거 야단났네.
은심	쫓아내야지.
정화	예?
은심	아니, 그 쫓고 있다는 순사가 이 여관까지 와서 들쑤시기라도 하면. 이 늙은이가 요양하러 이리 외진 데까지 왔는데, 기어코 저 밖의 소란을 여기로 끌고 들어올 셈이야?
정화	설마 여기까지 오려구. 여기까지 오려면 역에서도 한참인데.
정희	분홍색 서양 치마에 저 뾰족구두를 신고 있었던 거면… 언니, 본 사람이 많았을 거야.
정화	이 산골에 모던 걸이 웬 말이야. 아니, 모던 뿐이

	라 해야 하나.
은심	도망을 치려면 눈에 좀 덜 띄는 차림이나 할 것이지. 쯧쯧.
승룡	사내인 걸 숨기려고 입었을지도 모르죠.
정희	반만 똑똑했네.
정화	야단났네, 이거. 여관 장사하다 순사까지 들이게 생겼으니.
은심	어찌할 거야.
정화	뭘 어째요. 정신도 제대로 못 차리는 사람을.
정희	다시 버릴 수도 있지.

모두의 시선이 오정희에게로 향한다.

승룡	형님…!
정희	어머나, 왜 다들 그런 눈으로 본대요. 순사들이며 군인들이며 돌아다니면서 사지 멀쩡한 이들만 보면 그대로 잡아다가 전쟁터에 보낸다잖아요. 우리 집 애들도 그 눈에 들면 어째. 그러면 어쩌냐고.
은심	영길어멈 말도 틀린 게 아니지.
승룡	할매까지 거들지 마세요.
은심	야, 이것아. 손님한테 이래라저래라. 서울에 가면 호텔이라고 있거든. 거기서는 손님을 왕으로 모셔.
정화	그럼 그리 가시지 왜 우리 여관에 오셨대.
정희	언니야, 마님 돌아가시고 이제야 우리 같이 산다. 이제 속 시끄러운 건 딱 싫어. 그리 살지 말자. 동

	서는 알아야지.
승룡	…….
은심	늙은 몸이라도 옆에서 거들어 줄 수는 있어.
정화	뭐를.
은심	팔 한 짝 정도는 같이 끌어 줄 수 있다고.
정화	할매는 무서운 소리도 잘만 한다.
은심	우리 사장님이 진짜 무서운 게 뭔지를 모르는 게야.
정화	그래도 어찌 멀쩡히 산 사람을.
정희	멀쩡히? 언니, 정신도 제대로 못 차리는 사람이 멀쩡이라니. 그래! 어차피 죽을지도 모르는 사람 아니야?
정화	죽긴. 의원 선생님이 별일 아니라잖냐.
정희	동서.
승룡	아… 형님 말도 영 틀린 건 아니네. 그래요, 아니면 제가 업어다가 다른 집에 맡기고 올까요. 맡아 줄 사람 누구든 찾아서.
정화	그러다 순사라도 마주치면.
정희	그건 저 양반 운명이겠지.
정화	천지신명 놀라는 소리가 여기까지 들린다. 정희야, 네가 남의 운명을 어찌 알어.
승룡	형님도 우리 걱정 때문에 저러는 거 아니겠어요.
은심	징용이고 뭐고가 아니라, 진짜로 뭔 죄를 저지른 놈이면 어째.
정희	어머, 정말로.
승룡	그래요, 그럴 수도 있겠네.
은심	그럼 아예 신고를 해 버려야지. 그게 나을지도

몰라.

정희   먼저 선수를 쳐서?

은심   그런 거지!

정희   응? 언니. 그러자, 할매 말이 딱 맞네. 신고를 합시다!

그때, 김시우가 방문을 벌컥! 열어젖힌다.

시우   아니에요!

은심   으아악!

승룡   깨어나셨네.

정희   어머나.

정화   정신은 좀 드는가?

은심   애 떨어지는 줄 알았네!

김시우가 지친 몸을 이끌고 기어 나온다.

시우   그런 거 아니에요. 저는 죄인 같은 게 아니란 말이에요.

정화   알겠어, 알겠으니 어서 다시 들어갑시다. 의원이 그저 쉬라 했단 말이지.

오정화가 김시우를 부축하려 다가간다.

시우   부탁드려요. 이 여관은 누구든 들인다고 그랬단 말이죠.

정희   누가 그런 소리를.

시우	마을의 어르신들이요.
정희	헛소리요.
정화	맞지. 우리 어무이가 그랬지. 외진 데까지 오는 손님들 귀히 여기라.
정희	그때가 지금이랑 같나. 지금은 이 산골 마을까지도 순사들이 아주 판을 친다. 저 만주에서는 지금도 사람들이 죽어 나가고.
시우	기력을 찾을 때까지만이라도 머물게 해 주세요. 폐 끼치지 않을게요. 그래요, 종 하나 두셨다 생각하고….
정희	종? 그러면 우리 보고 마님을 하란 소린가.
은심	영길어멈 축하해. 종노릇 끝에 마님이 되셨네.
시우	머무는 값도, 그래요, 곱절로 쳐 드릴게요.
정화	알겠어요. 알겠으니 들어가.
정희	알겠긴 뭘.
정화	정희야, 그만하자. 응? 나 하자는 대로 해.
정희	언니.
정화	부탁이다. 응? 모두, 내가 이렇게 부탁할게.
정희	…나는 몰라.
정화	내가 책임진다.
정희	언니가 무슨 수로.

그때, 탕-!
저 멀리서 총소리가 울린다. 모두 총소리가 난 쪽을 바라본다.

정화	승룡아, 가서 애들 챙겨라.
승룡	예.

여승룡이 물을 뜨러 나간 김신애, 고복길, 고영길을 챙기러 마당을
나선다.

은심 어디에서 울렸나.

정화 근처는 아닌 것 같은데.

정희 언니.

정화 응.

정희 나는 말렸어.

정화 …자, 어서. 어서 들어갑시다.

오정화가 김시우를 부축해 방으로 들어가고, 오정희는 어딘가 다녀올
채비를 하기 시작한다.

은심 영길어멈, 어디 가려고.

정희 마님한테 다녀와야겠어요. 간 김에 밭에 가서 감
자도 좀 캐고.

은심 안 무섭나.

정희 가까이에서 들린 것도 아닌데요, 뭘. (방에 들어
간 정화 들으라는 듯 목소리를 높여선) 혹시 순
사라도 만나면 내가 대신 죽어 버리죠! 손님 돌보
느라 지 혈육 잃어버리면 속상해서 어찌 살까!

은심 나도 같이 가.

정희 할매도?

은심 내 요양지가 갑자기 너무 산란해져서, 바람 좀 쐬
야 진정이 되겠어.

정희 그래요.

은심   자, 다녀오세.

오정희와 최은심, 마당을 나선다.

3장.

탕! 조금 전 먼발치 총소리의 정체가 드러난다. 농무산의 숲을 뒤지는 대동사의 직원 중 하나가 정체 모를 산짐승을 향해 총을 쏜 것.

정도	잡았나?

산기슭에서 직원들을 지켜보고 있는 양장 차림의 강정도.

직원1	새끼입니다! 새끼를 잡았습니다!
정도	오케이! 브라보! 나머지도 계속 찾아내!
일호	안개가 저리 짙은데 죄다 찾을 수 있겠나?

강정도의 옆에 나란히 서 있는 조선인 순사 윤일호.

정도	오마와리상, 우리 대동사의 직원을 얕보지 마시죠. 다들 실력 좋은 헌터들입니다.
일호	헌터?
정도	산행 포수들을 서양에서는 그리 부르지요. 저 중 하나는 호랑이 잡는 산행 포수 출신도 있어요. 타이거 헌터.
일호	우리 샤쵸는 아는 것도 많네요.
정도	서울에서는 언제 오셨습니까.

일호	며칠 안 되었습니다.
정도	꼭 잡아야 할 텐데요. 요즘 그렇게 짐승들마냥 도망치는 이들이 많습니다. 아, 우리 지부가요, 도망친 야견들 박살 내는 데 최고랍니다. 촌구석으로 갈수록 표찰 하나 달지 않고 키우는 개들이 많아요. 들개와 진배없는 것들이죠.
일호	좋은 일 하십니다. 종로 거리에도 병에 걸려 미쳐 버린 들개들이 밤마다 기어 나와 길 가는 행인들을 물어뜯는다죠.
정도	우리 오마와리상도 광견병에 걸린 이를 실제로 본 적이 있습니까.
일호	아, 그건 아닙니다만.
정도	그렇습니까. 지금 우리가 쫓고 있는 이놈들 말입니다. 우리 직원 중 하나를 물고 저 안개 속으로 숨어 버렸어요. 물린 녀석은 어찌 되었는지 아십니까.
일호	어찌 되었습니까.
정도	처음 며칠은 그저 고뿔에 걸린 병자처럼 고열에 시달렸지요. 그러다 며칠 후부터는 온몸에 담이 걸렸답디다. 그리고 또 며칠 후에는 그 들개들처럼 침을 질질 흘리구요.
일호	살았습니까.
정도	그럴 리가요. 오마와리상, 우리는 목숨을 걸고 일합니다.
일호	안타까운 죽음.
정도	어찌 죽었는지 알려드릴까.
일호	병에 걸린 것 아닙니까.

정도	우물에 뛰어들었어요.
일호	예?
정도	애꿎은 우물만 버렸지. 그 병에 걸리면 몹시도 조갈이 난답니다. 우물로 가서 물 한 바가지 마시려다가 문득 저 아래 물에 비친 제 얼굴을 본 겁니다. 짐승처럼 헉헉대면서 침을 흘리는. 그때 '아, 나는 더 이상 인간이 아니게 되었구나.' 생각한 거죠. 차라리 죽는 게 낫겠다 싶었을 겁니다. 내 생각이 그래요, 그래서 뛰어든 거지.
일호	그럴듯하네요.
정도	그 들개들을 잡아다가 죽여 놔야 그놈 원이라도 풀어 주지 않을까 싶어 이럽니다.
일호	복수를 위해서.
정도	오마와리상한테도 있겠지요? 그 자를 잡아야 하는 간절한 이유.
일호	…안타까워서 그렇지요. 어릴 적부터 같은 동네에서 알고 지내던 동무인데, 동경에 유학을 다녀오더니…. 아닙니다.
정도	말씀해 보시지.
일호	말하기도 좀 남사스러워서.
정도	더 궁금한데요.
일호	그게… 유학을 다녀오더니 변태가 되어 돌아왔단 말입니다.
정도	헨타이?
일호	예. 그게… 밤마다 여자 행세를 하고 서양식 빠들을 전전하는 것이지요. 낯선 양인들과 몸을 섞구요.

정도	크큭. 헨타이, 헨타이.
일호	예… 징용이라도 다녀오면 정신을 차릴까 하여 제가 명단에 올렸습니다.
정도	동경에 유학까지 다녀왔으면 꽤나 사는 집안이었을 텐데.
일호	그러니 더 안타까운 거지요.
정도	오마와리상, 그거 혹시 시기 아닙니까?
일호	그게 무슨 소립니까.
정도	순사가 되려는 이들이 줄을 섰다지요. 순사만 되면 가난에서 벗어날 수 있다고 하니까요.
일호	샤쵸, 선을 넘으시는데.
정도	아, 이런. 죄송합니다. 무례하게 굴려는 의도는 없었습니다. 동병상련에 가까웠달까. 우리 조부님께서는 백정 출신이라. 형평사에서 신분 해방을 위해 열렬히 사회 운동도 하신 분이었거든요.
일호	…….
정도	기분 상하셨네. 아, 내가 말실수를 했습니다.

대동사의 직원 하나가 마을 쪽에서 뛰어온다.

정도	무슨 일이야.
직원2	지부장님이 전보를 보내셨습니다.
정도	아버지가? 뭐라고.
직원2	'즉시 귀환'
정도	…….
직원2	아무래도 도망친 개들은 두고 다시 돌아오라는….

정도	(말 자르며) 야, 인마. 내가 몰라?
직원2	…….
정도	야, 이쪽에서도 전보 쳐.
직원2	예?
정도	'야견 박살 완수.'
직원2	여섯 글자면 돈이 더 드는데….
정도	야, 내가 돈이 없어? 잔말 말고 그렇게 하라면 해.
직원2	…네.
정도	아, 아니다. 그럼 그냥 '복수 혈전' 그리 보내.
직원2	예?
정도	뭐해, 알아들었으면 뛰어.

직원이 다시 마을 쪽으로 뛰어간다.

정도	참나, 다들 나 하는 일에 이렇게 걱정이 많습니다.
일호	내가 순사 되고 첫 월급이 28원이었습니다. 그 돈으로 쌀 한 가마니 사다가 어버이께 드리니, 아직도 기억이 납니다, 눈물을 그리 흘리면서 대견하다는 말을 그리하셨어요.
정도	참 소박하시네.
일호	샤쵸.
정도	오마와리상.

농무산을 뒤지던 직원 중 하나가 다가온다.

직원1	샤쵸!
정도	또 뭔 일인데.

직원1	애들 몇이 안개 때문인지 절벽 아래로 굴러떨어졌습니다.
정도	빠가야로!
직원1	그리고….
정도	그리고 또 뭐.
직원1	…….
정도	아, 뭐!
직원1	사체를 빼앗겼어요. 웬 삽사리 하나가 물고 사라졌습니다.
정도	야! 가죽 장사하는 것들이 그걸 놓치면 어째!
직원1	…….
정도	앞장서. 어디로 굴러떨어졌는지, 앞장서라고!

직원이 앞장선다. 농무산으로 향하는 강정도를 향해, 윤일호가 외친다.

일호	샤쵸, 내가 오가다 침 질질 흘리는 들개를 보면 알려드리지요!
정도	나도 오가다 동경 유학까지 다녀온 헨타이를 보면 알려드리지요!

윤일호가 고개를 절레절레 흔들며 자리를 뜬다.

4장.

낮. 농무산 자락의 묘지와 묘지기를 위한 토막집. 그 아래로는 산기슭을 따라 두릅나무들이 줄지어 있다. 묘의 한쪽이 파헤쳐져 있다. 오정희는 호미로 묘 주변의 잡풀을 뜯어내고, 여승룡은 삽으로 파헤쳐진 묘를 수습한다. 최은심은 토막집 벽에 기대어 묘지기 일을 하는 오정희와 여승룡을 살핀다.

김신애와 고복길은 산기슭에서 두릅 새순을 꺾고 있고, 고영길은 그 옆에서 책을 읽고 있다.

은심   주인마님이 좋아라 하시겠네. 죽고서도 자기 섬기는 종이 있어서.

정희   (못 들은 척) 뽑아도 뽑아도 끝도 없지.

은심   영길어멈, 백정들도 양장을 챙겨 입고 다니는 세상이야. 뭘 그리 애를 쓰나.

승룡   뭔 멧돼지들이 이리 끝도 없이 한 무덤만 파헤치나. 내가 좀 자주 들여다봤어야 했는데. 미안해요, 형님.

정희   쓸데없는 사과 마라.

승룡   내가 마님 다시 단단하게 다져 드렸네.

정희   그래.

승룡   같이 할까.

정희   됐어, 가서 쉬고 있어. 이건 내가 하련다.

승룡	내가 거들지 않아서 형님 병나면 어째.
정희	나 괜찮다고. 내가 하겠다고. 가, 저리 가.
승룡	예….

여승룡이 최은심 곁으로 와 앉는다.

승룡	너무 기대앉지 마세요. 토막집이라 언제 무너져도 이상하지 않어.
은심	노인네가 무거우면 얼마나 무겁다고.
승룡	형님한테 너무 뭐라 하지 말아요.
은심	응?
승룡	죽은 마님 섬긴다고. 안 그래도 큰형님도 우리 형님 아직 저러고 있다고 맨날 큰소리셔.
은심	신애어멈 마음이 어지간히 답답했나 보네. 이방인인 나도 이리 답답한데.
승룡	마님 유언이 그래서.
은심	유언?
승룡	네. 마님 죽기 전에… 우리 형님한테 이리 바짝 와 보라고 손짓을 하는 거예요. 그래서 형님이 또 바짝 다가갔네. 그러더니 마님 하는 말이 이 토막집 너 줄 테니, 죽은 나 한평생 모시다가 너도 잘 따라오너라, 그랬다잖아.
은심	유언이 무슨 임금님 명령이라도 되나.
승룡	그 뒤에 따라붙은 말 때문에. 아, 이장하는 건 절대로 꿈꾸지도 말고, 이 무덤 이 모습 그대로 잘 보전하라고. 만약 네가 묘지기 일을 그만두면 자기가 저주를 내릴 거라고. 귀신이 돼서 아주 너

희 집안을 말라 죽일 거라고.

은심   참 나.

승룡   그러니까 그냥 두서요. 우리 형님 딱한 사람이야.
         할매는 어차피 떠날 사람이잖아.

최은심이 어쩐지 더 열심히 잡풀을 뜯어내고 있는 오정희를 바라
본다.

은심   딱하다, 딱해.

그때, 두릅을 따던 고복길이 소스라치며 뛰어오른다.

복길   으아아악!

정희   무슨 일인데?

승룡   복길이 왜 그래?

신애   너무 놀라지들 마셔요, 뱀이 나와서.

승룡   허허.

정희   (피식) 밟지 않게 조심해.

영길   야, 뱀이 너보다 더 놀라겠다.

복길   물리면 네가 책임질 거야?

영길   쟤는 독사도 아니야. 독사는 대가리가 삼각이래.
         물리면 물렸나 보다 하고 넘어가면 그만이야.

복길   너는 그리 고상하게 책이나 읽고 앉았으면서 말
         이 많다.

신애   너희는 어째 틈만 나면 싸우냐. 어차피 막바지라
         두릅 많지도 않아, 둘로도 충분해.

복길   근데 영길이 너 그 책은 어디서 났어?

신애	응? 그제 마을에 가서 사 온 거 아니야?
영길	…맞아.
복길	아닌데. 이런 표지는 내가 본 적이 없는데.
영길	그렇다면 그런 거지.
복길	너 혹시….
영길	뭐.
복길	그 손님 가방 뒤졌어?
영길	…아닌데?
복길	맞네. 언니야, 얘 좀 봐. 강도는 그 손님이 아니라 영길이 얘야. 네가 강도다.
영길	야! 강도라니. 책 좀 빌려 읽는 것 갖고 뭐 그리….
복길	주인 허락도 없이 가져다 읽는 걸 빌렸다고 하냐.
영길	…….
신애	영길이 너, 가자마자 돌려드려.
영길	…아직 다 못 읽었는데.
신애	너 왜 그래, 돌려드리라면 돌려드려.
영길	…알았어.
복길	근데, 가방에 또 뭐 있었어?
신애	복길아.
복길	언니야는 안 궁금해? 우리한테는 한 마디도 안 알려 주니 궁금하고 안 배기냐 이 말이야.
신애	…….
복길	궁금하지?
신애	뭐가 있디?
영길	그게… 가방이 두 개였잖아. 한쪽에는 그 아씨 입고 있던 것마냥 서양 여성복들이 있었고, 다

른 쪽에는 남자들 입는 정장 같은 것만 잔뜩 들었더라.

복길 거 봐, 뭐가 이상하다고 했잖아.

신애 동행이 있었나 보지.

복길 아니야. 그거 내가 보기에는 둘 다 그이 거야. 남자도 여자도 아닌 거지.

신애 복길아, 너무 갔다.

복길 너무 가긴. 우리야 촌구석에 살아서 바깥세상 어찌 돌아가는지 모른다지만. 저 밖은 별의별 일들이 가득하다잖어. 서울에선 이제 남자가 여자도 되고 여자가 남자도 되는지도 모르지.

신애 이상하다, 얘.

영길 이상하면 수군댈 게 아니라 알아봐야지.

복길 언니야, 영길이 얘 오냐오냐하니까 이제 언니도 무시하려 든다.

영길 아니, 정말로. 궁금하지 않아? 그 아씨 어떤 사람인지.

복길 영길아… 그 짐, 같이 뒤져 보자.

신애 그만! 복길아, 두릅이나 따. 영길이 너는 거들지 않을 거면 책이나 읽고.

정희 (별안간) 너 뭐야!

오정희가 묘지 주변 숲속을 거니는 무언가를 발견한다.

정희 워-이. 워-이! 저리 가. 어서.

여승룡이 벌떡 일어나 농기구 하나를 집어 들고는 오정희의 곁으로 간다.

승룡   저게 뭐야.

정희   들개다. 들개야. 여태 저것이 계속 무덤을 파고
                다녔나 봐. 위-이. 저리 가. 여기 먹을 거 없어.
                위-이!

수풀 안에서 삽사리 한 마리가 걸어 나온다. 그의 입에는 죽은 강아
지 한 마리가 들려 있다. 그 모습을 본 최은심이 일어선다.

정희   입에 뭘 물었다.

승룡   새낀가 본데.

정희   짐승이 따로 없다. 자기 새끼를 먹으려고.

은심   아는 개구만.

어느새 여승룡과 오정희 곁에 다가온 최은심.

은심   내가 아는 개야.

정희   예?

오정희의 놀란 목소리를 듣고 김신애, 고복길, 고영길이 몰려온다.

은심   너희들 가서 애 먹을 것 좀 구해 와라. 응?

최은심이 몰려든 김신애, 고복길, 고영길을 채근한다.

은심   어서!

정희	복길아, 토막집 뒤편에 창고 한번 뒤져 봐. 전에
	새참 해 먹고 남은 곡식이라도 있을지 모르니.
복길	예.

고복길이 토막집 안으로 향한다.

신애	기운도 없어 보이는데요.
은심	몇 날 며칠을 걸어왔을 게야. 지 자식을 물고. 혼
	자가 아닐 텐데.
정희	병이라도 들었으면 어째요.
은심	그럼 더 딱하지.
승룡	할매는 저 개를 어찌 압니까.
은심	…그냥 안다.

고복길이 곡식 한 줌을 찾아 나온다.

복길	이것뿐인데요.

최은심이 고복길에게 곡식 한 줌을 건네받아 삽사리 앞에 쪼그려 앉는다.

은심	내 얼굴 기억하니. 우리 집에 종종 왔잖냐. 왜 내
	가 이리 밥도 주고 했잖냐.

삽사리가 최은심 앞에 앉는다.

은심	그래, 그래. 알았으니, 네 자식 내려놓고, 좀 먹어.

최은심이 손을 내밀어 삽사리의 코로 한 줌의 곡식을 가져다 댄다.

은심   응?

삽사리가 입에 물고 있던 새끼를 내려 둔다.

승룡   정말 할매를 알아보는가 봐요.
은심   옳지.
정희   물리지 않게 조심해요.
영길   들개한테 물려서 걸린 병에는 약도 없대요.
은심   얘는 나 안 물어.

삽사리가 최은심의 손에 담긴 곡식을 먹기 시작한다. 이내 열중한다.

은심   새끼 좀 묻어 주자.
승룡   예?
은심   아, 먹느라 정신없을 때 우리가 좀 묻어 주자고.
승룡   어디에 묻습니까.
은심   어디에든.
승룡   삽이라도 가져올게요.

오정희가 손으로 흙을 파대기 시작한다.

정희   그거 어느 세월에 가져오냐.
복길   어무이, 그러다 손 다쳐.
정희   쟤 금방 먹는다. 먹고 나면 찾을 테지.

지켜보던 고복길이 오정희를 돕는다. 고영길도 이내 따른다. 여승룡이 새끼에게 손을 대려 하자, 삽사리가 먹는 것을 멈추고 으르렁댄다.

은심   괜찮어, 괜찮어. 다 네 새끼 위해 저러는 거다.

최은심이 한쪽 손으로 삽사리의 머리를 쓰다듬는다. 그러자 다시 먹기 시작하는 삽사리.

은심   자, 어서.

여승룡이 파둔 구덩이에 삽사리 새끼를 뉘여 놓는다.
뒤늦게 김신애도 삽사리에게 다가온다.
그 등을 조심스레 쓰다듬는다.

신애   너무 야위었네.
은심   여기까지 험난했을 테야.
               고생했네, 고생했어.

5장.

다시 여관. 저녁. 찬찬히 지고 있는 노을. 저녁 식사를 마친 여관 식구들과 최은심이 마당과 마루 곳곳에 모여 앉았다. 부엌에서는 김시우가 무언가를 열심히 만들고 있다. 오정화가 부엌에서 나오며 고개를 절레절레 흔든다.

정화   아이고, 고운 손으로 뭔 음식을 하겠다고 저 난리를.

은심   은혜 갚겠다고 저리 나서는 걸 보니 영 그른 이는 아닌 게야.

복길   강도도 아니구요.

은심   응?

복길   아니, 영길이 저것이 계속 곱게 차려입은 강도면 어쩌냐고 수군대잖아요.

영길   음식에 독을 타고 있을지 어떻게 아나.

정화   큭큭.

정희   영길아.

영길   농이에요.

정화   우리 영길이가 은근히 농을 잘해.

신애   근데 뭘 한다구?

정화   자기 짐에서 쌀 몇 홉 꺼내더니 그걸루 떡을 찌겠다고.

정희　　그걸루 떡이 되나.

단정한 원피스에 앞치마를 두른 김시우가 부엌에서 당고 한 개를 들고 나온다.

시우　　아니, 저희 어머니가 챙겨 준 쌀이 그래도 이것
　　　　보단 많았었는데, 길에 둔 사이에 짐승들한테 다
　　　　빼앗겼는지 얼마 남지 않았네요. 와쇼쿠식 데자
　　　　또예요. 당고.
은심　　애개, 이게 다?
시우　　네… 서너 알은 나올 줄 알았는데. 저희 어머니
　　　　는 제가 해 드리면 좋아하셨어요.
정화　　예쁨 받고 자란 귀한 자식이구만.
시우　　대접하기에도 민망한 양이지만, 드셔 보셔요.

아무도 나서서 당고를 받아 주지 않자,

정화　　이리 줘 봐요. 나부터 먹어 보게. 이게 당고구나.

오정화가 당고를 한 입 깨문다.

정화　　으응-. 이거 찹쌀떡이네. 설탕물 묻힌 찹쌀떡.
　　　　다들 먹어 봐.

여관집 식구들이 돌아가면서 당고를 한 입씩 깨작댄다.
최은심이 입가에 흘러내리는 시럽을 닦아 내며,

은심	이리 귀한 쌀을 이리 으깨서 먹다니.
시우	별론가요?
정화	맛있어요. 고마워. 어머니가 챙겨 주신 귀한 쌀을 우리까지 먹어 어떡해.
시우	…아니에요. 정말 감사해서. 뭔가를 해 드리고 싶었는데 이것밖에 생각이 안 났어요.
정화	거봐, 내가 뭐랬어. 들여서 나쁠 거 없다 했잖아. 덕분에 이런 귀한 음식도 먹어 보고.
영길	그냥 떡인데요, 뭐.
정화	떡은 뭐 우리가 자주 먹니.
시우	책을 좋아해요?
영길	네?
시우	몇 권 더 줄 수 있어요. 내가 자주 읽는 걸로 가져왔어요. 보여 줄 테니 원하는 거 가져가요.
정희	영길이한테 책을 주셨어?
복길	주시긴, 영길이가 훔쳤지.
영길	…….
시우	…아니에요! 제가 준 거 맞아요. 틈이 날 때마다 뭔가를 읽고 있길래. 저도 어찌 보면 읽는 게 좋아서 동경에 유학을 다녀온 거라.
복길	저기 근데 뭐 좀 물어봐도 돼요?
시우	그럼요. 물어보세요.
정희	복길이 너 무슨 말을 하려고.
복길	아니, 동경에서는 남자가 여인의 차림을 하기도 하나 해서.
시우	아….
정화	아이고, 남 곤란하게 하는 질문은 하는 게 아니지.

시우	왜요, 내가 이상해요?
복길	뭐… 좀?
시우	잠시만.

김시우가 방에 들여놓은 가방 두 개를 가지고 나온다.

은심	쌀 말고 또 뭐가 있나?
시우	아, 그런 거 아니고. 제가 집에서 나설 때 짐을 두 개 챙겼어요. 하나는 남자들이 입는 양복이고, 다른 하나는 지금 입은 이런 옷들. 원피스라고 하구, 구두는….
복길	(말 자르며) 하이힐!
시우	네, 맞아요. 신어 볼래요?
복길	그래도 돼요?
정희	얘, 복길아.
시우	괜찮아요. 다들 신어 보세요. 구경하셔도 되고.

고복길과 최은심이 김시우의 짐 가방에서 이것저것 꺼내어 보기 시작한다.

은심	요즘 세상 참 별나다, 별나.
복길	야, 우리 저고리는 수의마냥 빳빳한데, 이것들 좀 봐 다 비단결이네.
정화	우리 복길이 신났네.
시우	예쁘죠.
복길	(끄덕)
시우	그래서.

복길	…?
시우	그래서 입는다구요.
	아!

김시우가 짐 가방에서 책 몇 권을 꺼내, 고영길에게 건넨다.

시우	읽는 취향이 나랑 비슷하더라구요. 나도 유럽 여류 작가들이 쓴 소설들을 좋아하거든요.
복길	…유…럽?
영길	구로파 말하는 거야.
복길	아.
영길	(건네받으며) …감사합니다.
시우	아, 그리고… (신애에게) 우리 나이가 같다고 들었어요. 그날 나를 구해 주셨다고.
신애	옷은 미안해요. 내가 뭐라도 덧대어서 다시 꿰매 줄게요.
시우	괜찮아요, 정말로.
	이거, 어때요, 이거 쓰실래요?

김시우가 가방에서 립스틱 하나를 꺼낸다.

신애	이게….
시우	구찌베니. 연지예요. 입에 바르는 연지.
신애	아….
시우	이걸 바르면 얼굴에 생기가 돌죠. 해 보실래요? 이리로.

김시우가 김신애에게 립스틱을 발라 준다.

시우　　（입을 붙였다가 떼어 보며） 음마, 해 봐요. 음마.

신애　　음…마.

시우　　됐다. 보세요, 한 번.

김시우가 손거울을 꺼내 김신애를 비춰 준다.

시우　　예쁘죠?

복길　　이런 걸 다 동경에서 사 왔단 말이에요?

시우　　아뇨. 이건 다 데파토, 백화점에서. 제가 직접 살
　　　　수는 없었고, 동생이 사다 줬어요. 백화점에서
　　　　점원 일을 하거든요.

복길　　아….

영길　　너는 백화점이 어째 생겼는지도 잘 모르면서. 무
　　　　슨 아… 그러고 있냐.

복길　　그럼 너는 가 봤냐.

영길　　…봇짐 아재가 알려 줬지.

복길　　너는 봇짐 아재 없으면 어떡하려고 했니.

시우　　나중에 서울에 가게 되면 꼭 들러 보세요. 재미
　　　　있을 거예요. 아버님은 이 가방에 있는 거 다 가
　　　　지셔도 돼요. 아, 한 벌 정도는 남겨 주세요. 언제
　　　　입어야 할지 모르니까.

복길　　아버님?

김시우가 여승룡을 가리킨다.

복길	삼촌은 우리 아버지가 아니라, 우리 아버지 첩인데.
시우	어머, 그럼….
정화	처남 수동무.
시우	수동무….
영길	왜요?
시우	아, 처음 봐서요. 시골에서는 정말 종종 그렇게 하기도 한다면서요. 신기하네.
승룡	나도 그쪽 같은 사람 처음 보거든. 신기하거든.
시우	아, 죄송해요. 나쁜 뜻은 아니었는데요.
정희	애들 아범이 동서를 구해 줬어. 일본인 깡패들 손에 부모 잃고 길에 버려져 있는 걸. 그런데 그걸로 눈이 맞아 버린 거지. 원래 수동무라는 게 돈 좀 있는 집에서만 들이거든, 종노릇하던 집에도 남자 동서 생길 거 생각하니 묘하게 어깨가 올라가서 난 좋았어.
승룡	…죄송한 팔자.
정희	또 또 저 소리.
시우	그럼 아버님은 어디에.
영길	우리 아부지는… 돌아가셨어요. 제 생일에 흰 쌀밥 한번 먹여 주겠다며 구하러 나갔다가, 순사들한테 맞아 죽었어요. 조선인들한테는 쌀 한 톨도 팔지 못한다고. 그런데도 우리 아부지, 좀 팔아 달라고 채근하다가 ….
정희	(말 자르며) 영길아, 됐어. 그만.
시우	그런 쌀로 제가 고작 당고를.
복길	맛있었는데. 맛있었어요. 또 먹고 싶다.

은심	그래서 이제 어찌할 건가.
시우	순사들이 잠잠해지면, 동경으로 돌아가려구요.
복길	순사들?
신애	쫓기고 있어요?
시우	그냥 무작정 정신없이 도망만 치다 보니 여기까지 와 버렸어요. 아무 기차나 잡아 타고, 가장 끝에 내려서, 가장 외진 데로 가야지, 싶었거든요.
정희	외진 데라고 다 그림자 아래인 건 아니지. 그저 막다른 곳일 수도.

사이.

신애	…동생분이 그… 백화점에서 일을 한다구요.
시우	네.
신애	그런 데는 어떻게 일을 구해서 들어가나요.
시우	아마도 인사 상담소에서 구했나 봐요. 혹시 관심 있으세요?
신애	…아뇨, 그냥 궁금해서. 인사 상담소?
정화	애, 신애야. 손님 피곤하겠다. 아유 간만에 손님 덕에 재미있었네. 자, 이제 그만들 재잘대고 들어갑시다.

멀리서 서글피 우는 들개의 소리 들려온다.

승룡	아까 그 삽사리인가.
은심	쯧쯧.
정희	근데 할매는 그 개를 어찌 알아요? 응?

은심	…….
승룡	수상해서.
은심	수상하긴. 아, 내 앞집 살던 노인네가 키우던 삽사리야. 피혁 공장에서 나온 것들이 광견병이 의심된다면서 잡아가려고 했지. 새끼를 배고 있는 것을. 그 노인네… 맞서다가 죽었어. 개는 그길로 도망쳤거든. 분명 하나가 아니라 둘이었는데.
정희	진짜로 병에 걸린 건 아니었구요?
은심	병에 걸리면 그거대로 딱하지.
정희	위험하기도 하고.
신애	많이 슬픈가 봐요. 저리 구슬프게.

찬찬히 해가 진다.

정화	다들 들어가자는데도. 어서, 괜히 궁상들 그만 떨고.
복길	어라.
영길	왜.
복길	저 - 기.

고복길이 대문 밖을 가리킨다.

정희	이 시간에 누가….
정화	혹시….
신애	(시우에게) 얼른 들어가요.
정화	그쪽 쫓는 순사가 오는 걸지도 모르니까.
시우	아.

정화　　어서.

김시우가 방으로 들어간다.

은심　　이 여관은 해가 떨어지면 손님이 오는가.
정희　　손님이어야 할 텐데.
영길　　거의 다 왔네.
정화　　너희들도 그냥 들어가 있어.
정희　　그래, 너희들도 어서.

김신애, 고복길, 고영길이 들어가려 서두른다. 그러다 고영길, 엎어지
고 만다.

정희　　영길아, 괜찮어?
영길　　네, 괜찮아요. 하루이틀인가.
정도　　계세요-.

강정도가 마당으로 들어선다. 정장 차림의 그는 헝겊으로 싼 소총 한
자루를 메고 있다.

정화　　예. 어찌 오셨어.
정도　　뭔 난리가 났나 보네, 여기.
정화　　난리는 무슨. 애들아, 얼른 들어가. 여기 할매 잘
　　　　　자리 좀 봐 드려라.
신애　　네.

김신애와 고복길이 고영길을 부축해 서둘러 방으로 들어간다.

정도	외진 데 있길래 한산한 여관일 줄 알았더니, 손님들이 많구만.
정화	저 애들은 손님 아니에요.
정도	여기가 여관이라던데.
은심	맞지. 손님은 나 혼자뿐이야.
정도	그럼 방이 있습니까?
승룡	우리가 지금 행랑뿐인데.
정화	그러게. 그 양반집에 달린 방 같은 거 기대하시면 안 되고.
정희	밤이 아무래도 쌀쌀한데 그 방에서 주무셔도 될는지 모르겠네.
정화	이를 어쩌나. 힘든 걸음 하셨는데.
정도	괜찮습니다. 밤도 오고 있는 마당에 가릴 처지가 아니라서.
정희	그런데 이 밤에 이렇게 외진 곳에는 어쩐 일로. 차림을 보아하니 이런 데 오실 분은 아닌 것 같아 보여.
정도	아이고, 나는 이런 차림으로도 이런 데 자주 다닙니다. 그게 더 즐겁죠.

강정도가 메고 있던 소총을 가리킨다.

정도	잡아야 할 개새끼들이 있거든요. 광견병에 걸려서 미쳐 버린 들개들이 여기 뒷산으로 숨어들었거든.
정화	…고된 일 하시네.

정도	맞지, 아주 고됩니다. 그러니 행랑이라도 얼른.
정화	…이리 오셔요. 방 보여드릴게.
정도	(은심에게) 아, 근데, 손님 어르신. 우리 어디서 본 적이 있지 않나?
은심	그럴 리가. 내 생전 처음 뵙는 분인데.
정도	그래요?
정화	이쪽이에요.

오정화가 강정도를 데리고 행랑으로 향한다.

정희	할매, 누군지 알아?
은심	영길어멈.
정희	예.
은심	저 자야.
정희	응?
은심	내 앞집 살던 노인네 요단강 건너게 한 그치.
승룡	그 개들 잡아가려던?
은심	그래.

오정화가 다시 마당으로 돌아온다.

정화	자리끼를 달라네.
정희	언니, 괜찮겠지?
정화	뭐가.
정희	행랑에 들은 손님. 우리한테 해코지할 사람은 아니겠지?
정화	괜찮아. 어쨌든 이 늦은 밤에 이 외진 데까지 온

손님이잖어. 잘 재우고 잘 멕여야지.

승룡아, 가서 불 때라.

승룡   예.

정화   오랜만에 여관이 북적이는구나.

6장.

새벽. 아직 어두컴컴한 시각. 다시 농무산 자락의 묘지. 여승룡이 호롱불을 들고 홀로 이곳을 찾는다. 무언가 어둠 속에서 묘 한쪽을 파헤치고 있다. 땅을 헤집는 모양새가 짐승인가 싶은데, 어째 가까이 다가가면 갈수록 사람의 모양에 가깝다. 먼발치에서 이를 주시하던 여승룡이 찬찬히 수상쩍은 이에게 다가간다.

승룡　　거기 누구야.

누군가　…….

승룡　　누구냐고!
　　　　　짐승이면 물러가고 사, 사람이면 어서 대답해.

여승룡이 호롱불을 가까이에 가져가자, 그제야 드러나는 얼굴. 최은심이다.

은심　　아이고.

승룡　　……?

은심　　거 들켜 버렸네.

승룡　　할매…? 할매가 여기서 왜.

은심　　아, 이렇게 이른 시간에 뭣 하러 여길 와.

승룡　　눈이 일찍 떠져서. 그 삽사리 말고 또 마님 무덤을 노리는 이가 있을까 싶어서. 아니 근데 산짐승이 아니라 할매가. 대체 무슨 사연이길래 남의 무덤을 파고 있어요.

은심   어차피 혼자서는 힘들겠다 싶었지.

승룡   예?

은심   나 좀 도와줘.

승룡   아니 지금 내가 할매 쫓아내도 모자랄 판에 뭘 도와줘! 무덤 파헤치는 걸 도와줘? 낮에 우리 형님이랑 죽은 마님 얘기한 거 못 들었어요? 이거 형님이 또 알면 큰일 나.

은심   내가…. 내가 니네 마님 뼛조각이 필요해서 그래.

승룡   아니 그건 또 무슨. 돌아가신 지 한참 돼서 어차피 이미 죄다 흙이 되고도 남았네요.

은심   파 보지 않고 어찌 알어.

승룡   왜요, 왜 필요한데요.

은심   …….

승룡   응? 얼른 말해 봐요.

은심   …….

승룡   할매!

은심   아, 어제 우리 집에 든 그치 있잖어. 그치가 우리 마을에서 유명한 악독 업주라. 그놈 회사에 우리 손주 녀석이 자리를 구해 들어갔는데, 어찌 얼마 만에 의식 불명이 되었거든.

승룡   그게 우리 마님 무덤이랑 무슨 상관이래.

은심   너희 마님 이름이 최향숙, 맞지?

승룡   예. 어찌.

은심   내가 최은심이다. 최 씨. 용한 무당한테 가서 물으니 먼 친척 중에 하나가 죄를 짓고 죽었다고.

그 죄인의 뼈를 푹 고아다 먹이면 눈이 번쩍 뜨
일 거라 하지 않겠어.

승룡　　할매가 우리 마님이랑….

은심　　육촌지간. 최향숙이 어찌 그리 부자가 됐는지 알
어?

승룡　　…알다 마다.

은심　　쯧쯧. 소작농들 등쳐 먹고, 이자 놀이하고, 그걸
로 돈 없는 집안 자식들 데려다 종으로 부리고.
네 형님도 그래서 그 팔자 된 거 아니야. 일본 놈
들 들어오고서는 또 그쪽에 붙어서 살아남고.
응?

승룡　　그래도 이건 아니지. 무당이 하는 말을 믿어요?

은심　　그러는 너는 죽은 마님 말은 믿고? 죽은 이가 어
찌 저주를 내려. 응?

승룡　　우리 형님 딱하단 말이야. 딱한 사람 괴롭히지
말아요. 응?

정희　　할매.

승룡　　……?

정희　　동서 말 들어요. 거기까지 하서.

토막집의 문을 열고 오정희가 나온다.

승룡　　형님? 아니, 집에서 주무시지 않고. 여기 계셨어?

정희　　어쩐지 그 삽사리가 아닌 것만 같았거든. 혹시나
싶어서 그냥 지켜보자 싶었거든. 마님 무덤 파헤
치는 산짐승이 누군가 했거든요.

승룡　　미안해요. 내가 더 잘 돌봤어야 형님이 이런 고

생도 안 하는데.

정희 됐네, 동서.

은심 그래서 여기 있었구만.

정희 예, 깜빡 잠이 들었는데, 이리 소란스러우니 깰 수밖에요.

은심 잠귀가 밝네.

정희 예, 할매. 마님이 밤낮 가리지 않고 나를 알뜰살뜰히 부려 먹어서, 자는 중에도 귀는 열어 두는 게 습관이 되어 버렸거든요.

은심 …영길어멈 어떻게 안 될까?

오정희가 다가온다.

은심 영길어멈…! 나 진짜 대단한 것도 아니라, 그 뼛조각 하나만 있으면 되거든.

오정희가 파헤쳐진 무덤을 바라본다. 그의 눈이 일순간 흔들린다.
오정희가 이내 마른침을 꿀떡 삼키더니 무언가를 골똘히 생각한다.

은심 내가 무당 말 따라서 다녀오겠다니까 우리 집 것들 다 나를 정신 나간 노인네 취급하지. 그런데 영길어멈, 내가 있잖아… 내가… 우리 손주 놈을 그 회사 다니라고, 네가 그러면 내 속이 후련하겠다고 부추겼어. 내가 그리 만든 거야. 그러니 뭐라도 해야지. 나이가 드니 이제 뭔들 못할까 싶어.

승룡 형님, 미안해, 내가 할매 진즉에 여관으로 돌려보냈어야 하는데.

정희	…내가 저주 때문에 이러는 줄 아나.
승룡	응?
정희	나는 애초에 저주 같은 거 믿지 않았어. 나는 그냥 정말 모든 게 딱해서 지켜 준 거야. 마님을. 그런 유언 같은 거 남기지 않았어도 나는 지켜 줬을 거라고. 식솔들 다 죽고, 형제도 없는, 돈만 남은 마님이 나는 딱했어요.
	그러니까 할매 물러서요.
은심	딱한 건 영길어멈이다. 그래, 영길어멈 참 딱하다, 딱해.
정희	나보다 딱한 건 할매지. 할 게 없어서 죽은 사람을 해쳐.
은심	해치긴. 이미 죽었는데. 산 사람 살려야지.
정희	동서, 할매 끌어내.
은심	찾아만 보자, 응?
정희	얼른!

여승룡이 최은심을 끌어낸다.

은심	이거 놔.
승룡	죄송해요.
은심	이거, 이거 놓으라고!
	알았어. 내가 간다, 갈게 내가!

여승룡이 최은심을 놓아준다.

은심	영길어멈, 정신 차려라. 아랫것들은 아랫것들일

뿐이야. 딱히 여길 것들이나 딱히 여겨. 답답….

승룡　　데려다 드려요?

은심　　됐네. 쯧.

최은심이 묘지를 벗어난다.

승룡　　형님, 정말이에요? 마님이 딱했어? 우리한테 그
　　　　리 모질었는데도?
　　　　내가… 내가 몰랐네. 형님, 미안해. 내가 이리 사
　　　　람 마음을 몰라.

정희　　동서, 그 미안하단 소리 좀 그만하고 저거 봐 봐.

승룡　　응?

정희　　저거 보라고. 무덤에.

여승룡이 오정희와 함께 파헤쳐진 무덤을 본다.

정희　　이래서 이장도 뭐도 하지 말라고 했던 거야.

승룡　　이게 뭐야.

마침 뜨고 있는 해. 일출의 빛이 묘지 주변의 나무들을 비집고 무덤
에 닿는다. 순간, 그 안에서 무언가가 반짝인다.

정희　　금덩이를 쥐고 계셨어. 저세상까지도 당신 돈 다
　　　　쥐고 가려 하셨던 거야.

승룡　　이걸 어째. 응? 형님, 이걸 어째?

정희　　그러니 일단 덮어. 누구도 모르게. 무서운 세상
　　　　이니.

여승룡이 파헤쳐진 무덤을 헐레벌떡 다시 덮는다.

승룡   형님, 나 심장 떨려.

정희   마음 단단히 먹어.

승룡   주인집이 우리한테 뭔갈 주기도 하는구나.

정희   마님, 어찌 그래요. 내가 혹여라도 그 금덩이 채 갈까 무서웠어? 그런데 이를 어쩌나 이제 다 들통났네. 그놈의 저주로 나를 붙잡아 두려고 하셨어. 응?

승룡   정말로 마님이 딱했어요?

정희   그럴 리가. 저주를 내린다잖냐. 저주를. 자다가도 마님 마지막 목소리만 떠올리면 오금이 저린다. 다 죽어 가는 가운데에도 기어코 당신 종을 부리려는 그 목소리가. 근데, 동서, 저걸 봐, 이제는 정말로 마님이 딱해 죽네. 저주는 무슨.

승룡   큰형님, 큰형님한테 말해야겠죠.

정희   때를 보자. 지금 우리 집 너무 시끄럽다. 손님들 다 보내고, 우리끼리 남았을 때 생각해 보자고.

승룡   이게 분명 횡재인데. 심장이, 이 심장이 떨려서. 아이고, 숨이야. 숨이 다 막히네. 저거 가짜는 아니겠죠?

정희   동서는 가짜를 무덤까지 갖고 들어가겠어?

승룡   그치.

정희   (숲속을 향해) 너도. 너도 아무것도 못 본 게야.

그러자 삽사리 한 마리가 숲속에서 걸어 나온다. 오정희가 허리춤에서 감자 쪄 둔 것을 꺼내어 삽사리에게 떼어 준다.

승룡   금덩이가 얼마나 할까.

정희   뭐든 할 수 있겠지.

승룡   뭐든.

정희   우리 식구 이제 누구한테 아쉬운 소리 안 하고
살아도 되는 거야.

승룡   형님.

정희   동서, 고생 끝에 낙이 오네.

7장.

같은 새벽. 여관 마당에서는 김신애가 몰래 나갈 채비를 하고 있다. 그가 작은 짐을 챙기고 집을 나서려는 그때, 마침 목이 말라 물을 찾으러 나온 김시우와 마주친다. 김신애는 무언가를 들키고 만 사람처럼.

신애	어.
시우	목이 말라서. 어디 가셔요?
신애	그게….
시우	장에?
신애	아니, 그게….
시우	……?
신애	왜, 어제저녁에 그랬죠. 인사 상담소에서 백화점 점원을 구한다고. 다녀와 볼까 싶어서.
시우	이 마을에도 인사 상담소가 있어요?
신애	아뇨. 오가는 데 하루는 꼬박 걸릴 거예요.
시우	아.
신애	…마침 잘 만났네요. 어머니한테 말 좀 전해 주세요. 편지를 남겨 두긴 했는데… 거들어 주면 더 나을 테니.
시우	격려해 주시지 않겠어요?
신애	아니요. 우리 어무니는 내가 여기서 당신이랑 쭉

여관을 꾸리고 살기를 바라서서. 근데 나는 그러고 싶지 않거든요. 더 많은 거 해내고, 많은 거 보고, 그러고 싶거든요. 복길이나 영길이가 이런 말을 하면 그런가 보다 하겠지만 정작 내가 그런 말을 하면 우리 어무니 뒤로 넘어가시겠지.

시우   내가 넘어가시지 않게, 점잖은 말 골라서 전해 둘게요.

신애   점잖은 말? 어떤 말일지 궁금하네.

시우   이제 생각해 봐야죠. 나 살려 준 장본인이시니 이렇게라도 보답을 또 하고 싶고. 그래, 배웅도 해 드릴게요. 손님이 배웅이라니 웃기지만.

신애   안 그러셔도 돼요. 행랑에 있는 손님이 깨기라도 하면 어쩌려고.

시우   괜찮아요. 어차피 순사도 아니라던데.

김신애와 김시우가 대문 밖으로 나선다.

신애   저기….

시우   네.

신애   웬 순사한테 쫓기고 있다구요?

시우   …어릴 적부터 동무였는데, 대체 뭐가 마음에 안 들었는지 나를 강제 징용 명단에 올려 둔 거예요. 끌려가면 돌아올 수 있나 싶은 거죠. 집에서는, 그래요, 어차피 이렇게 된 거 너 하고 싶은 대로 뽀이 말고 걸이 돼서 도망쳐라, 그러셨죠.

신애   집에서 애타겠어요.

시우   …돌아갈 수나 있을까, 집으로.

사이.

신애   서울에 사는 건 어때요?

시우   글쎄요. 여기보다 선택지가 많은 건 맞죠. 할 수 있는 일들도 늘어나는 중이고. 그래, 혹시 동물들 좋아하세요?

신애   짐승들?

시우   예, 뭐.

신애   좋아하죠.

시우   서울엔 동물원이라는 게 있어요. 생전 듣도 보도 못한 녀석들이 한가득 있거든요. 그런 별천지 구경하러 다니는 재미가 있어요.

신애   그 동물들은 갇혀 있는 건가?

시우   예? 당연히. 풀어 놓으면 안 되죠. 큰일 나죠.

신애   딱한데.

시우   …좋은 예가 아니었나.

신애   아니에요, 뭐든. 나중에 또 들려 주세요.

시우   네.

신애   아, 그래. 그럼 되겠다. 혹시 내가 진짜로 백화점에 취직하고 서울에 살게 되면… 그쪽 본가에 찾아가서 안부 전해 줄게요.

김시우의 눈시울이 붉어진다.

신애   울라고 한 얘기는 아니었는데. 얼른 들어가요. 이러지 말고.

시우	아.
신애	응?
시우	잠시만, 잠시만요.
신애	아이고 참.

김시우가 서둘러 방으로 들어가 무언가를 챙겨 나온다.

시우	이거, 이거 두르고 가요. 마후라예요.
신애	이 고운 걸.
시우	하고 가세요. 요즘 서울 여자들은 더위 죽겠는데도 이걸 두르고 다녀요.
신애	비쌀 텐데.
시우	그리 비싸지 않으니까 얼른.
신애	…감사합니다. 깨끗하게 두르고 돌려드릴게요.
시우	선물이에요. 생명의 은인한테 주는 선물.
신애	보드랍네.
시우	얼른 가세요. 이러다 들키겠다. 나 아직 점잖은 말 어찌할지 고르지도 못했는데.
신애	잘 머물고 계세요. 금방 돌아올 테니.
시우	네.

김신애가 떠난다.
김시우가 다시 물을 마시려고 부엌으로 가는 찰나, 행랑채의 문이 열리더니 그 안에서 강정도가 빼꼼 얼굴을 내민다.

정도	손님이 한 분 더 계셨네.
시우	…아. 안녕하세요.

정도	어젠 안 보이시던데.
시우	제가 몸이 안 좋아서 일찍 잠에 들었어요.
정도	그러시구나. 객지에서 고생이시네. 본의 아니게 들었어요. 방금 이 집 여식이랑 나눈 대화.
시우	…….
정도	서울에서 오셨다고?
시우	…들어가 보겠습니다.
정도	무슨 일로 이렇게 먼 길을?
시우	사정이 있어서.
정도	짐승들을 가둬 놓는 게 뭐 어때서. 그치?
시우	예?
정도	잡아 놔야 길들일 거 아니오. 필요할 때 벗겨서 가죽으로 쓰고.
시우	…….
정도	아, 내가 피혁 사업을 하는지라.
시우	그러시구나….
	들어가세요.

김시우가 부엌 가는 걸 포기하고 다시 방으로 들어간다.
강정도가 키득대며 웃기 시작한다.

정도	헨타이… 헨타이…! 크큭.

8장.

같은 날, 늦은 오후. 고깃국 냄새가 여관에 진동한다. 오정화, 오정희, 여승룡, 고복길이 상을 차리는 데 여념이 없다. 여관 식구 중 고영길 만이 여느 때처럼 마루에 앉아서 책을 읽고 있다. 손님들 중에 김시 우를 뺀 강정도와 최은심만이 밖에 나와 있다. 강정도는 고영길 옆 마루에 걸터앉아 자신의 소총을 정비하고 있고, 최은심은 마당 구석 에 쪼그려 앉아 그런 강정도를 살펴본다.

은심   사업가시라고.
정도   예, 어르신.
은심   꽤나 대단한 사업을 하시나 봐. 총을 다 들고 다
          니시고.
정도   아, 이 총은 어떤 증명을 하기 위해서 들고 다니
          는 거랄까.
은심   쏠 줄은 아나.
정도   어르신도 참.

강정도가 벌떡 일어나 소총을 쏘는 자세를 보인다.

은심   껄껄. 알았네, 알았어.
정도   (영길에게) 너는 다리가 안 좋구나.
영길   예?

정도	다리 말이야. 한쪽이 짧네.
영길	…네.
정도	책을 좋아하니?
영길	네.
정도	'네'밖에 할 줄 몰라?
영길	…아뇨.
정도	크큭. 내가 말이지. 너만 한 막둥이 누이가 하나 있거든. 그 애는 팔이 그렇지. 걔는 책보다 음악을 좋아해. 너, 클래식 음악도 들어? 서양 음악 말이야.
영길	(절레)
정도	나중에 꼭 들어 봐. 잔잔한 음악 틀어 놓고 읽으면 책이 두 배는 더 즐거울 거다. 알았니?
영길	(끄덕)
정도	좋아, 기분이다. 내가 가르쳐 줄게.
영길	뭐를요?
정도	이리 와서 총 들어 봐.
영길	총을?
정도	무서워? 가르쳐 준대도. 이런 기회가 흔하지 않아. 얼른.

강정도가 고영길에게 총을 쥐어 주고, 자세를 잡아 준다. 그 모습 역시도 최은심은 가만히 지켜본다.

정도	자 여기를 개머리판이라고 해. 이걸 어깨에 단단히 괴고, 이 자루 옆에 볼을 딱 붙이는 거야. 그리고 거기 보이지? 볼록 튀어나온 부분. 그게 가늠

자. 그걸 맞추고 싶은 거에 딱 가져다 놓는 거지. 그리고 여길 이리 한 번 잡았다가 놓으면 장전. 그리고 이제 여기가 방아쇠… 여길 누르면 빵!

강정도가 고영길의 손가락을 눌러 방아쇠를 당긴다. 고영길이 움찔한다.

정도   걱정 마, 총알 없으니.

정희   영길아, 너 뭐해. 손님 괜히 방해하지 마라. 죄송해요.

정도   걱정 마쇼. 내가 가르쳐 준다고 한 거니.

정희   아… 괜히 손님 불편하게 할까 싶어 그러죠.

정도   고깃국은 멀었나.

오정희가 다시 저녁 차리기에 열을 올린다.

정도   총알도 보여 줄까?

강정도가 주머니에서 탄창 하나를 꺼내 소총에 장착시킨다.

정도   자 이제는 진짜로 쏘면 큰 - 일이 나는 거야. 워!

고영길이 또 움찔한다.

정도   내가 일 끝나면 이 집으로 서양 소설 전집이라도 보내 줄게.

영길   왜요?

정도	말했잖냐. 네가 내 막냇누이 닮았다고. 어르신은 뭘 계속 그리 봅니까.
은심	아, 나도 신기해서 그러지.
정화	저녁상 다 됐어요. 손님 덕분에 고깃국도 먹고.
정도	내가 아주 좋은 소식 하나를 보내고 왔거든.
정화	좋은 소식이요?
정도	서울에 전보를 좀 치고 왔지요. 얼른 다시 돌아오라고.
정화	누가 떠났나.
정도	그런 일이 있었죠. 큭큭. 그… 다른 손님 한 분은 왜 안 나오시고. 모처럼의 고기까지 사 왔는데.
정화	다른 손님?
정도	뭘 그리 숨기나, 다 아는데. 새벽에 마당에서 딱 마주쳤는데.
정화	아 -, 그러셨어. 아휴, 내가 뭘 숨기나. 그 손님은 병약해서 방에만 계시니, 괜히 말 안 한 거지.
정도	그래? 무슨 불령인을 숨겨 주고 있는 건 아니고?
정화	어머, 우리 손님이 큰일 날 소리를. 그러다 우리 여관 망하면 어째.
정도	그렇지?
정화	그래요. 고깃국에다가 두릅 반찬도 곁들였어요. 여기 산이 험한 대신에 그 자락에 두릅이 천지라. 맛있으니 많이 드시고.
정희	애, 복길아. 이거 방에다가 줘라.

오정희가 숨기려던 상 하나를 고복길에게 건넨다.

정도　그쪽 손님도 많이 드시고 쾌차하시라고 전해라.
　　　　아주 비싼 고기라고. 알겠지?

복길　예. 비싸다 꼭 전할게요.

고복길이 상을 들고 방으로 들어간다.

정화　자, 드세요. 할매도 거기 그리 있지 말고 이제 오
　　　　셔서 식사하시고.

오정희와 여승룡이 나머지 상을 들고 와 손님들 앞에 둔다.

정희　할매가 요양은 오늘까지라고 하시네.

정화　응?

정희　(최은심을 바라보며) 이제 할 만큼 하셨다고 집
　　　　으로 돌아가시겠대.

정화　그러셨어? 아쉽네, 할매. 왜 나한테는 말도 않고.

오정희가 여승룡의 옆구리를 쿡 찌른다.

승룡　맞지, 그러셨지. 할매 아쉽네.

은심　…….

정도　요양하러 오셨어? 어르신 요양지 한번 요상한 데
　　　　로 고르셨네.

정희　나이도 있으신데 이렇게 객지에 오래 나와 계시
　　　　면 힘드시지 아무래도.

정도　어르신은 자식들이 없나?

은심	내가 자식들이 왜 없어. 손주 녀석도 있는데.
정도	그러면 돌아가셔야지. 자식들이 걱정하겠네.
은심	…….
정화	할매, 또 오셔요.
	자, 손님들 내어 드렸으니 우리도 먹을까. 영길아 밥 먹자.

고영길, 오정희, 오정화, 여승룡도 부엌 근처에 모여 앉아 밥을 먹기 시작한다.

정도	간이 잘 되었네.
정화	입에 맞아 다행이네.
정희	(방을 향해) 얘, 복길아. 상 넣어 드렸으면 너도 나와서 먹어.
정도	무를 넣으면 좋았을 텐데. 조금 덜 익혔어도 좋았을 테고.
정화	다음부턴 그래 볼게요.
정도	허허, 뭐야 나한테 또 고기 사 오라고?
정화	그런 말은 아니었는데. 오해를 샀네.
승룡	할매도 잘 드시고 계셔요?
은심	잘 먹고 있다. 맛이 좋네.
정도	내가 따져 가며 고른 고기니 많이 드시오.
정희	아, 복길이 이것은 왜 안 나오고 저 안에 계속 있나. 얘, 복길아. 국 다 식는다!
정화	저 손님 또 애한테 무슨 바람을 불어넣고 있나.
정희	응?
정화	저 이 때문에 우리 신애가 괜한 생각을 했나 싶

어서.

정희   언니야, 괜히 마음 졸이지 말어. 그냥 지나가는 바람이야. 신애가 정말 서울에 일을 구하거나 하겠어.

그제야 고복길이 나온다. 다소 당혹스러운 얼굴로.

복길   저기, 어무이. 손님이 지금 가시겠다네.

정희   간다고?

정화   아니, 이제 상 막 차려드렸는데. 아니, 며칠치 값도 다 치러 놓고는.

부엌에 있던 여관 식구들이 마당으로 나온다.
김시우가 짐 가방을 들고 나온다.

시우   제가 곱절로 쳐 드린다고 했잖아요. 그냥 팁이라고 생각하세요.

정화   팁?

정도   수고비.

정화   아이고, 수고비는 무슨.

시우   잠깐이었지만 감사했습니다. 덕분에 기력 찾아서 떠나요.

복길   아니, 갑자기 떠난다고 하니까 마음이 별루다.

정도   그러게, 나 온 다음 떠나니까 꼭 나 때문에 떠나시는 것 같네.

시우   …그럴 리가요.

은심   먼 길 가시겠네.

시우	할매도 반가웠습니다.
영길	저… 이 책 아직 다 못 읽었는데.
시우	그 책도 두고 갈게요. 책이 많으면 짐만 무거워. 내 짐 덜어 준다고 생각해. 고마워요.
승룡	저 앞까지만이라도 들어 드릴까?
시우	괜찮아요, 괜찮아.
정희	아니 무슨 낌새도 없이.
정도	그러게, 무슨 쥐새끼마냥.
시우	…있을 만큼 있었어요. 얼른 움직여야죠.
정화	괜찮겠어요?
시우	그럼요.
정도	아니, 그러게. 괜찮겠나.
시우	…?
정도	정말 괜찮으시겠냐고.
시우	…괜찮을 거예요.
정도	도망이라는 게 말이야, 그리 쉬운 일이 아니거든.

강정도가 수저를 내려놓곤, 총을 든다. 김시우를 막아선다.

정화	아니 손님 지금 뭐하셔.
승룡	이보쇼, 총을 어디에 겨누는 거야.
정도	내가 붙잡아 둬야 면이 서거든.
시우	……?
정도	서울에서 온 웬 순사 한 놈이 동경에서 유학하고 온 변태를 찾는다잖아. 참나, 이렇게 만날 줄은 또 누가 알았어. 나는 그저 놓친 개 한 마리 잡으려고 왔는데, 여기서 이런 만남을 하게 될 줄

이야. 지금쯤이면 다시 이리 오는 기차를 탔겠지.
큭큭. 오마와리상, 내 덕을 보겠구만. 그러니 다
시 들어가. 얼른.

시우 내가 왜….

정도 어이, 헨타이. 쯧쯧. 너 같은 변태 새끼들은 다
잡아 죽여야 마땅한데. 괜한 소란 피우지 말고
들어가서 잠자코 기다립시다.

시우 쏘시려고?

정도 죄인을 쏴서 잡아 두는 게 문제가 되나.

시우 …….

정도 겁이 없으신가, 얼른. 들어가서 고깃국이나 처드
시라고. 비싼 고기니까.

김시우가 꼼짝도 하지 않는다.

정화 (강정도에) 손님 너무 흥분하셨어. 그거 내려놓
고 말로 합시다, 말로.

정희 (김시우에) 저기, 일단 다시 들어가. 일단 들어가
래도. 응? 이러다 정말 무슨 사달 나겠어.

정도 다들 입 다물어! 지금 누가 누구한테 이래라저래
라 하나. 죄인을 숨겨 준 것도 죄야.

정화 숨겨 주다니, 우리는 그저 손님으로.

강정도가 오정화에게도 총을 겨눈다.

정도 입 다물래도.

그때, 고영길이 강정도의 총을 막아선다.

정희	영길아, 영길아. 너 뭐 해…!
정도	…?
영길	그만하세요.
정도	야, 너 인마 이거 아까랑 달라. 장전했다고. 봤잖아. 여기 진짜 총알 들었어. 이제 쏘면 진짜 빵이야!

고영길, 비켜서지 않는다.

| 정도 | 왜 이러냐. |

고영길의 갑작스러운 행동에 기세가 꺾인 강정도. 그 틈을 타 김시우가 고영길의 총을 낚아채기 위해 달려든다. *탕-!*
총알 한 발이 허공을 향해 쏘아진다. 그걸 마치 신호탄으로 삼은 듯 지켜보던 여승룡도 김시우를 거들어 강정도를 제압하려 든다.

정도	이것들이! 이거 놔!
정희	동서, 뭐 해!
승룡	니가 뭔데 죽이고 말고를 정하나. 응? 누가 변태 새끼냐 이 말이야!
정도	코노 빠가야로!

강정도가 휘두른 개머리판에 맞은 여승룡이 바닥에 널브러진다.

| 정희 | 으악, 동서! |

승룡   형님, 미안해. 나 괜찮아.

그 모습을 본 오정희가 강정도에게 달려든다.

정화   얘, 정희야!
정희   너 뭐야. 이제, 이제야 우리… 숨 좀 쉬겠는데! 숨
            좀 트이나 했는데! 왜 우리한테 이래! 딱한 사람
            들한테 왜 지랄이냐고!
정도   다들 미쳤구만, 미쳤어. 너희들도 광견병에 걸렸
            나? 어?

강정도가 뻗어 대는 팔에 오정희가 뺨을 맞는다.

정화   정희한테 손대지 말어!

오정화도 오정희를 도와 다시 강정도에게 달라붙는다. 정신을 차린
여승룡도 다시 합세한다. 고복길도 도우려는데,

정희   복길이 너 물러서! 이리 오면 느이 어무이 죽어
            버린다!

김시우, 오정희, 오정화, 여승룡과 강정도의 싸움이 이어진다. 그때,
총을 놓치고 마는 강정도. 저 멀리 미끄러지는 그의 총. 이들을 별말
없이 지켜보고 있던 최은심의 앞에 다다른다. 최은심이 찬찬히 총을
쥐어 본다.

정화   할매. 뭐 해.

최은심은 강정도가 고영길에게 일러 주었던 대로, 차근차근 자세를 취한다.

은심 여길 이리 한 번 놓으면 장전.

정신을 바짝 차린 채 총을 다루는 최은심. 모두 그런 최은심을 주시한다.

정도 내려놓으서.
정희 저 할매는 또 왜 저러나.
정도 어르신? 그 총 이리 내. 어르신은 나랑 같은 손님이니까, 탈 없어. 그러니 이리 내. 얼른!

강정도가 달라붙은 이들을 떨쳐 내고 최은심에게 다가간다.

은심 나한테 자식이 있다고 했지. 손주가 있다고 했고. 그 손주 녀석이 무슨 가죽 만드는 공장에 취직했는데, 어느 날은 출근해서는 누구한테 맞아서 집에 온 거지. 쉬겠다고 들어가서는 그렇게 몇 달을 깨어나지 못했어.
정도 …낯이 익다 했는데.
은심 그쪽 공장이었겠지.
정도 나는 모르는 일이오. 내가 그 회사 사장이니, 돌아가면 소상히….
은심 (말 자르며) 육시럴. 안 믿어.
정도 다들 진짜 개새끼들한테 물리기라도 했나, 미쳐 버려서는…! 이리 내.

강정도가 최은심에게 위협적으로 달려든다.

정도   이리 내라고!

탕-!
최은심이 방아쇠를 당긴다.
강정도가 쓰러진다.

〈2막〉

1장.

밤. 농무산 자락의 묘지. 두 손님(최은심과 김시우)과 여관 식구들(오정화, 오정희, 여승룡, 고복길, 고영길)이 묘를 파내고 있다. 모두의 옷이 강정도의 피로 얼룩져 있다. 정신없이 묘를 파헤치는 이들의 옆으로 볏짚이엉으로 덮어 놓은 강정도의 시신과 그의 총이 놓여 있다. 그리고, 숲속에선 삽사리 한 마리가 모든 광경을 지켜보고 있다.

삽사리   피 냄새. 피 냄새가 나. 저들도 누군가를 잃은 건가. 쿵쿵. 그런데, 다른 냄새도. 이 냄새는 익숙한데 말이야. 기분 나쁜 냄새. 물어뜯어 버리고 싶은 냄새.

삽사리가 고개를 돌려 안개 속을 향해 짖는다.

삽사리   그래, 그때 그 냄새다. 이상한 가죽 냄새. …저들도 뭔가를 당한 걸까.
　　　　　…몸은 좀 어때? 열이 멈추지 않는구나. 다리는 딱딱하고. 어쩌다 이런 병에 걸렸을까. 집을 나설 때만 해도 건강했는데 말이야. 곪은 배라도 해결하면 나아질 수 있을까.
　　　　　집이었다면 할아범이 우리한테 돼지 뼈를 고아 주었을 텐데. 그런데 이제 너무 멀리 도망쳐 버렸어.

안개 속에서 개 한 마리가 신음하는 소리가 들린다.

삽사리 괜찮아, 괜찮아. 나 여기 있어. 그래, 이제 이 안
개산이 우리의 집이야. 내 새끼도 여기 묻혔고,
너도 그 몸으로는 여길 떠날 수 없겠지. 너희가
있는 곳에 나도 있어야겠어. 괜찮대도, 안개와 절
벽이 우리를 지켜줄 거야. 이 숲에만 들어서면
인간들은 죄다 멍청해져. 쿵쿵대기만 해도 쉽게
찾을 수 있는 길들을 기어코 잃어버리고, 툭하면
절벽 아래로 떨어지고 말아.
그래, 이 산에서 우리 함께 있자.

안개 속의 개 한 마리, 울음으로 대답한다.

삽사리 그래, 저들한테 먹을 게 있을 거야. 저들이 저번
처럼 우릴 도와줄 거야.

무덤 파기에 열중하던 오정화가 허리를 편다.

정화 다들 오늘 일은 죽을 때까지, 그래 우리 무덤 팔
때까지 함구하는 거야.
은심 이리 되었네, 이리 되었어.
정화 벌어진 일이니 이제 수습해야지. 정신 바짝 차려
요, 정신.
정희 …다들 놀라지나 말어.
정화 왜, 뭐. 아직 살아 있는 게야?

승룡	형님은 저 양반 얘길 하는 게 아니에요.
정화	무슨 소리래.
은심	영길어멈, 어쩨 마님 무덤에 저런 치를 뉘일 생각을 했나.
정희	할매 몫은 없어요.
은심	응?
정희	지금 할매 때문에 이 사달이 났으니까.
시우	저 때문이죠, 그래요, 할매가 아니라. 다들 저 때문에 이리⋯.
정화	아니. 다들 그만해요. 내가 들였으니, 모두 내 책임이야.
정희	무덤에 뉘여 놓으면 못 찾겠지.
은심	그게 다야? 아니, 왜 갑자기 생각이 바뀌었냐 이 말이야. 어쩨 무덤을 내어 주기로 했나. 딱한 마님, 딱한 마님 그러던 게.
정희	⋯있어 보셔.
정화	할매, 급박한 상황이니 우리 정희도 내려놓은 게 아니겠어요.
정희	언니, 하늘이 무너져도 솟아날 구멍이 있는 법이야. 여기 있는 걸로 우리 어떻게든 해 보자.
정화	글쎄 너 아까부터 계속 무슨 소리를.
승룡	여기 나왔네요.

여승룡이 무덤에서 금괴 세 덩이를 꺼낸다.

정화	애, 승룡아. 이게 뭐냐.
승룡	마님이 쥐고 간 금덩이요.

정화	에구머니나.
은심	내 그럴 줄 알았지. 최향숙이 딱하긴 개뿔.
정희	할매, 내가 당하고 산 세월이 너무 길어. 우리 어버이… 마님 밭에서 소작을 했지, 어째 농사를 할수록 빚만 늘어. 그래서 나를 결국 종으로 팔아 보냈단 말이야. 우리 마님… 당신이 나를 사줬으니 고마워 하랬지.
은심	일찌감치 파묘를 해도 모자랄 판에.
정희	저 금덩이 보기 전까지는 그 저주를 내가… 믿었네. 근데 그게 결국 죽어서도 제 속 채우기 위해서였다니. 그러니까 여기 이건 내 그 한탄스러운 세월에 대한 보상이에요.
은심	알아들었어. 영길어멈, 알아들었다고. 나는 금덩이 필요 없어.
정희	그래, 손님들은 물러서.
시우	저는 생각조차 안 하고 있었는데요.
은심	그전에…! 최향숙 손가락이든 뭐든 그거 하나만 가져갈게.
정화	할매, 그건 또 무슨 소리래.
정희	할매, 있으면, 있으면…! 진짜 가져가서. 근데 우리 마님 가신 지 꽤 됐다.
은심	나와, 다들. 내가 내려가서 직접 찾아보게.
정희	없을 거래도.

최은심이 파헤쳐진 무덤 안으로 들어가, 흙 속을 뒤지기 시작한다.

| 정화 | 아, 아니, 할매는 왜 그러는데. |

승룡	할매가 최향숙 마님이랑 육촌지간이래요. 손주 병 고치려면 같은 핏줄 시체를 먹여야 한대고.
정화	시체를 먹여?
은심	그냥 핏줄이 아니야, 그중에 죄를 지은 것의 시체를 먹여야 한댔어.
정화	할매, 요양하러 왔다더니. 이게 지금 다… 무슨….

고영길이 금덩이를 집어 들더니 깨물어 본다.

정희	영길아, 뭐해.
영길	봇짐 아재가 이리 한다더라고.
정희	응?
영길	확실히 해야죠. 가짜면 어째요. 자국이 나면 진짜래요. 진짜네.
정화	내 심장.
승룡	큰형님, 그러니까요, 나는 횡재란 생각보다 심장이 뛰어서 어찌할 바를 모르겠더라고.
정희	언니, 이거라고.
정화	응?
정희	이 금덩이 들고 어디로든 가자. 당장.
정화	그건 또 무슨 소리야.
복길	우리… 마을을 떠나요?
정희	복길아, 이것아 이 사달이 났으니 숨어야지.
시우	아니요, 아니에요…! 저만 없으면 되잖아요. 저만 없으면.
정희	저 양반 찾는 사람들이 오면 어째. 손님도 가고,

	우리도 가.
영길	맞아요, 어디든.
정화	아니.
정희	언니…!
정화	안 돼!
정희	왜!
정화	왜긴! 우리 신애, 우리 신애가 돌아와야 할 것 아니냐.
정희	아, 맞네… 신애.
정화	괜한 바람이 들어서는.
시우	아니요.
정화	뭐요?
시우	…그냥 든 바람 같은 게 아니었어요. 따님이요. 그래요, 서울에 가서 뭐든 해 보고 싶다 했어요.
정화	그게 괜한 바람이 아니고 뭐요. 괜한 말을 해서 우리 신애… 됐어.
시우	…….
정희	언니, 그래, 그러면 신애 오는 대로 바로 떠납시다.
정화	…여관은?
정희	지금 이 와중에 여관 얘기가 왜 나와.
영길	일단 이 자나 묻고 얘기하면 안 돼요? 이러다 누구한테 들키면 어째요.
복길	영길아.
영길	왜.
복길	나 지금 이게 꿈인지 생신지 모르겠어.
영길	생시다. 복길아, 생시야.

고영길이 갑자기 훌쩍대는 고복길을 안아 준다.

정화   우리 어버이가 남긴 유일한 집이야.

정희   딸 팔아 지킨 집이지. 자기 딸을 종년으로 팔아
          지켜낸 집이라고. 나는 언제든 떠날 수 있다. 그
          래, 당장이라도…!

정화   …정희야, 정희야. 내 부탁이다. 봐라, 이제 이 손
          님도 떠난다고 하고, 여기 이 양반도 곧 여기 묻
          힐 테고. 이 금덩이들 갖다가 돈 걱정 없이 오순
          도순 살면 그만 아니겠어.

정희   언니는 팔려 본 적 없으니 모르는 게야. 내 설움
          다 모르는 게야.

정화   …….

정희   아니오?

승룡   형님.

정희   됐어.

정화   내가, 내가 책임질게…!

정희   또 또 그 소리.

정화   내가 책임진대도.

정희   어떻게? 응? 언니야, 어떻게?

사이.

시우   저 금덩이. 오순도순 살고 말 정도가 아닐 거예
          요. 이 정도면 서울에 집을 몇 채는 사고도 남을
          거라구요.

정화   그래, 생각났다. 그래, 그러면 되겠네! 혹시 순사

들이 우리한테 책을 잡으려고 하면 이 금덩이로 꾀어내는 거야. 다 드릴 테니 살려 달라고. 그러면 도망치지 않아도….

정희   (말 자르며) 아니! 누굴 줘! 누구 마음대로! 언니, 저건 내 거야. 내 금덩이야.

정화   정희야, 너… 너… 어찌 집을 버려.

정희   언니는 나한테 미안하지도 않소? 응? 언니한테나 귀한 여관집이지 나한텐, 나한텐….

영길   저기…! 저기 좀 보세요.

고영길이 숲속을 가리킨다.

영길   그때 그 삽사리가 돌아왔어요.

승룡   여전히 야위었네.

시우   먹을 걸 찾나 봐요.

영길   지금은 때가 아니야. 저리 가, 우리 바빠. 얼른 이자를 묻어야 해. 더 큰일 나기 전에.

정희   할매, 할매도…! 이제 그만 찾고 올라오셔.

은심   여기, 여기 뭔가 있어.

정희   금덩이가 더 있는 게야?

은심   아니, 여기 하얀색. 찾았다, 찾았어!
            얼른 나 좀 끌어 봐라.

여승룡이 최은심을 구덩이에서 끌어 올린다. 최은심의 손에는 뼛조각 하나가 들려 있다.

은심   내가 있다 했잖냐. 여기 있잖냐!

정희	마님이 아직도 이승에 남아 있었네. 지독하네, 지독해.
은심	이제 됐어. 됐다고. 이거면 우리 손주 다시 눈 뜨겠지.
승룡	할매 흙 좀 텁시다.
은심	응? 그러게 아주 두더지 꼴이 되었네.

최은심이 흙을 털다가 뼛조각을 땅에 떨어뜨린다. 다시 잡으려는 순간, 삽사리가 입으로 그 뼈를 채간다.

은심	어매. 녀석아, 안 돼! 그거, 그거 먹지 말어. 나 알잖냐, 니네 앞집이잖냐. 야 이것아! 얼른 뱉지 못해! 그거 너 줄 거 아니야. 먹을 사람 따로 있어!
승룡	저걸 어쩨.

삽사리가 농무산 숲속 깊은 곳으로 달아난다. 최은심이 삽사리를 따라 안개 속으로 뛰어 들어간다.

은심	그거 내놔라!
정화	할매, 안 돼요. 산이 험해!
승룡	내가 가요, 내가.
정화	승룡아. 할매 얼른…!
정희	동서, 산세가 험하다. 조심해.
승룡	예.

여승룡이 최은심을 찾기 위해 안개 속으로 들어간다. 고복길이 더 크게 울기 시작한다.

시우   아… 내가 이리로 오지만 않았어도.

정희   복길이 너, 뚝 해라. 그만 울어! 산짐승들 다 불러낼 셈이야?

오정희가 강정도를 굴려 무덤 안으로 밀어 댄다.

정희   언니! 뭐해. 얼른.

정화   그래.

정희   다들. 다들 도와. 손 하나가 귀하다.

모두가 달려들어 강정도를 무덤 안으로 떨어뜨린다. 구덩이에 바글바글 달라붙어 흙을 덮기 시작한다.

영길   아, 그래. 총이 있었어. 어무이, 총은 어째요.

정희   이리 가져와, 여기 같이 묻자.

영길   이미 많이 덮었는데. 얕게 묻었다가 산짐승들이 다시 파내면.

정희   그렇다고 구멍을 다시 팔 수도 없잖아. 이게 최선이다.

정화   정희야, 나는 네가 아직도 그리 생각하는지 몰랐다. 우리 어버이도….

정희   (말 자르며) 언니, 한시가 급하다. 나중에, 나중에. 영길아, 그거 가져와.

2장.

같은 날, 낮. 마을에서 그나마 가장 가까운 기차역. 역전에서 장을 본 김신애가 짐을 바리바리 든 채로 여관으로 돌아가려 한다. 그의 목에는 아직도 김시우가 준 머플러가 둘러져 있다. 그때 일본인 순사 미우라 고로가 김신애의 앞을 막아 세운다.

고로   여관집?

신애   예?

고로   비싼 마후라를 둘렀네. 여관이 장사가 잘되나.

신애   제 거 아니에요.

고로   그럼 훔쳤나?

신애   아뇨… 그건 아닌데.

미우라 고로가 씨익 웃더니, 근처에 있던 조선인 순사 윤일호를 향해 손을 흔든다.

고로   카즈히로! 여기!

윤일호가 이쪽으로 다가온다.

고로   봇짐 장수한테 물으니까 바로 짚어 줬어. 여관집 무스메. 마후라 덕에 단박에 짚어 냈지 뭐야.

일호	맞아? 여관집 딸이 맞냐고.
신애	…어느 여관을 말씀하시는지.
고로	외진 데 있는 여관.
신애	그런 게 한둘이 아닌데요.
고로	얘가 머리를 굴리네. 농무산 자락에 있는 여관. 아니야?
신애	…….
일호	경찰한테 거짓말을 고하면 어찌 되는지 알려 줘?
고로	알려 줘?
신애	저희 집이 거기서 여관집을 하기는 하는데요.
일호	그 집에서 도망자 하나를 숨겨 주고 있다지.
고로	'농무산 자락 여관 죄인 은닉' 우리 카즈히로한테 그리 전보가 왔단 말이지.
일호	저기 고로, 내가 네 선임이야. 조선말에 서툰 건 알겠는데, 말이 너무 짧다.
고로	아, 선임. 알겠어. 아니, 알겠습니다.
신애	여관 손님이 죄인인지 아닌지 저는 잘 몰라요. 저희는 그저 재워 주고 먹여 주고 하는 게 다인데요.
고로	잘 몰라?
신애	네.
고로	모르기 힘든 차림일 텐데.
신애	……!
일호	맞아, 네가 떠올린 그자가 우리가 찾고 있는 도망자.
고로	지금 여관에 가는 길인가.
신애	…예.

고로	앞장서.
신애	…….
고로	앞장서라고!
일호	고로.
고로	하이.

윤일호가 돈 몇 푼을 미우라 고로에게 건넨다.

일호	떠나기 전에 가서 에끼벤 하나만 사 와.
고로	……?
일호	죄인 추적도 배가 채워져 있어야 하지.
고로	하나?
일호	그래.
고로	나는 입이 아닌가.
일호	아, 그래. 두 개. 네 것도.
고로	(신애에게) 너는 입이 아니지. 하이, 카즈히로상. 에끼벤 후타츠.

미우라 고로가 도시락을 사러 자리를 비운 사이.

일호	저 새끼는 계속 내 이름을 제멋대로 부르지. 마음이 복잡해 보이는데.
신애	…아니요. 그럴 리가요.
일호	내가 저놈 오기 전에 내가 부탁 하나 할게.
신애	……?
일호	빨리 알아들어야 해. 실은 내가 저놈을 달고 오는 계획은 원래 없었거든. 어떤 멍청한 치가 전보

를 내 앞이 아니라 경찰서 앞으로 해 버려서 모두가 알아 버렸단 말이야. 김시우. 맞지? 그 여관에 묵고 있는 이.

신애 이름은 잘 몰라요.

일호 여성의 옷을 입은 남성. 맞지?

신애 ……!

일호 그 김시우가 죄인이기 전에… 내 동무거든. 그러니까 저걸 떼어 놓고 일단 나 혼자 내 동무와 이야기를 좀 했으면 싶은데 말이야. 수가 없겠어?

신애 잡아가실 거예요?

일호 나는 그 애와 화해를 하러 온 거야.

신애 …정말 화해를?

일호 믿지 못하겠나?

신애 …아니요, 믿어야죠.

일호 얼른 수를 생각해 봐.

미우라 고로가 도시락 두 개를 사서 돌아온다.

고로 어디서 먹을까요.

일호 고로.

고로 하이.

일호 미안해. 입맛이 없어졌어. 나중에 먹는 걸로 하자.

고로 …진짜로?

일호 진짜로.

고로 너무하네, 카즈히로상.

일호 (신애에게) 이제 앞장서.

신애 ……예.

미우라 고로가 김신애의 뺨을 갈긴다.

일호   왜 이래!

고로   나를 비웃었지.

신애   …제가요?

고로   어.

              야, 네가 들어. 안에 음식이 섞이면 또 맞는다.

김신애가 미우라 고로에게 도시락을 건네받는다.

신애   그런데….

일호   뭐가.

신애   그런데 어디로 가면 좋을지요.

고로   어디로 가긴, 너희 여관으로 가면 된다고.

신애   우리 여관이 농무산 자락에 유일한 여관인 건 맞는데요. 본채와 별채를 따로 관리하고 있어서요.

고로   두 채?

일호   그렇단 말이야?

고로   아무도 그런 말은 없었는데.

신애   아마도 다들 잘 모르셔서 그렇죠. 찾고 계신 분은… 어제까진 별채에 있었어요.

일호   별채에 있어.

신애   예.

일호   아, 고로. 내가 지금 번뜩였는데.

고로   뭐가요.

일호   내가 본채로 가고, 고로가 별채로 가면 어때.

고로	내가 왜 별채?
일호	아니, 우리가 찾는 이가 거기 있다잖아. 나는 혹시 모르니 본채를 동시에 들이닥치고. 그럼 꼼짝도 못하고 우리 손에 잡히겠지.
고로	카즈히로상.
일호	어, 어때?
고로	스바라시.
일호	고로도 그렇게 생각하지?
신애	…그럼 가실까요.
고로	너는 나랑 가자.
신애	…예?
고로	너는 나랑 별채에 가자고. 왜 싫어? 니가 내 벤또를 들고 있으니 어째. 카즈히로상은 배가 별로 안 고프다지만, 나는 고파 죽겠거든.
일호	그렇게 해.
신애	예?
일호	왜. 불만이야?
신애	…….
일호	가자고.
고로	도망친 이가 없어진 뒤라면 아무래도 모두를 족쳐야겠지. 아, 서장님이 사람은 죽이지 말라고 했는데. 곤란하다고. 그런데 어쩔 수 없는 상황이라는 게 있을지도 모르니까. 이거 참 내가 곤란하네.
일호	징용 대상자니 죽일 게 아니라 생포하는 게 우선이야.
고로	알지요, 아는데. (신애에게) 벌써부터 머리를 굴

리려고 드니까, 내가 벌써부터 속이 상하려고 그
러거든.

신애   머리 안 굴려요. 또 맞고 싶지 않아서.

고로   영리하네.

신애   얼른 가시지요. 우리 여관은 여기서도 한참은 걸
어가야 해요.

고로   한참? 뭐 얼마나? 이 근방이 아니야?

김신애가 저— 멀리의 산을 가리킨다.

고로   저거라고? 저 뿌옇고, 저렇게 먼 게?

일호   가기 싫으면 여기 있던가.

고로   카즈히로상.

일호   왜, 여기 있을래?

고로   다음부턴 거리가 멀면 미리 말해 줘요, 미리.
뭐 해, 갑시다.

3장.

밤. 농무산의 숲속. 어두운 데에다 안개까지 깔려 있어 좀처럼 앞을 분간하기가 어렵다. 삽사리는 이 어지러운 곳을 킁킁대며 잘만 앞서 나간다. 그 뒤를 최은심이 애타게 쫓고 있다. 종종 엎어지고, 나뭇가지에 몸이 할퀴어져도 그저 삽사리가 물고 있는 뼛조각을 떠올리며 앞으로 나아간다.

은심   녀석아, 거기 좀 서 봐. 나한테 그걸 내어 주면 내가 더 나은 먹이를 찾아 줄게. 그러니 제발…. 내가 왜 여기까지 왔는데. 이러면 안 되는데. 아, 코 앞에서 이렇게 놓칠 수는 없는데.

드디어 멈춰 서는 삽사리.

은심   그래, 거기 서. 제발. 내 몸 부서지겠다.

삽사리의 곁에는 침을 질질 흘리는 들개 한 마리가 누워 있다.

은심   (숨을 고르며) 아, 그래. 너도 있었구나. 항상 둘이 같이 다니던 것들이 왜 따로인가 했어. 너 어디가 아프구나. 결국 병에 걸린 게야? 딱한 것. 너 그 뼈를 이 녀석한테 주려 했구나. 그랬어. 너도 나랑 같았어. 죽어 가는 것 살리려고 그랬어.
아, 이를 어째.

최은심이 들개를 쓰다듬기 위해 손을 뻗는다. 순간, 들개는 갑작스러운 손길에 놀라 자지러지며 최은심의 손을 물어 버린다.

은심   윽! 아….
            괜찮아, 괜찮다. 이 할멈이 그냥 너희들이 딱해서
            그래. 너도 어찌하면 살릴 수 있을까 궁리하려
            그래.

삽사리가 짖는다. 들개가 최은심의 손을 놓아준다.

은심   놀랐구나, 놀랐어.
삽사리   할멈, 괜찮아?
은심   내가 정신이 오락가락하나. 개가 하는 말을 듣고.
삽사리   혹시 물려서 그런 게 아닐까.
은심   개한테 물렸다고 개가 하는 말을 알아듣나.
삽사리   병이 옮은 거야.
은심   응?
삽사리   이제 우리와 같은 병에 걸린 거지.
은심   나는 말짱한데. 조금 졸리고, 여기저기 쑤시고,
            피가 나는 것만 빼면.
삽사리   애도 처음에는 말짱했어. 그런데 언제부턴가 열
            도 많이 나고. 가끔씩 이렇게 몸이 딱딱하게 굳
            어 버리지. 정신을 잃기도 하고.
들개   할멈이 나를 해치려는 줄 알았어.

은심	기억 안 나? 너희 앞집에 살았잖아. 서운하네.
들개	지금은 앞도 잘 보이지 않아.
은심	냄새를 좀 맡아 볼래?

최은심이 자신의 손을 들개의 코에 가져다 댄다.

은심	어때? 기억이 나겠어?

들개가 꼬리를 흔든다.

들개	미안하게 됐어. 우리한테 잘해 줬는데.
은심	미안하면, 이 할멈 부탁 좀 들어줄래? 내가 그 뼈가 꼭 필요해.
삽사리	중요한 거야? 우리도 계속 굶은 터라.
은심	나도 살리고 싶은 것이 있어서 그러지.
삽사리	이걸 먹이면 살아난대?
은심	그래, 내 손주가 그걸 꼭 먹어야 해. 이 할멈이 지푸라기라도 잡는 심정으로 찾고 있던 뼈야. 그러니….

삽사리가 최은심 앞에 뼛조각을 내려놓는다.

은심	주는 거야?
삽사리	보답이야. 앞집이었을 때도, 지난번에 새끼를 묻어 주었을 때도, 나를 살려 주었으니까. 나도 할멈 손주를 살려 줄게.
들개	그리고… 나는 실은 가망이 없는 것 같거든.

은심	딱한 것.
삽사리	여기서 새끼들을 모두 잃었어.
은심	그래, 네가 새끼를 뱄었지.
삽사리	그 조그만 것들이 이 산 이곳저곳에 누워 있어.
은심	주린 배라도 내가 채워 줘야겠다. 산에서 내려가면 너희들한테 먹을 걸 가지고 올게. 기다릴 수 있겠나?
삽사리	어차피 우린 여기 있을 거야. 다른 곳에 갈 데도 없고.
은심	그래, 그래.
	그런데, 이 할멈 좀 한번 더 도와줄 수 있겠어?
삽사리	응?
은심	나는 너희처럼 냄새를 맡을 줄 몰라. 이 안개 속에서 길을 찾을 수가 없을 것 같아서 말이지.
삽사리	온 데로 다시 돌아가면 되는 거지.
은심	그래.
삽사리	내가 도와줄게.
은심	고맙다. (들개에게) 조금만 견디고 있어. 너희에게도 귀한 뼈였을 터인데, 나한테 내어 주어서 고맙다.
들개	올 거면 빨리 와. 나 언제 죽을지 모르니까.
은심	알겠어.
들개	농이야.
은심	저런. 그런 농을 하면 쓰나.
삽사리	큭큭. 자, 이쪽으로.
은심	그래, 그래.
삽사리	할멈. 킁킁. 그런데.

은심	응?
삽사리	쿵쿵. 할멈이 온 데서 맛있는 냄새가 나는데.
은심	그래? 거긴 그저 무덤인데.
삽사리	아니야, 그곳에 먹을 게 있어. (들개에) 조금만 기다려. 금세 구해다 줄 수 있을 것 같아.
은심	이상하다. 혹시 아직 뼈가 남았나.
삽사리	발 조심.
은심	그래, 그래. 걱정 마.
	우리 그 무덤 다시 파 보자. 어쩌면 너도 나도 뼈 한 짝씩 들고 갈 수 있을지 모르겠다.

최은심이 삽사리를 뒤꽁무니를 따라 다시 산을 내려간다.

4장.

같은 시각. 달도 구름에 가려져 여느 때보다 더욱 캄캄한 밤. 다시 여관. 오정화와 오정희가 물을 퍼 와 마당에 흩뿌려진 피를 씻어 내려고 애쓴다. 하지만 좀처럼 피는 완벽히 지워지지 않는다. 그들을 돕겠다고 고복길과 고영길도 나선다.

정화　　어찌 잘 지워지지를 않네.

복길　　물을 더 떠 와야겠는데요.

정희　　너희는 들어가.

영길　　거들게요.

정희　　짐만 돼.

영길　　나도 해.

정희　　들어가래도.

복길　　…어무이 영길이랑 내가… 물 길어 올게.

정희　　왜 너희 어무니 말을 안 듣냐. 얼른 들어가.

오정화는 그제야 역시나 피와 흙으로 얼룩진 모두의 옷을 본다.

정화　　마당만 쓸어 댈 게 아니라… 그래 정희 말마따나 일단 너희 들어가서 옷부터 갈아입어라. 정희 너도. 우리 이 옷 좀 얼른 갈아입읍시다.

그 사이 김시우가 자신의 짐 가방들을 챙겨 나온다.

시우   너무 오래 머물렀네요. 본의 아니게 폐를 끼쳤어
       요. 너무 큰 폐를.

정희   …어서 가셔.

영길   동경으로 가요?

시우   운이 좋다면.

복길   그냥 어디 가까운 데 숨지.

시우   숨어 사는 데 지쳤어.

정희   얼른 가시래도.

정화   서둘러야 해요. 근방까지는 쭉 외길이라 순사라
       도 오고 있으면 딱 마주칠지도 몰라.

시우   …감사했습니다.

정화   저기…!

시우   네.

정화   우리 신애가 정말로 여길 뜨고 싶다 했어요? 진
       심으로?

시우   (끄덕)

정화   …알겠어. 고마워.

정희   아, 얼른!

그때 누군가 밖에서 이리로 다급히 뛰어오는 소리가 들린다.

정희   아, 이를 어째.

정화   순사들인가. 얘들아 너희 얼른 들어가. 응?

정희   아직 차림도 이런데.

그들의 걱정과는 달리 마당으로 들어선 이는 여승룡.

정화   승룡아…!

정희   동서, 놀랐잖아.

시우   오셨네요. 할매는.

승룡   그게 숲에 들어서고 나니 이미 놓친 뒤라. 어쩌면 좋아.

정희   동서, 됐어. 괜찮아.

승룡   아, 내가 놓쳐서. 형님, 나 때문에 할매가 큰일 나게 생겼네.

정희   됐다고. 이제 와서 어쩔 건데.

시우   괜찮으셔야 할 텐데요.

정화   그쪽은 얼른 갈 길 가요. 길이 험할 거야.

시우   혹시 정말 순사가 와서 저 어디 갔냐고 물으면 그냥 아는 대로 다 대답하세요. 무슨 변고를 당할지 모르니까.

정화   아이고, 참. 그 말 할 시간에 얼른 한 걸음이라도 더 갔네.

복길   어무니.

정희   아, 너희 들어가서 옷 갈아입으래도.

복길   아니, 어무니, 저기…!

영길   저기 덴찌. 덴찌 하나가 온다.

정희   어디?

정화   승룡아, 네 뒤에 누구 없었냐.

승룡   하도 정신없이 달려온 통에.

시우   아… 결국.

정화   얘들아, 너희 이제 진짜 들어가. 얼른! 문 꼭 닫고 있거라. 알겠어? 옷부터 갈아입고!

승룡　아, 이거 내가 뒤만 좀 돌아봤어도…! 형님, 내가
　　　 이래. 어째.

울상이 된 고복길과 고영길이 방으로 들어간다.

승룡　형님 우리는 아직 차림이.
정화　다들 흙 퍼서 피 묻은 데 발라. 어서!
정희　아직 마당에 피가 남았을 텐데.
정화　이리 계속 어둡기를 바라야지. 오늘 달이 구름에
　　　 쏙 들어간 것이, 우릴 돕는다.

오정희, 오정화, 여승룡이 마당의 흙을 쥐어서는 옷에 마구 문지른다.

정희　그래, 오늘 밭일이 고됐다고 합시다. 그래, 우리
　　　 밭일한 게야.
정화　옳지, 감자를 캔 거다. 여느 때보다 수확량이 많
　　　 아서 신이 났었다고.
승룡　형님들 머리가 막 돌아가네.
정화　(시우에게) 저기, 산으로 가요. 우리 여관 뒤로도
　　　 농무산에 오를 수 있어.
시우　예?
정화　잡히는 것보다 산으로 숨는 게 낫겠어서 그래.
　　　 운 좋게 산 건너편에 닿는다면 건넛마을이 나와
　　　 요. 거기서 다시 도망치는 거야. 거기에라도 걸어
　　　 봐야지. 이 안개산이 길을 잃기도 좋지만, 숨기
　　　 도 좋아. 누명 쓴 죄인들 여태 많이들 저리 들어

갔지.

정희   그중에 반은 죽어서 돌아왔지만.

정화   그래도 끌려가는 것보다 나아.

시우   아니요.

정희   응?

시우   아니에요. 차라리 이게 맞아요. 그냥 여기서 멈추겠어요.

김시우의 결정에 잠시 찾아온 숙연한 정적. 그 사이 손전등 불빛이 여관 마당에 다다른다.

일호   계십니까.

정화   …예.

윤일호가 여관 마당으로 들어선다.

일호   시우야, 오랜만이다. 이 밤에 어디 가는 길이야?

정화   …순사님께서 이 늦은 밤에 이렇게 외진 데까지 어쩐 일로.

일호   여관을 찾다 찾다가 내가 여기까지 와 버렸지 뭡니까. 이런 데서 여관 장사가 잘되긴 합니까?

정화   이런 데를 더 선호하는 손님들이 있어서.

시우   일호야, 오랜만이다.

일호   이런 데를 선호하는 손님이 너구나.

시우   신세를 지고 있지.

일호   와, 너는 이제 작정하고 그리 입고 사는구나.

시우   …가자.

일호	응?
시우	나, 얼른 잡아가라고. 그러려고 온 거 아니야?
일호	왜 이러실까? 나 이제 막 왔는데. 나도 좀 쉬자. 근데 이 여관은 어째 용모가 단정하지 못하네.
정화	아, 우리가 오늘 감자를 캐서.
정희	대대적으로다가.
승룡	다른 때보다 수확량이 많아서, 신이 났었거든요. 아니 이게 캐도 캐도 계속 나오니까 우리가 어째, 식구들 죄다 불러서 다들 밭에 둘러앉아서 응? 감자 니가 이기나 우리가 이기나 한번 해 보자….
정희	(말 자르며) 동서, 동서, 동서.
일호	감자 덕에 꽤나 즐거우셨네.
시우	일호야.
일호	왜.
시우	안부 묻는 걸 잊어서. 잘 지냈어?
일호	덕분에 잘 못 지냈지.
시우	나는 네가 순사 됐다고 했을 때부터 그럴 리 없다 했어. 그리 궁해도 네가 순사 나부랭이가 되리라고는….
일호	(말 자르며) 김시우! 입 조심해라. 내가 너 찾는다고 고생이란 고생은….
시우	(말 자르며) 그러니 가겠다고. 그 징용 열차에 내가 내 발로 오르겠다고.
일호	네가 이렇게 징용을 원하는지 몰랐네. 근데 시우야, 오늘 운이 좋은 줄 알아라. 내가 이렇게 마음이 약해. 내가 실은 기회를 주려고 왔어.

시우	기회?
일호	지금 다른 순사 한 놈이 나랑 같이 와 있어. 이 집 여식이 속여서 데리고 어딘가로 가긴 갔는데, 그 수가 얼마나 먹힐지 모르겠거든.
정화	이 집 여식이라면 우리 신애? 우리 신애 말하는 거예요? 우리 신애가 뭘 어쨌단 말이에요?
일호	조용!
	그 자식이 오기 전에 선택해.
시우	나는 선택했어.
일호	아니, 다른 선택지를 줄게.
시우	무슨.
일호	이제 그 여인 행세 좀 그만해.
시우	……?
일호	그거 그만두고 나 알던 김시우로 돌아와. 그러면 내가 너 여기서 못 본 척할게. 도망갈 수 있게 놔줄게.
시우	그게 너랑 무슨 상관이니.
일호	왜 상관이 없어. 내 동무가… 이런… 이런…!
시우	말해.
일호	정신 이상자가 돼서 돌아왔는데…!
시우	…나 아무 말도 안 한다.
일호	뭐가.
시우	그게 걱정돼서 나를 붙잡으려 하는 거 아니냐는 말이야.
일호	글쎄 뭐가.
시우	혹시나 누가 물어보면, 그저 추한 소문이라고 할게. 우리 둘 사이에 정분 같은 거 없다고.

일호	나 네가 무슨 소리 하는지 정말로 모르겠다. 나는 그저 내 동무가 안타까울 뿐이야. 그래서 여기까지 온 것뿐이야.
시우	내가 얼마나 안타까웠으면 나를 징용 명단에 올렸을까. 아니면 내 입을 그렇게라도 막고 싶었나.
일호	그저 나는 너 정신 좀 차리라고 올렸을 뿐이다.
시우	일호야, 나는 네가 안타깝다.
	…나는 차라리 이렇게 입고, 너한테 잡혀가는 쪽을 택하겠어.
일호	그렇다고?
시우	그래.

그때 옷을 갈아입은 고영길과 고복길이 보자기에 싸인 무언가를 들고 방에서 나온다.

일호	뭐야.
정희	너희들 뭐해.
승룡	얘들아, 들어가.
복길	순사 나으리, 이거 가져가고 그냥 우리 다 가만히 두면 안 될까요?
영길	내가 확인했어요. 이거 진짜 금이에요.
일호	금?

고복길과 고영길이 보자기를 마당에 풀어 헤친다. 금괴 한 덩이가 모습을 드러낸다.

윤일호가 금괴를 들어 본다.

일호	너희 이것들 어디서 났어. 어?
영길	땅에서 캤어요.
일호	그걸 나보고 믿으라고.
복길	이거 하나만 있어도 집 몇 채를 사고도 남는다고 했어요.
일호	하나만 있어도…? 이 집에 그럼 금이 몇 덩이 더 있나?
복길	예?

윤일호가 금괴를 깨물어 본다.

일호	내가 어제 꿈이 예사롭지 않더니.
복길	어무이.
정희	어무니 옆에 와. 영길이 너도. 얼른.
시우	일호야, 너 이러려고 온 거 아니잖아. 나 잡으러 온 거잖아.
일호	그러게, 그랬는데 말이지.

윤일호가 김시우를 밀치고 여관방으로 들어간다.

정화	정희야.
정희	응, 언니.
정화	우리 신애 잘 오고 있겠지?
정희	그럼.
정화	내가 책임지겠다고 했는데. 내가 모두 책임지겠다고 했는데….
정희	그런 말 말어.

이내 윤일호가 나머지 금괴까지 찾아서 돌아온다.

일호   너희 혹시 여관으로 위장한 강도단이야?

정화   그럴 리가요.

일호   그러고 보니, 여기 있어야 할 사람이 안 보이네.

정화   누구요?

일호   나한테 여기 이 김시우의 행방을 알려준 이가 안
        보여.

정희   …그분은 오늘 일찌감치 떠나셨어요.

일호   그래? 그랬단 말이지?

마침 구름이 잠시 걷힌다. 달빛이 마당을 비춘다. 그러자, 채 닦지 못
한 핏자국이 선명히 드러난다.

일호   이보쇼, 아재.

승룡   저요?

일호   그 신나서 캤다는 감자는 어디에 됐나?

승룡   …그게.

일호   벌써 다 먹었어?

승룡   아, 네. 우리 식구가 많아서 벌써 다.

윤일호가 차고 있던 총을 꺼내, 여관 식구들에게 겨눈다.

일호   그런데 여기 이 자국은 뭡니까? 감자를 캔 게 아
        니라 사람을 캤나.

시우   이 사람들 가만히 둬.

일호	김시우, 내가 너만 잡아가면 그만이라고 생각했
	거든. 근데 내가 지금 잡아야 할 것들이 한둘이
	아니구나 싶은 거지. 다들 사실대로 고해. 어서!
정화	그자가 먼저 총을 들이밀었어요.
일호	그리고?
정화	그게 다입니다. 그자가 이유 없이 총을 들이밀었
	고, 그 총에 본인이….
일호	이거, 이거. 무서운 사람들이네. 사람을 죽이고,
	말도 안 되는 거짓말을 늘어놓고.
시우	나 때문이야. 그자가 나를 막으려고 하다가….
일호	(말 자르며) 그만! 그만해.
	아, 내가 특진을 하게 생겼어. 말도 못할 부까지
	얻게 되고.
시우	일호야, 알았어. 나 이거 벗을게. 갈아입을게. 됐
	지? 가자, 어서.
일호	그 기회는 이미 끝났어.

–탕!

그때, 농무산 자락에서 들려오는 총소리.

일호	저쪽도 결국 수를 쓴 게 들켰나 보네.
정화	그게 무슨….
일호	저쪽에 붙은 녀석은 제정신이 아니라. 아마 속인
	줄 알았으면 네 여식도 바로 쏴 죽였겠지.
정화	신애야….
정희	언니.

김신애가 죽고 말았다는 생각이 오정화의 머리를 가득 메운다.
맥이 풀린 오정화가 털썩 주저앉는다.

정희　　　언니, 언니.

승룡　　　형님.

일호　　　그러니 왜 죄를 짓고 삽니까. 이런 지경이 올지
　　　　　　몰랐어요?

윤일호가 금괴들을 한데 모아 잘 챙겨 둔다.

일호　　　이걸 어디 둬야, 그놈 눈을 피할 수 있을까.
　　　　　　다들 조선인으로서 부끄러운 줄 아십쇼. 왜 다들
　　　　　　불령인이 되냐 이 말입니다. 이 중에 몇이나 감옥
　　　　　　에서 살아남을 수 있을 것 같나요. 이건 여러분
　　　　　　이 선택한 참극인 겁니다. 같은 조선인이라도 이
　　　　　　렇게 다른 선택을 하지. 다들 줄줄이 엮어서 나
　　　　　　따라오면 되겠어. 포승줄 삼을 것 좀 찾아 볼까.
　　　　　　아, 죽을 때까지 상에 흰쌀밥만 올려야지.

정화　　　…순사님.

일호　　　왜 그러십니까.

정화　　　우리 고 서방, 흰쌀 좀 구하려다가 순사들한테
　　　　　　책이 잡혀 맞아 죽었거든요. 그 뒤로 정희 얘는
　　　　　　흰쌀밥이 원이면서도 한이 되었지요.

일호　　　그래서?

정화　　　우리 딸은요, 일을 구해서, 이 마을 떠나 서울 가
　　　　　　서 사는 게 바람이었답니다. 근데 내가 내 욕심
　　　　　　에 그거 하나 들어주질 않았거든요. 이 못난 어

미 두고 그리 가 버렸으면 나는 못 살거든요.

일호   다음 생에 그리 살아 그럼, 어쩌겠어.

정화   우리 어버이가요. 이 여관을 지독히도 아꼈습니다. 이 여관 장사 물려주면서 하던 말이 외진 데 온 손님들이니 성심성의껏 대하라고…. 내가 들인 사람은 내가 책임지는 거라고…. 순사님, 여기 산이 참 험합니다. 이 동네에서 오래 산 이들도 안개가 짙은 날에는 길을 잃어버리기 일쑤예요. 다시 말할게요, 차라리 그리 오르는 것이 나을 수도 있다는 말입니다.

오정화가 오정희를 쳐다본다.

일호   누구한테 말하는 거야?

정화   알겠니? 정희야?

오정화가 윤일호를 끌어안는다.

일호   이게 미쳤나. 이거 놔!

정희   언니. 뭐 하는데…! 아니다, 이거 아니다!

정화   승룡아, 뭐하냐. 네 형님 얼른 데리고 가라. 얼른!

오정화의 품에서 벗어나기 위해 윤일호가 발버둥 칠 때마다, 그의 총구가 위협적으로 다른 이들을 겨눈다.
오정화는 안간힘을 다해 윤일호를 붙잡아 두려 애쓴다.

일호   다들 꼼짝 말고 가만히 있어.

정화	손님도 얼른 가셔.
시우	예?
정화	내가 들인 손님 내가 책임지겠다 했잖아.
시우	하지만.
정화	아, 얼른 가지들 못해?
일호	어? 가만히 있어!
정화	나는 괜찮아. 정말로.
정희	언니…!
정화	얘들아, 저 금덩이 챙겨가라. 응?
일호	야!
시우	저도 여기 있을게요.
정화	손님은 우리 영길이 도와요, 응? 얼른.
영길	이모 나 괜찮은데.
정화	알지, 알어. 이모가 알지. 그래도. 응?
정희	언니!
정화	가!

윤일호가 발악하는 가운데, 오정화를 제외한 이들이 모두 여관을 뜨기 시작한다. 여승룡이 떠나지 않으려는 오정희를 끌고 여관 뒤편으로 향하고, 고복길은 눈물이 얼룩진 채로 오정화의 말을 따라 금괴들을 챙겨 떠난다. 뒤처지는 고영길은 김시우가 돕는다.

정화	정희야, 내가 미안해. 어서 가! 이제 멀리 가!

도망치던 이들이 농무산의 안개 속에 들어서면, 저 밖에서 총소리가 연거푸 울려 퍼진다.

5장. [5][6]

조금 전, 농무산 자락의 묘지로 가는 길. 미우라 고로가 김신애를 앞장세워 산으로 향한다. 김신애의 손에는 여관집 식구들을 위해 산 것들과, 미우라 고로가 먹겠다던 도시락이 들려있다.

고로   一浩のくだらぬ真似を冷やかしてやろうと思って来たのに、何の甲斐もなく、ただ歩いてばかりじゃないか。こうなった以上、せめて何かしらの甲斐でも見つけてやるか。どうしたらこの女を食い物にできるだろう。(카즈히로가 헛짓하는 것 좀 보려고 왔다가, 이게 뭐람. 하루 종일 걷기만 하고. 보람도 없이. 보람이야 찾으면 그만인가. 어떻게 하면 이 년을 잡아먹을 수 있을까.)

신애   예?

고로   일본어를 알아듣나?

신애   그럴 리가요. 질문인가 싶어서.

고로   혼잣말이야, 혼잣말.

신애   예….

고로   아직도 멀었어?

---

5   본 장을 비롯, 희곡에 등장하는 일본어 대사(폭언, 폭력적 대사를 함)의 뜻이 관객들에게 직접적으로 전달될 필요는 없다.

6   일본어 감수: 이동준.

신애	저기 보이는 게 우리 여관 별채입니다.

김신애가 묘지 옆 토막집을 가리킨다.

고로	저게 여관이라고?
신애	…네. 숙박료를 내지 못하는 이들을 쫓아낼 수 없으니, 임시방편으로 여기에라도 묵으라 하지요.
고로	문이 열려 있는데?
신애	예?

미우라 고로의 말마따나 토막집의 문들이 활짝 열려 있다. 미우라 고로가 토막집 문간을 살핀다. 사람 하나의 발자국과 짐승 하나의 발자국.

고로	너희 여관은 짐승들도 손님으로 받나.
신애	왜 그러시죠?
고로	여기 들짐승이 오간 흔적이 있어서.
신애	산자락이라 멧돼지나 들개들이 내려올 때는 있어도, 이리 집안을 오간 적은 없었는데.
고로	문단속을 잘했어야지. 쯧쯧.
신애	그러게요.
고로	여기는 없군.
신애	그렇다면 본채에 있겠네요. 그리 가시죠.
고로	…… .
신애	순사님?
고로	그 벤또 좀 먹자.

신애   바로 가시지 않구요?

고로   어. 종일 걷느라 가뜩이나 고픈 배가 더 고파졌
              어. 카즈히로 것까지 내가 다 먹어야지.

미우라 고로가 토막집 문간에 걸터앉는다.

고로   이리 내.

김신애가 들고 있던 도시락을 미우라 고로에게 건넨다.

고로   너는 뭔 장을 그리 많이 봤냐. 여관 장사가 잘되
              나 보네.

신애   매일 이리 사는 건 아니에요.

고로   그럼?

신애   …미안한 날이라서.

고로   미안한 날?

신애   제가 여관을 너무 오래 비워서요.

고로   미안할 것도 많네.

미우라 고로가 도시락을 먹기 시작한다. 그때, 김신애가 묘지 근처에
서 수상하게 움직이는 그림자 하나를 본다.

고로   왜?

신애   아니에요.

고로   야, 너한테 물어보자. 카즈히로가 나를 어찌 생
              각하는 것 같냐.

신애   예?

고로	종종 그 자식, 나보다 몇 해 더 순사 노릇 했다는 이유만으로 나를 갈구려고 든단 말이지. 그래 봤자, 조센징. 절대로 내 위에 있을 수 없단 말이야. 어차피 내 아래 있을 놈이란 말이지. 그 자식은 그런 준비가 안 되어 있어. 언제든 굽힐 준비가. 안 그래?
신애	아…. 제가 긴장이 되어서 두 분 사이가 어쨌는지 잘 모르겠어요.
고로	야.
신애	예.
고로	그냥 내 말에 맞장구만 치면 되는걸. 왜 그런 걸 몰라. 너도 준비가 안 되어 있구나.
신애	그랬던 것 같아요.
고로	뭐가.
신애	본채로 간 순사분이 순사님을 은근히 무시했던 것 같아요.
고로	그치? 너도 그렇게 생각하지?
신애	네.
고로	너 진짜 거짓말을 못하는구나.
신애	예?
고로	크큭. 너는 내 말동무가 되어 줬으니 고문은 면하게 해 줄게. 하지만 너희 여관에 있는 다른 것들은 조금 혼날 필요가 있겠지. 죄인을 숨겨 준 건 아주 큰 범법행위라고. 나라에 부름을 받았으면, 그저 따라야지. 뭘 그리 겁을 먹고 이런 산 구석까지 도망을 치나.

신애	…모두 제 식구들이에요. 저희 여관은 우리 식구
	가 같이 꾸리며 살아요.
고로	야. 너희 식구건 뭐건 내가 그렇게 하겠다고.
신애	…… .

미우라 고로가 도시락을 내려놓고 별안간 일어서선, 김신애에게 뚜벅 뚜벅 다가간다.

신애	(뒷걸음치며) 왜 이러세요.
고로	생각해 보니, 저쪽은 카즈히로가 알아서 하겠다
	싶어.
신애	……!
고로	너… 지금 만주에서 무슨 일이 일어나는지 알
	아? 그리로 끌려간 여인들이 무슨 일을 하는지
	는. 어? 우리가 요즘 하는 일이 말이지, 전쟁터로
	보낼 이들을 골라내는 거거든. 너도 그 명단에
	올려 줄까.
신애	가까이 오지 마시오.
고로	누구한테 명령이야.
신애	멈추시오.

뒷걸음치던 김신애가 엎어지고 만다.

고로	너희 집 식구들 모두를 올릴 수도 있지.
신애	하지 마.
고로	너도 나한테 굽힐 준비가 안 되어 있구나.

김신애가 다시 몸을 일으키려고 하자, 미우라 고로가 발로 다시 김신애를 차 버린다. 결국 또다시 바닥에 고꾸라지는 김신애.

신애   살려 줘.
고로   죽이지 않아.

미우라 고로가 발버둥치는 김신애를 제압하려고 한다.

고로   じっとしてろ！この獣以下の朝鮮女が！(가만히 있으라고. 짐승보다 못한 조센징 년아.)

그때. 무덤 뒤편에서 누군가 일어선다. 미우라 고로에게 총을 겨눈다.
-탕!
미우라 고로가 김신애의 위로 쓰러진다. 비명을 지르며 미우라 고로에게서 벗어나는 김신애.
무덤 뒤에 있던 이가 이리로 다가온다.

은심   신애야, 나다. 나야. 할매.

최은심이 김신애를 안아 준다.

신애   할매… 할매… 그 총은 어찌.
은심   무덤에서 꺼냈지. 혹시 남은 뼛조각 하나 더 있나 싶어 뒤졌는데, 이걸 이리 다시 꺼내 쓰다니.
신애   무덤에서 총을? 뼛조각? 대체 나 없는 사이에 무슨 일이 있었던 거예요.
은심   사연이 길다, 길어. 신애야, 다행이다.

신애	저놈은 어쩌면 좋아요.
은심	인과응보다.
신애	할매, 할매…! 지금 순사 하나가 우리 여관으로도 갔어. 그쪽도 뭔 짓을 저지를 것만 같단 말이야.
은심	아, 오늘은 밤이 참으로 길겠구나.

최은심의 뒤로 삽사리 한 마리가 나타난다.

신애	저 개는.
은심	맞아, 지난번.
신애	할매, 무슨 방법이 없을까. 여관집 식구들 구할 방법.
은심	글쎄.

삽사리가 미우라 고로가 남긴 도시락을 먹기 시작한다.

은심	그래, 일단 너 먹어라. 주린 배 이제야 채우겠네.

그때, 여관 쪽에서도 총성이 연거푸 울려 퍼진다.
삽사리가 귀를 쫑긋 세운다.

신애	아… 결국 무슨 일이 터졌구나. 누가 변고를 당했을지도 몰라.

삽사리가 최은심의 옷자락을 끌어 댄다.

은심	그래, 우리도 들었어.

삽사리는 그럼에도 최은심의 옷자락을 놓지 않는다.

은심   뭔가를 아는 게야.

삽사리가 남은 음식들을 입에 물고 숲속으로 들어간다.

은심   신애야, 할매 따라와라.
신애   응?
은심   저 녀석이 뭔가를 아나 보다. 숲속에서. 뭔가를
          맡았나 봐.
신애   할매, 지금 짐승을 따라갈 때가 아니에요.
은심   저 짐승이 우리를 살릴지 몰라. 내가 안다.

최은심이 김신애의 손을 잡는다.

신애   할매, 손이 왜 이렇게 차요.
은심   저리 가쟀다. 어서.

최은심이 김신애를 끌고 삽사리를 쫓는다.

신애   할매, 다쳐! 할매, 천천히!

6장.

농무산 숲속. 안개 속을 짚어 가며 산을 오르는 오정희, 여승룡, 고복길, 고영길, 김시우. 이들은 안개 속에서 길을 잃어버린 듯하다. 서로서로를 놓치고 산속에서 뿔뿔이 흩어져 버린 이들. 오정희와 여승룡이 함께이고, 고영길과 김시우가 함께, 그리고 고복길이 홀로 산속을 헤매고 있다.

정희   애, 복길아! 영길아! 어디냐! 너희까지 잃으면 이 어미 못 산다!

승룡   형님, 큰 소리 내면 안 돼요. 그 순사가 쫓아오면 어째.

정희   동서, 어쩌다 이리 됐나.

승룡   잠시 쉬었다가 갑시다.

오정희와 여승룡이 잠시 멈춰서 숨을 고른다.

승룡   형님, 미안해요.

정희   왜 또.

승룡   내 팔자가 결국 우리 식구들까지 잡아먹었나 봐. 그 세월 돌고 돌아서 다시 나 어버이 잃고 길에 내버려진 때로 돌아온 거야. 내 그 딱한 팔자에 다들 엮여 버린 거라고.

정희	…….
승룡	내 말이 딱 맞죠.
정희	동서.
승룡	예.
정희	동서는 왜 그리 살아.
승룡	뭐가요.
정희	왜 맨날 모든 게 자기 탓이고 미안하다는 말이야.
승룡	…….
정희	나는 그리 살지 말았으면 좋겠어. 이제는 그리 살고 싶지 않아.
승룡	내 탓이어야 속이 편해요.
정희	그래, 그런 거지. 동서 속이 편하려고 그러는 거야. 그게 남의 속 후벼 파는지 모르고.
승룡	내가 이 집에 와서 형님이 외로웠으니까.
정희	그만해라, 동서.
승룡	그게 맞잖아요.
정희	나는 우리 그이가 그저 딱한 사람 하나 들였구나 그 생각뿐이었어. 저랑 맞는 사람 구해서 즐거워 보이네 싶었고. 그리 미안했을 거면 애초에 뿌리치고 우리 집에 오질 말았어야지.
승룡	…그죠?
정희	아니, 내 말은…!
승룡	아니, 형님 말이 다 맞아. 나는 이 집에 미안한 존재야.
정희	말을 말자, 말을.
승룡	아니요, 그런 거예요.

정희   동서, 나는 지금 내 누이를 두고 도망치고 있어. 내 자식들은 안개 속으로 사라졌고. 나 좀… 나 좀 그만 힘들게 하란 말이야.

안개 저편을 홀로 거니는 고복길, 보자기에 싸둔 금괴를 품에 안은 채로 노래를 부른다.

복길   *아 외로운 저 나그네 홀로이 잠 못 이뤄*
            구슬픈 짐승 소리에 말없이 눈물져요.

고복길이 또다시 훌쩍인다.

복길   (안개 속을 향해) 영길아, 나 또 가사 틀렸다. 얼른 나와서 뭐라 해 봐라. 아, 다들 어딜 갔어요. 영길이 네 말대로 그때 그냥 모른 척할걸. 아씨인지 뽀이인지 그냥 길바닥에 두고 올걸. 짐승들한테 뜯어 먹히게 그냥 둘걸. 그러지만 않았으면 우리 아무 일도 없었을 텐데. 피도 무덤도 다 싫다 싫어. 이거 다 꿈이었으면 좋겠다. 응? 다-.
            (노래 다시 이어가는) *외론 무덤에 밤이 되니 월색만 고요해*
            비석에 서린 회포를 말하여 주노라
            아 외로운 저 나그네 홀로이 잠 못 이뤄
            구슬픈 짐승 소리에 말없이 눈물져요[7]

---

7   가수 배호의 〈황성옛터〉 일부를 개사함. (작사가 왕평, 1928.)

또 다른 안개 저편에서 김시우와 고영길이 언뜻 노랫소리를 듣는다.

영길   저 가사 아니라니까. 저러다 순사한테 들키면 어
        쩌려고. 쟤는 하나만 알고 둘은 모르지.

시우   이렇게 들어왔는데 설마 쫓아올까. 영길이 산을
        잘 타는구나.

영길   보기보다?

시우   아, 내 말은.

영길   우리 어무니가 어릴 때부터 나를 계속 걷게 시켰
        어요. 그저 걸으라고.

시우   감사했네.

영길   감사하긴. 나는 자다가도 그 소리만 들으면 두통
        이 생겨요. 맨날 당신 하라는 대로, 당신 원하는
        대로 하길 바라시지.

시우   우리 어머니도 그랬어. 그러니 유학 다녀온 아들
        이 갑자기 이리 입고 다니기 시작하니 얼마나 놀
        랬을까.

영길   …저기 호칭을 어찌하면 될까요.

시우   나도 네 언니해도 될까.

영길   그럼 언니, 내가 이제야 말하는데, 나는 처음에
        길에서 언니 봤을 때 끌고 오지 말자고 했어.

시우   그랬니. 그러지.

영길   근데 이제는 그리 생각 안 해.

시우   이 사달이 났는데도?

영길   이건 언니 탓이 아니야.

시우   고마워.

영길   나도 멀리 외지로 나가서 공부를 좀 해 봤으면

소원이 없겠네.

시우　　그리 좋지만은 않아. 금세 고향이 그리워질걸.

영길　　가 보고 그리워하는 거랑, 가 보지도 않고 그리워할 걸 걱정하는 건 다르지.

시우　　영길이 네 말이 맞아.

영길　　아, 다들 잘 넘어가고 있으려나.

시우　　우린 어디 즈음 와 있는 거니.

영길　　언니, 저 삽사리. 그때 그 개다.

삽사리가 고영길과 김시우 앞에 나타난다.

은심　　거기 누구 있나?

영길　　할매다. 할매도 있다. 무사했네.

개를 뒤따라 최은심과 김신애도 합류한다. 어쩐지 혈색이 좋지 않은 최은심을 김신애가 부축해 온다.

신애　　영길아.

영길　　언니…! 살아 있었구나! 살아 있었어…!

신애　　영길아, 다들 어찌 되었어. 응? 다들 어찌 되었냐구.

시우　　우린 분명 큰일 났구나 생각했어요.

신애　　큰일이야 났지만, 할매가 도와줘서 살았어.

영길　　할매 어디 아파요?

은심　　고뿔이라도 걸렸는지. 열이 좀 난다. 괜찮아.

시우　　다들 산으로 도망쳐 들어왔는데, 뿔뿔이 흩어져버렸어요.

신애	그래, 도망쳤으면 됐지. 어무니는?
영길	그게… 이모가….
신애	응? 우리 어무니가 왜.
영길	이모는 못 따라왔어. 이모가 우리 살린다고 순사 놈한테 달려들어서.
신애	거짓말 마.
시우	미안해요.

김신애가 산 바닥에 털썩 주저앉는다.

은심	이러고 있을 시간 없어.
신애	어무니… 내가 괜히 집을 나섰다. 그래, 어무니 말이 맞았다. 같이 여관이나 오순도순 지켜내면 되었었는데.

삽사리가 잠시 자리를 뜬다.

시우	…미안해요.

김신애가 두르고 있던 마후라를 벗어 김시우에게 던진다.

신애	그쪽이 괜히 서울살이며 백화점이 어쩌고 말만 늘어놓지 않았어도…! 마후라를 내어주지만 않았어도…! 아니 그 전에 내 앞에 쓰러져 있지만 않았어도…! 아니 그전에 그렇게 곱게 입고 쓰러져 있지만 않았어도…! 우리 어무이… 살았을 텐데. 이 오밤중에 들개마냥 이리 산속을 헤매지도

않았을 테고.

시우   정말, 정말로 미안해요.

영길   이 언니 잘못 아니야. 그렇게 몰아세우지 말어.

신애   영길아, 네가 뭘 안다고. 응? 너는 가만히 있어라.

영길   내가 왜 뭘 모르나. 나도 다 알아. 내가 우리 중에 제일 많이 아는데.

삽사리가 고복길을 이리 데려다 놓고 다시 사라진다.

복길   신애 언니 말이 딱 맞지. 우리는 잘만 먹고 잘만 살고 있었어요. 그쪽이 오기 전까지!

은심   다들 지금 와서 무슨 소용이야.

복길   복작복작 우리끼리 잘만 살고 있었단 말이야.

다시 나타난 삽사리, 그를 따라 여승룡과 오정희도 이리로 도착한다.

승룡   형님, 내가 괜한 말을 했어.

정희   동서야, 됐다, 됐어. 이제 지치는 말 좀 그만하자.

신애   이모, 삼촌.

승룡   아이고, 신애야 너 살아 있었구나.

정희   아… 언니가 너 살아 있는 것만 알았어도.

신애   우리 어무니 어떡해. 돌아가자, 응? 우리 어무니도 데리러 가자. 혹시 모르잖어.

승룡   신애야, 넘어가야 해. 돌아가는 게 너희 어무니 배신하는 거다.

신애   삼촌이 어찌 그리 말해요. 응?

시우   다들 죄송해요. 정말로. 내가 이 죄는 꼭 다 갚을게요.

영길　언니, 그만해요.

복길　갚긴 뭐를 어찌 다 갚으려고.

은심　이제 다들 모였구만.

최은심이 삽사리를 쓰다듬는다.

은심　나도 네 친구 녀석이 걸린 병에 걸렸나 보다. 그러고 보니 걔는 도시락을 먹어 대고는 어디로 사라진 거니. 아이고, 몸이 점점 굳는 것 같아.

여승룡이 최은심을 부축한다.

승룡　할매, 나한테 기대요.

정희　어디가 많이 안 좋으셔? 그러게 혼자 산에를 왜 올라 왜.

은심　너희 마님 뼛조각 어떻게 얻었는데, 놓치면 쓰나. 자, 다들 내려가자. 나 이제 집으로 돌아가야 해. 가서 우리 손주 놈 깨워야지.

삽사리가 앞장선다.

은심　쟤들만 따라가면 될 거야.

정희　지들 주린 배 채워 준 걸 아는지. 고맙네.

승룡　다들 가자. 움직이자.

숲을 헤매던 인간들은 삽사리를 따라 찬찬히 산을 넘는다.

복길	다시 소학교나 다니던 때로 돌아가고 싶어.
영길	맨날 학교 가는 거 싫다고 투정만 부렸으면서.
복길	지금이 그때랑 같아?
영길	나는 그저 여길 벗어나고 싶어. 멀리멀리 가고 싶어.
시우	영길아, 나랑 같이 갈래?
신애	우리 영길이가 그쪽을 왜 따라가. 우리 영길이는 걸음도 어려워서 남이랑은 못 살아.
영길	신애 언니, 언니가 그걸 어찌 알아. 내가 사는지 못 사는지.
시우	이번엔 방향을 정해서 도망칠 거야. 막다른 길에 다다르는 게 아니라, 넓고 넓어서 나를 찾을 수 없는 데로 갈 거야. 그러니 영길아 마음이 동하면 같이 가자.
영길	얼마나 멀리 갈 수 있을까, 내가, 이 몸으로.
승룡	형님, 내려가면 일단 다른 마을이라도 가야겠죠. 형님 친척 중에 누구 없나.
정희	동서, 나는 할매를 집에 데려다줘야겠어.
승룡	…그러다 잡히기라도 하면.
정희	언니라면 제 손님 책임지겠다고 할 테니.
승룡	그래, 그럽시다 그럼.
정희	아니.
승룡	왜요.
정희	할매는 나 혼자 모실란다.
승룡	그럼 나는 어째. 내가 미안해서 어째.
정희	너 그거 미안하다는 말 거짓말이야. 나를 더 미

	안하게 만들려고 괜히 하는 말이야.
승룡	어찌 그리 말해요.
정희	그러니 따라오지 마. 이제 그만 따로 살자. 이만
	하면 됐다.
승룡	진심이에요?
정희	진심이지.

모두가 건너편 산기슭에 다다른다.
안개 밖으로 나오는 인간들.
어느새 새벽녘이 밝아 온다.

정희	아, 이제야 밤이 끝나가는구나.

최은심이 삽사리에게 마지막 인사를 건넨다.

은심	덕분에 살았어. 덕분에 살 거고. 너희들도 악착
	같이 살아남아라.

삽사리가 다시 산속으로 사라진다.

은심	자, 이제 다들 어디로 갈까.
신애	나는… 다시 마을로 돌아갈래요.
정희	신애야.
신애	그리 마음먹었어.
정희	복길아, 영길아, 그럼 너희들이라도 이리 따라붙
	어라.
복길	예.

고복길만이 오정희와 최은심에게 따라붙는다.

정희	영길이 너는 뭐해.

정희   영길이 너는 뭐해.

영길   나는 멀리 가기로 했어. 이 언니랑.

복길   야.

정희   영길아, 너 홀로 어딜 가.

영길   홀로 가야겠어요. 어무니, 나 그냥 보내 줘. 부탁이야.

정희   제발, 이러지 말자.

영길   어무니 제발 나를 좀 보내 줘. 내 원이다.

정희   …영길아.

영길   하나뿐인 원이라고.

정희   …하나뿐인 원이라고?

영길   그래, 나도 좀 멀리 가 볼래. 어디든. 이리 묶여 있기 싫다. 걸으라고 가르쳤으면 멀리멀리 걸어가게 내버려 둬야지. 응? 어무니.

복길   너… 시답잖은 소리 말고 얼른 따라붙어.

영길   싫어.

복길   야!

오정희가 고복길이 들고 있던 금괴를 가져와, 한 덩이는 김신애에게, 한 덩이는 김시우에게 건넨다.

정희   다들 그럼 이거 한 덩이씩 챙겨가.

신애   이게 웬 금덩이.

정희   이게 너희 어무니 목숨값이 될 줄 누가 알았어.

받어.

시우 저는 정말 필요 없어요.

정희 챙겨요. 그쪽 쓰라고 주는 거 아니고, 영길이 챙기라고 주는 거니까.

복길 어무니…!

정희 영길아. 이 어무니는 한평생 묶여 살았다. 마님 돈줄에 묶여 살았고, 언니 송구스러운 마음에 묶여 살았지. 너는 그러지 마.

영길 고마워, 어무니.

승룡 정말 따로 가자고.

정희 동서, 우리도 이제 서로 그만 미안해하고 살자.

승룡 …형님.

신애 삼촌, 그럼 삼촌은 나 좀 도와줘요.

은심 영길어멈, 나 계속 침이 흐르네. 정신이 아득하려고.

정희 얼른 떠나야겠어.

시우 다들 정말 감사했어요. 부디 몸조심하셔요.

고영길이 고복길, 오정희와 포옹을 한다.

영길 어무니, 복길아. 별천지란 별천지는 다 보고 올게.

정희 그래, 그래.

고영길이 김시우를 따라 떠난다.

정희 신애야, 부디 몸조심해라.

신애 이모도.

승룡　　　이리 가시네.

정희　　　들키지 말어. 둘 다.

오정희, 고복길, 최은심도 길을 떠난다.

신애　　　삼촌.

승룡　　　응.

신애　　　우리 어무니 정말로 죽었을까.

승룡　　　…….

신애　　　죽었다면 묻어 드려야지.

승룡　　　신애야, 정말 괜찮겠어?

신애　　　얼른 갑시다, 우리도.

김신애와 여승룡도 떠난다.

그렇게 모두가 또다시 뿔뿔이 흩어진다.

7장.

새벽. 여관 뒤편의 농무산 자락. 윤일호가 험준한 산속을 홀로 헤매고 있다. 그는 숲에 떨어진 잎들로 자신의 몸에 튄 핏자국을 닦아 내려 애쓴다.

일호   짐승만도 못한 것들. 너희 때문에 내가 피를 봤잖아. 그저 시키는 대로만 했으면 별 탈 없었을 텐데. 다들 멍청해서 그러지. 뭐가 자기한테 옳은 선택인지를 모르는 거야. 내가 따라오라고 하면 따라오고, 벗으라 하면 벗고, 내놓으라고 하면 내놓았으면 됐잖아. 왜 그리 욕심을 내는지. 그 욕심 때문에 다들 이 산을 헤매고 있을 테지! 다들 이 산에서 같이 죽자! 같이 죽어!

그때, 들개 한 마리가 윤일호 앞에 나타난다.

일호   어라, 그 샤쵸가 찾던 침 질질 흘리는 개 한 마리가 여기 있네. 나도 전보를 좀 쳐 드려야 하는데. 너 쫓던 샤쵸, 행방을 모르겠다. 너는 좋겠네. 쫓던 이가 사라져서.
더러운 것들.

윤일호가 들개를 향해 총을 쏜다. –탕! 하지만 안개 속을 드나들며 움직이는 들개를 맞추기가 여간 쉽지 않다. 탕 탕탕!

일호   억척스럽고 약삭빠른 것들. 해로운 것들! 그냥 죽어! 죽으라고!

마구잡이로 쏘아 대던 탓에 총알이 다 떨어지고 만다.

일호   저 개새끼 때문에 총알만 낭비했네.

그때, 안개 속에서 들개가 달려든다. 윤일호의 발목을 물어뜯는다.

일호   으윽! 저리 꺼져!
들개   너는 어찌하면 좋을까.
일호   뭐야, 뭘 어찌해.
들개   여기 올라온 이들은 모두 길을 찾아 내려갔어.
일호   짐승들끼리 돕는구나.
들개   나는 곧 죽을 거야. 온몸이 타는 것 같아.
일호   병 든 들개한테 물리다니, 더러워, 더러워…!
들개   너도 이제 우리와 같은 병에 걸렸네.
일호   나를 짐승 취급하지 마.
들개   하지만 인간이나 들개나 결국 같은 짐승인걸. 나는 너를 여기서 보낼 수 없어. 이게 나를 살려 준 이들에 대한 내 보답이야.
일호   가까이 오지 마. 가까이 오지 말라고!

들개가 윤일호를 절벽으로 몰아세운다.

들개　　　이 절벽 아래로 많은 이들이 굴러떨어졌어. 우리
　　　　　　를 잡으려고 온 인간들. 그들 중 몇은 죽기도 했
　　　　　　지. 너는 살아남을 수 있을까.

윤일호가 절벽 아래로 떨어진다.
어디선가 또 다른 개의 울음소리가 들린다. 들개 역시도 울음소리로
그 소리에 답한다. 그리고 그 울음에 또 다른 들개가 울음으로 또 답
한다. 그렇게 울음소리는 계속해서 이어진다.

에필로그

1945년 겨울. 낮. 농무산 자락 여관 근처의 낯선 묘 하나. 그 위로 눈이 펄펄 내린다. 눈을 맞으며 묘 앞에 서 있는 두 사람. 김신애와 여승룡.

신애	*외론 무덤에 밤이 되니 월색만 고요해* *비석에 서린 회포를 말하여 주노라* *아 외로운 저 나그네 홀로이 잠 못 이뤄* *구슬픈 짐승 소리에 말없이 눈물져요.*[8]
승룡	가사가 다른데.
신애	복길이가 지 마음대로 이리 불러서. 원래 무슨 가사였는지 생각도 안 나요.
승룡	복길이는 항상 나날이 발랄했지.
신애	어찌 잘살고 있나.
승룡	할매 데려다줬으면 돌아와야지. 어찌 돌아오지 않나.
신애	무소식이 희소식이라 하고 살아야죠.
승룡	어제 곳간에 두었던 말린 고기들을 죄다 들개들에게 털리고 말았지 뭐냐.
신애	겨울이니, 산에는 먹을 게 더 없을 테지요.

8 　가수 배호의 〈황성옛터〉 일부를 개사함. (작사가 왕평, 1928.)

승룡	어찌저찌 저 안에서 잘살고 있는지. 요즘은 도통 모습을 보이지 않아.
신애	간간이 울어 주니 됐지 뭐.
승룡	큰형님, 떠난 이들 꿈에 들러서, 잘살라고, 잘살다가 다시 얼굴도 좀 비추고 하라고 일러 줘요.
신애	어무니는 결국 죽음으로 나를 붙잡아 두었네, 여기 이 외진 마을에.
	삼촌, 우리 어무니가 나를 어디서 주웠는지 알아요?
승룡	그러고 보니 한 번도 들어 본 적이 없다.
신애	무덤가였대. 내 팔자가 그런가. 나는 항상 이리 무덤 곁에 머물러야 하는 팔자인가.

그때, 저 멀리서 마을의 외길을 누군가 걸어온다. 곱게 두른 마후라와 우아한 코트 차림의 두 사람. 하나는 김시우, 다른 하나는 고영길.

신애	어무니가 오늘 함박눈이랑 같이 손님을 함께 보내 주셨네. 그래 어무니, 나 여기 붙잡아 뒀으니 손님이라도 좀 보내 줘.
승룡	다들… 잘 왔어.
영길	삼촌, 신애 언니. 나 왔어.
신애	그래, 그래. 잘 왔어.
시우	다들 잘 지내셨어요?
신애	영길아, 너 못 알아보겠다. 신여성도 이런 신여성이 있을 수 없어.
영길	언니도 참. 간만에 봤다고 낯간지러운 말을 잘도 한다.

고영길이 두리번거린다.

승룡 　영길이 누구 찾나.

신애 　이모랑 복길이는 연락이 없어.

영길 　그래?

신애 　그래도 너도 이렇게 닿았으니, 언젠가 그쪽도 닿겠지.

영길 　그러면 좋겠네.

　　　　이모 여기 계시네.

신애 　아무래도 산에 묻는 것보다 내 눈에 보이는 데 묻어 두는 게 좋겠다 싶었지.

영길 　이모가 언니 붙잡는 데 성공했네.

신애 　너는 말을 해도.

고영길과 김신애가 무덤에 절을 올린다.

영길 　눈이 예쁘게 온다.

신애 　이맘때 우리 마을은 항상 예뻤어.

영길 　떠나 보니까 그랬었네 싶었어.

신애 　어째 타지에서 고생했다.

승룡 　그래, 고생했어. 먹을 거 왕창 해 놨다. 많이들 먹고.

영길 　네, 삼촌.

　　　　아, 떠날 때는 핏빛이었는데. 이리 하얗다. 아무 일도 없었던 것처럼.

승룡 　춥네, 다들 들어가자. 따뜻하게 데워 놨으니.

영길	네.
신애	그쪽도 얼른 들어와요.
시우	네.
신애	그쪽도 잘살았어요? 먼 데 가서?
시우	네, 잘살았어요.
신애	그럼 됐지 뭐.
영길	언니, 보고 들은 게 많아.
신애	그래, 잘 왔어. 잘 돌아왔어.

모두 여관으로 들어가자, 이내 산자락에서 내려온 삽사리 한 마리가 오정화의 무덤에 몸을 비비더니, 그 역시도 여관 마당으로 쏙 들어간다.

굵은 눈방울들이 땅 위에 남은 자국들 위로 켜켜이 쌓인다.

막.

작가의 말

　길쭉하고 호리호리하던 나의 할아버지, 마을에서 가장 잘 생겼던 사내는 매일 소주 한 짝을 비워야만 잠이 들곤 했다. 평생 술에 잠겨 살다, 오십을 조금 넘겨 그렇게 하늘로 가셨다. 마루에 앉아 멀뚱히 지는 해를 바라보다 어설프게 걷던 손녀를 향해 옅은 미소를 짓던 그분이, 어린 시절 형님을 잃었다는 것을 알게 된 것은 그분이 돌아가시고도 한참 후였다. 돌에 맞고 죽창에 찔리는 형님을 대숲에 숨어 봤어야 했던 열두 살의 소년- 소년이 오십이 되기까지 할 수 있는 것이라곤 오직 버티는 것뿐이었을 테지. 그러다 자식을 낳고, 그 자식의 어린 자식을 보며 저도 모르게 옅게 웃다 그것이 미안해 다시 표정을 없앴을 테지. 한평생 무표정했던 마음들이 읽혀 나는 늘 할아버지가 그리웠다.

　'그라고 다 가불고 낭게'는 여순 사건에 관한 이야기다. 평범하게 아침을 맞았던 사람들이 맞아 죽고, 찢겨 죽고, 총에 맞아 죽었다. 둑에 쌓이고, 다리에 널브러지고, 강줄기를 피로 물들였다. 10월의 한 주 동안 만 명이 넘는 사람들이 같은 방식으로 죽었고, 살아남은 자들은 가족이 죽었다고 목

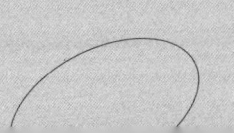

그라고 다 가불고 낭게

윤지영

놓아 울지 못했다. 입을 닫고, 가슴에는 지퍼를 채웠다. 그리고 운이 좋아 버텼다면 이제 여든여덟이나 여든아홉이 되어 다가오는 죽음을 마주 보고 있다.

작년, 순천의 쪽방에서 나흘을 보냈다. 순천역과 순천고, 재래시장과 다리를 걸으며 그 끝에 제대로 된 '여순 기념관'이 있으리라 내심 기대했다. 어느 낡은 사무실, 2층 그곳의 문이 자물쇠로 잠겨 있어 문만 한참 보다 돌아 나왔다. 울음도 하소연도 어느 것도 내뱉지 못하고 삼키고만 있는 것이 77년 전이나 매한가지인 것 같아, 집으로 돌아오는 내내 가슴이 답답했다.

보지 말아야 할 것과 알지 말아도 될 것들이 어마어마한 스크린에 쏟아지고 있는 이 광속의 시대에, 구석에 접힌 채 쓸쓸히 시간이 지나기만을 버티고 있는 '여순의 이야기'를, 그렇게 늘 숨죽이며 불안한 삶을 사셨을 나의 할아버지와 할머니들의 이야기를 이제는 해야 할 때가 온 것이 아닌가, 기어코 해야만 하지 않을까, 라는 열망으로 글을 쓰고 마쳤다.

등장인물

귀복

귀섭

말자

은하

칠년

복상

선엽

형철

칠년부

반장

한압씨(할아버지)

칠년모

김 씨

최 씨

신 씨

남 1,2,3,4

인민군 1,2,3,4

마을 사람들

청년 단원들

여자

여자2

(귀복, 귀섭, 말자, 은하를 제외하고는 일인다역이 가능하다)

때

　　1948년

곳

　　순천

일러두기

　　* 이 극은 장면 전환과 배우들의 등 퇴장이 자유롭다.

　　* 막과 장은 편의를 위해 설정하였다.

　　* 때에 따라 배우들 전체가 무대를 떠나지 않고, 마당극의
　　　형태로 극을 이루어도 좋다.

　　* 귀복은 여든여덟의 현재와 열둘의 과거를 자유롭게 넘나
　　　든다. 여든여덟의 노인은 꼭 노인의 연기여야 할 필요는
　　　없으나, 열둘의 회상 장면은 어린아이의 천진한 모습으
　　　로 연기하는 것이 좋겠다.

〈제1막〉

1장.

어둠 속, 희뿌옇게 모습을 드러내는 한 노인(귀복),
천천히 무대 앞으로 걸어 나온다.

귀복　　휘어이 – 휘어이 –

귀복, 손을 휘저으면
날아가는 까마귀 떼 –

귀복　　와따메, 안적도 안 가고 여그 이라고 있냐이? 가
라이. 가 언능….

다시금 날아가는 까마귀 떼 –

귀복　　와따, 숭악스런그… 70년도 넘는 시간인디, 뭔 존
일 있다고 여적껏 여글 못 떠나는 것이여… 뭐
묵을 것이 더 있다고, 이? …배 터지게 묵었능게
인자 고만 가… 여그 요렇쿠름 꺼멓게 그림자 드
리우덜 말고이…? 알아듣겄냐?

귀복, 멀리 날아가는 까마귀 떼 본다.

귀복	그려, 그렇게… 떠나야제 잊어 불제. 잊어 불어야 살 것이고… 안 그냐이….
귀섭	(동시/소리만) 귀복아! 귀복아이?!
말자	(동시/소리만) 귀복아! 귀복아이?!
귀복	(소리 나는 쪽 보며) 오메… 이게 누구여? 참말로 엄니여? …그짝은, 그짝은 긍게로….
귀섭	(소리만) 귀복아!
귀복	…성님…. 참말로 우리 성이네이…. 꿈이서도 한 번을 안 나타나등만…. 워째 온 거여, 한나뿐이 읎는 동상 죽을 때가 됭게 불쌍허다 함시롱 온 거여? 참말로 그려?…(눈물을 삼킨다).

사이

귀복	…엄니랑 성이 저라고 순천역으로 날 붙잡으러 온 것이, 나 나이 열둘 여름방학이었어…. 그때 순천이 디지게도 더웠제. 그려서 기억이 더 잘 나 는 것이까? …48년, 48년 그해 말이여….
말자	(소리만) 오메, 이 썩을 눔의 새끼, 니 잡으면 뒤 져 분다이!
귀복	(말자 소리 나는 쪽 보며 귀 막는 시늉) 움마, 엄 니는 꿈에서 본디도 워째 이라고 목소리가 크다 요? 귀창 떨어지겠네이. (말자 사라지는 쪽 보며 미소) 우덜 가족은 낙안에서 지전으로 가는 길 목에 살았는디, 거그서 여그 순천역까정은 거리 가 아조 상당하제. 아그들 걸음으로 여글 걸어서 온단 것이, (자기 가슴팍 가리키며) 열둘에 머리

통이 딱 여그까정 빽이 안 닿았을 나인디, 맞어, 아암, 이 윤귀복이나 됭게, 기개가 강감찬급은 되는 사내대장분게 그 먼 질을 자정부텀 새벽꺼정 걸어서 여그 순천역까정 와 불 수 있었제…. 기차 타는 것은 그때가 처음이었어. 서울로 가불 것이라고, 첫 기차를 꼭 탈 것이라고, 그라고 기를 쓰고 밤길을 걸어왔제…. 꼬박 석 달 열흘을 기찻삯 구한다고 용을 썼는디,

무대, 어느새 순천역 처마 밑이 된다.
빗소리 더욱 커진다.

귀복　그날은 비가 억수같이 쏟아지더란 말이여. 요렇쿠름 순천역 처마 아래로 비를 피하고 있응게, 여름인디도 허연 입김이 쏟아지더라고…. (점차 열두 살 아이의 모습이 된다) 오메, 엄니는 왜 항시나 발보다 훨씬 큰 고무신을 사 주는 거여? 비 오는 날엔 질나게 물이 찬다고 혔어, 안 혔어? 아따, 돈은 성이 다 번디 엄니가 성 돈을 맴대로 다 씀시롱, 어린 나헌티는 고무신 한 짝도 지대로 안 사 주는 것이 옳은 시상이여? 고무신 한나도 나 맘대로 못 신는 쪽을 놈의 순천 바닥, 나가 오늘은 참말로 미련 없이 떠날랑게. 기필코 떠날 거여. 아암, 서울로 가야제! 또 알어? 서울 가서 삼시롱 국회의원이 딱 돼야 불란지. 말자 씨, 두고 보씨요이. 고무신으로 나 서럽게 했지라? 서울 가서 이 윤귀복이가 울매나 떵떵거리고 잘살란

지 두 눈 똑똑히 뜨고 두고 보라고요잉?

귀섭과 말자, 다급하게 귀복을 찾아 두리번거리며 무대 위로 나타
난다.
귀복, 긴장해 벽에 몸을 더욱 밀착시킨다.

귀섭   엄니, 지는 쩌짝으로 가 볼게라.
말자   (울음 섞인) 오냐, 그래라. 꼭 찾아라이?
귀섭   야.

귀섭과 말자, 다시금 귀복을 찾아 무대 밖으로 사라진다.

귀복   (멀어지는 귀섭을 그리움 가득한 눈빛으로 바라
           본다) 그날, 나가 여그 이 처마 아래 딱 붙어 있
           었는디, 윤귀섭이는 바보맨치로 저라고 머얼 - 리
           가게 반대편으로 갔었구만이 - 참말로 헛똑똑이
           여…. 찾을라문 한 분에 찾아야제, 기찻값으로
           버린 돈이 울매여 참말로….

귀복, 열두 살 아이의 모습으로 쏜살같이 뛰기 시작한다.
무대 한 바퀴를 돌더니, 벽을 타 넘는 시늉을 한다.

귀복   숨이 눈알까정 찰 정도로 뛰고 또 뛰었제. 가야
           됐응게. 가기로 했응게. 플랫폼까지 들어왔을 적
           에 기차는 이미 출발하고 있었는디,

척.척.척.척 - 인민군들의 군홧발 소리 들려온다.

일렬로 역 앞에 대열하는 인민군 1,2,3,4 모두, 어깨에 총을 멘다.

귀복　　(귀를 막으며) 올 때가 안 됐는디 벌써 오요?

인민1　　어차피 올 경게.

귀복　　안적 7월이란 말이오이?

인민2　　(침 발라 수첩 넘기며 날짜를 확인한다) 이, 그
　　　　　려?

귀복　　긍게, 나타날라믄 쪼까 이따 오씨요.

인민3　　아, 울매나 기다려야 써? 지금 끝내 버리면 되제
　　　　　는, 오메 송신난 그이.

한 여자, 소쿠리를 들고 나타난다.

인민4　　(여자를 향해 손짓으로) 빵빵빵!

여자　　나는 암것도 모른당게라우.

인민1　　몰르기는! (여자의 머리채를 끌어 그대로 내팽개
　　　　　치려는데)

귀복　　와따, 참말로 너무하는 것 아니어라? 나 꿈인디,
　　　　　그 여름 재밌던 시절 추억도 못 허요? 이날 이때
　　　　　꺼정 76년 세월을 당신들 총 들고 다니든 모습만
　　　　　기억하다 저승으로 가야 한다 그 말이요? 제발!
　　　　　제발 좀 가씨요! 제발 좀 사라지랑게, 제발!

인민2　　와따, 성질이 고약스럽구만이.

인민3　　아그 때부텀 그랬잖여.

인민4　　이, 그렸어? 그라믄 성질 건드리지 말고, 이따가
　　　　　지 기억하고 싶을 때 기억하라고 혀.

인민1　　그려, 가자고 가.

인민군1,2,3 척척척 열 맞춰 나가고-

인민군4, 여자의 머리채를 끌고 밖으로 나간다.

여자　　(끌려 나가면서) 참말로 모른당게라.

인민4　　(끌고 나가면서) 엊저녁에 한 이불 덮고 살 섞은 남정네가 워디로 갔는지도 몰른다고? 고것이 말이여, 방구여? (소리만) 니는, 야 꿈이서든 뭐든 쪼까 맞아야 정신 차리겄구만이.

무대 밖, 인민군4가 여자를 때리는 소리 퍽.퍽.퍽퍽-

귀복, 자신의 머리를 때린다.

귀복　　가 버려라잉… 다 가 버려… 나가 오늘은 잊어불 것잉게. 다 잊어불라니께. 보고잡은 사람들 쪼까 보고, 그라고 다 잊어불고 싶응게이… 머리야, 나 말 잠 들어라이, 기억들아, 나 맴 쪼까 이해해 줘라이… 이? 참말로?

무대 고요해진다.

귀복　　(사이) 워디까지 혔지? 이, 그려, 기차가 출발하고 있었제….

열차의 기적 소리와 함께 뿜어져 나오는 연기.

귀복　　(연기에 기침하며 뛴다) 나가 포기할 사람은 아

니었웅게. (전속력으로 기차를 따라잡으며) 몇
번이나 기차에 손을 대았다가 놓쳤다를 반복하
다가이, 머리를 좀 썼제. (관객에게는 보이지 않
는 역무원을 올려다보며) 아제! 나 손 쪼까 잡
아 주씨요! 아, 오늘 꼭 서울에 가야 한단 말이오
이? (보이지 않는 역무원의 손을 잡고는) 오메오
메오메…. (열차에 올라탄다) 하이고, 디찔 뻔 혔
네이. 고맙소, 아제. 내 이 은혜는 꼭 갚을랑게,
여그 순천에서 딱 기다리고 기시씨요잉. 아 또 아
요? 나 덕분에 역장이라도 될란지. (남자답게 '허
허' 웃으며 보이지 않는 역무원의 어깨를 두어
번 친다. 멀어져가는 순천을 바라보며) 나는 인
자 여그는 안 와이? 서울로 강게. 서울 남자가 될
것잉게. 다들 나 욺다고 울덜 말고 잘들 있소이.
오메, 나 욺다고 뭔 일이라도 날랍디여? 워찌 워
찌 살아지겄제. 그리 살아지는 것이 삶잉게… 나
기다리지 마소이!

할아버지(이하 한압씨), 의자를 들고 나와 앉는다.
무대, 어느새 열차 안이다.
귀복, 한압씨를 힐긋 본다.

한압씨   (심상치 않은 눈빛으로 귀복 본다)
귀복   무담씨 보요이.
한압씨   (계속 본다)
귀복   (딴 곳 보다, 봇짐에서 싸 온 삶은 계란 꺼내 먹
            는다. 그러다 계속 자신을 보는 한압씨에게 삶은

계란 하나 내민다)

한압씨 (계란 손에 쥔 채로 계속 본다)

귀복 나 이름이 궁금하씨요? 윤귀복이오.

한압씨 궁금한 것은 이름은 아니고.

귀복 뭔디 그라요. 씨원하게 말을 잠 하씨요이.

한압씨 니 나이가 시방 몇이냐이?

귀복 나이? 나이는 왜라? …열둘인디라. 와따메, 뭔 존
일있다고 넘의 얼굴을 그라고 뚫어져라 본대라?
잘생긴 얼굴 다 닳겠네이.

한압씨 봉게로 잘생긴 것은 아니고… 솔직히 말허자믄
못생긴 것에 가까운 얼굴인디….

귀복 ….

한압씨 얼굴은 얼굴이고, 물을 것은 물어야 뒹게… 열둘
빼기 안 묵은 아그가 이 시벽에 서울 가는 열차
는 왜 탔을까 고것이 궁금한 것이여. 니, 집을 나
와 부렀냐이?

귀복 …아따! 사람을 뭘로 보고 아무 말이나 덥썩덥
썩 혀 분대요, 한압씨는?

한압씨 글믄? 아, 이유가 있을 것 아니겠냐이?

귀복 아따…이유는… 있제라. 있응게 이 새벽에 첫 기
차를 타제라.

한압씨 그려, 글믄 말을 해 봐. 듣고 잡웅게.

귀복 고것은… 한압씨가 들으믄 맘이 쪼까 거시기헐틴
디….

한압씨 ….

귀복 (헛기침) 가족이 다 죽어 불어 갖고라… 이 시상
에 남은 것은 지 한 몸백이 없어라우. 워쩌겄소?

먹고 살라믄 서울이라도 가야제.

한압씨 워매워매. 니 가족이 다 죽어 부렀냐이?

귀복 야.

한압씨 와따메 숨이 콱 막혀 분다이? 서울에 연고는 있고?

귀복 (가슴팍에서 사진을 꺼내 보여 준다) 야가 이름은 갱휜디… 나 사촌이요….

한압씨 (사진을 뚫어져라 쳐다보며) 서울에 친척이 있구만이… 야가, 어디서 본 얼굴 같기도 헌디… 야는 엄니가 미인인갑구만이….

귀복 ….

어디선가 들리는 웃음소리.

어느새 무대 어딘가 의자를 놓고 신문을 보며 얼굴을 가리고 있던 귀섭, 귀복이 들고 있던 사진을 가져가 들여다본다.

귀섭 사촌이 참말로 곱네잉.

귀복 오메, 아부지.

귀섭, 귀복의 목덜미를 잡고는 그대로 무대 밖으로 끌고 나간다.

귀섭의 손에 대롱대롱 매달린 채로 끌려나가는 귀복.

귀복 놔. 노랑게. 나도 다 컸어. 나가 열둘이여 인쟈. 아, 안 놔?

한압씨 워매워매워매. 쌀 한 톨도 안 되는 아그헌티 시방 뭐 허는 짓이여, 젊은 양반이?

귀섭 (돌아보며) 한압씨, 여그 아그는 걱정 마시고, 서

올꺼정 조심히 잘 가시씨요이?

한압씨 위매, 걱정을 안 허게 혀야 안 허제. 그 손 놓고 말하랑게이?

귀섭 안 놀 만헝게 안 놓요.

한압씨 이?

귀섭 야 성인게라.

한압씨 뭐시여?

귀섭 지가 야 죽었다던 성이어라우. 이 덜떨어진 놈 챙겨 줘서 고맙소잉, 먼 길 잘 가시고라우.

귀복 와따, 기찻삯도 다 냈는디 돈 아깝게 왜 이 지랄이여? 열차 출발한 것 안 보여?

귀섭 그랑게. 구례에서 내려서 되돌아가야 안 쓰냐?

귀복 아니, 나가 나 인생 산단디 웬 간섭을 요라고 심하게 하는 것이여? 요것이 맞어? 아, 요것이 이치에 맞냐 이 말이여? 성숙한 내 머리로는 도저히 이해를 못 허겠네이.

귀복과 귀섭, 무대 밖으로 사라진다.

한압씨 어이없는 표정으로 그들을 쳐다보다, 아까 귀복이 준 계란 말없이 까먹는다.

2장.

무대, 귀복 집 안방이다.
말자, 회초리로 귀복의 종아리를 때리고 있다.
귀섭은 멀찍이 앉아 책을 읽고 있다.

귀복   (신음 소리 하나 안 내고, 입술만 꾹 깨물다 귀섭
         보며) 워매, 조라고 얄미우까?

말자   움마, 엄니가 회초리 때린디 딴청을 피우고 싶으
         까?

귀복   성! 그라고 가만있지 말고 말 잠 해 보랑게.

말자   원제 정신을 차릴 것이여? 나가 느그 성처럼 선
         상이 되라고 혔냐, 은행원이 되라고 혔냐? 가만
         히 집구석에서 주는 밥 묵고, 잠이나 잘 자고, 학
         교 졸업이나 잘하면, 엄니가 모아 논 돈으로 니
         논밭 사 준다고 혔냐, 안 혔냐, 이?

말자, 회초리로 내려치려는데, 귀복, 붙잡는다.

말자   (놀라) 움마, 니 엄니헌티 시방 반항하는 것이
         여?

귀복   요것이 뭔 반항이당가? 요런 것은 정당방위라고
         허는 것이여. 엄니가 나랑 나이 차이 사십이라고

나를 울매나 무시혔어? 나이 많은 것이 벼슬이
여? 아니, 성님은 제 나이에 놔 놓고는 나는 나이
사십에 놓는 이유가 뭐여? 그라고 해 불고는 계
속 니는 암것도 모릉게, 암것도 모르는 애깅게…
나가 애기여, 이? 나가 인자 꼬추에 털도 나기 시
작허는디 애기냐고?

말자 　아따따. 말하는 본새 보소! 요것 놔라이!

귀복 　못 놔.

말자 　노라고 했어이.

귀복 　못 논다니께. 엄니, '인권'이란 말 들어 봤제?

말자 　뭔 권?

귀복 　나도 인권이 있어. 나도 사람이여. 그니께 때리딜
말어. 나도 나 원허는 디로 할 권리가 있다 이 말
이여.

말자 　오메, 살다 살다 이 쥐새끼보덤 작은 놈이 엄니헌
티 말허는 꼬락서니 보소이.

말자, 다시 회초리 내려치려는데, 귀복 끝까지 잡고 놓지 않는다.

귀복 　나가 12년을 엄니헌티 죽어 살았는디, 오늘은
안 되았어. 아암 - 오늘은 안 돼야. 그랄 수가 읎
능게.

귀섭 　(들고 있던 책 모서리로 귀복 머리 때리며) 요것
이 듣자 듣자 헝게 엄니헌티 버르장머리 없이.

귀복, 머리가 아파 감싸 쥐면, 그대로 귀복의 뺨을 가로지르는 회
초리.

귀복의 뺨에 회초리 자국이 선명하다.

귀복   (뺨 만지다 거울 챙겨 보며) 움마, 엄니! 정확하
게 반으로 갈라진 거 보여 시방? 이 씨뻘건 선을
보란 말이여. 움메, (흐르는 눈물 닦으며) 이 물
이 뭐여? 눈물이여? 오메, 나가 이때꺼정 눈물이
라는 것을 흘려 본 적이 읎는 사내대장분디, 아
풍게로 자동적으로다가 눈물이 나오는구만이…
오메, 치욕스런그… 오늘 나가 뭘 그렇게 잘못혔
대? 나가 맞을 만헌 일을 한 것이여? 참말로 잘
못을 헌 것이냐고? (운다)

말자와 귀섭, 어깨를 들썩이며 우는 열두 살의 귀복 본다.

귀복   (두 사람 보며) 아, 말을 혀 봐! 사랑이 죄여?

3장.

귀복의 방이다.
귀복, 엎드려 자고 있고, 귀섭, 그런 귀복을 내려다보고 있다.

귀복   (잠꼬대) 갱희야, 기다려잉 - 나가 꼭 갈 것잉게.
나가 서울 가서 갱희 니를 꼭 만날 것잉게. 나 보
고 잡다고 울덜 말고, 기다려잉?

귀섭   (피식 웃음, 귀복의 볼에 연고를 발라 준다) 우
리 복이, 참말로 사내가 다 돼야 부렀구나. 맴에
품은 연정도 있고.

말자, 약초 바구니 들고 들어와 앉는다.

말자   자냐?

귀섭   야.

말자   웜마, 지랄염병. (귀복의 종아리에 아무렇게나 약
초 바른다) 콩알 크기 반만큼도 안 되는 놈이 뭔
사랑이여, 사랑이.

귀섭   (같이 약초 바르며 미소)

말자   가이내가 이쁜갑제?

귀섭   선상님들 사이서도 질 이쁘다고 소문이 난 아이
여라.

말자	이, 그러냐이?
귀섭	야.
말자	즈그 아부지맹키로 보는 눈은 있는갑구만이.
귀섭	….
말자	가는 몇 등이나 한디?
귀섭	야?
말자	반에서 말이여. 공부는 잘 헝가, 어쩡가.
귀섭	복이보다 15등 위쯤?
말자	그랗게 얼굴도 이쁘고, 공부도 잘허는 아그를 골랐구만.
귀섭	….
말자	귀복이가 반에서 20등 정도는 하잖애.
귀섭	고 정도는 아닌디.
말자	그라믄 30등?
귀섭	고렇게 높지는 않고라.
말자	…(끙) 글믄… 40등?
귀섭	사십…팔 등 정도 하제라?
말자	……(끙) 그려… 성적이 다가 아닝게. 서로 간에 애끼는 맴이 중요한 것 아니겄냐이? 은하랑 섭이니도 열둘에 같은 반이였잖애. 다 그렇게 그렇게 인연이 쌓이고, 결혼도 하고 하는 겅게. 아이고, 워쩌겄냐, 이 속 짚은 엄니가 다 이해를 혀야지.
귀섭	….
말자	사돈이 서울에 살믄, 그것이 왕래가 괜찮으까?
귀섭	….
말자	아그 이름이 갱희라고 했제?
귀섭	야.

말자	가가 참말로 우리 복이를 겁나게 좋아했는갑다.
귀섭	….
말자	살살 좋아했으까?
귀섭	….
말자	그려, 자고로 여자는 맴을 탁 숨키는 것이 멋잉게. 매력잉게. 가가 딱 여운갑다. 어린 것이 속마음 숨킬 중도 알고.
귀섭	경희가 그런 아그는 아닌디. 겉이랑 속이랑 아조 투명한 아근디.
말자	손톱만큼은 맴이 있었겄제. 고것도 읎는디 복이야가 그 먼 서울을 가겠다고 열차를 탔겄냐.
귀섭	그랑게라우. 지 말이 그 말이어요. 워째 털끝 맨큼도 맴이 없는 아그를 찾아서 서울로 간다고 혔는지. 요것을 순정이라고 혀야 헐지, 뭐라고 혀야 헐지….
말자	(약초를 귀복의 종아리에 쏟아 버리고는) 늦었응게. 자라이.
귀섭	엄니도 주무셔요이.

말자 나간다.

귀섭	아, 48등이 아니고 58등인디. 끝에서 두 번째. (귀복의 머리 쓰다듬으며) 요라고 눈도 짝고 얼굴도 꺼멓고, 못생겼다고 소문이 난 우리 복이가, 참말로 베짱 헌나는 두둑허다이. 그려, 니는 뭐라도 할 거여. 큰 인물 될 거여. 성은 믿어. 긍게로 아무 걱정 말고, 지금처럼만 무럭무럭 자라, 이?

귀복, 천천히 자리에 앉아 자신을 내려다보고 있는 귀섭을 바라본다.

귀복   성… 우덜이 그때 항꾼에 서울로 가불었으면 워쨌으까. 성… 요새 세상이 워쩐지 앙가? 100층 넘는 빌딩이 있어 부러. 과일이랑 야채도 백화점에서 사는 세상이여. 자동차도 종류별로 빽빽허고, 출근길에는 그 빽빽한 차들땀시 도로에서 움직이도 못 헌다니께. 순천에서 자가용 보기가 워디 쉬웠어? 그때 항꾼에 서울로 가불었으믄, 성이랑 백화점도 가고, 영화관도 가고, 그 뭐시냐 놀이공원도 감시롱 남들처럼 평범허게 살 수 있었으까. 그랬으까? 워뗘? 당시로 돌아가믄… 성은 워쩔랑가? 나랑 서울 가는 열차 탈랑가? 7월 그날에 말이여. 맴은 여리디 여림시롱 목소리만 큰 엄니 모시고, 서울로 올라갔으믄… 우덜이 시방이랑은 달르게 살 수 있었으까…?

〈제2막〉

1장.

교실이다.

칠판에 판서 중인 귀섭, 과제를 적어 주고 있다.

칠년, 복상, 선엽, 자기들끼리 쪽지 전해 주고받으며 꽤 심각한 표정들이다.

멀리서 여든여덟의 귀복, 그런 그들을 어른의 시선으로 바라보고 있다.

귀섭   빠뜨리지 말고 다 해 와야 써.

아이들   야!

귀섭   반장!

반장   차려, 경례.

아이들   감사합니다.

귀섭   딴 디로 새지 말고 바로 집으로 들어가고. 특히 너들 셋!

아이들   야.

선엽, 칠년, 복상, 눈치 보며 일어나더니 한 줄로 교실을 빠져나온다.

선엽   (속삭이듯) 선상님헌티 들키면 클낭게 싸게싸게 가더라고.

아이들, 교문 옆 벽에 등 대고 숨는다.

선엽　　　이라고 벽에 등을 딱 대고.

칠년·복상　벽에 등을 딱 대고.

선엽　　　숨을 딱 참아.

칠년·복상　숨을 딱 참아.

선엽　　　인자, 뛰는 거여.

칠년·복상　인자, 뛰는 거여.

선엽　　　고것은 따라허덜 말고.

칠년　　　고것은 따라허덜 말….

선엽　　　(칠년을 째려본다)

귀복　　　오메오메, 너그들. 이라고 천지분간을 못해 붕게 그 사달이 났고만이.

칠년　　　움마. 야, 니는 시방 동굴에 있어야 되는 거 아니여?

귀복　　　나 꿈잉게 왔다 갔다 허는 것은 내 맘이제.

칠년　　　…그려, 니 꿈잉게 고것은 맞는 말이다.

귀복　　　니, 우리 성이 겉으로는 뭘 몰른 사람맨치로 순진한 척 다 함시롱 완두콩 겁나게 까는 것 몰르냐?

선엽　　　호박씨 아니여?

귀복　　　시방 중요한 것이 고것이 아니잖애.

선엽　　　….

귀복　　　긍게로 더 조심혀야지. (귀섭이 앉아 있는 쪽 보며) 쩌그 잠 봐라이? 안 보는 척, 안 듣는 척 함시롱 저라고 다 듣고, 다 보고 있는 거. 움마, 저 귀 쫑긋거리는 것 잠 보소. 토끼여 뭐여?

칠년　　　야, 우덜도 그때 열둘인디 그라고 눈치가 있었으

	면 고것이 서른둘이제 열둘이간디?
선엽	그려, 칠년이가 말 한 분 잘헌다.
칠년	(어깨 으쓱)
복상	칠년아, 코 좀 닦고 얘기혀.
칠년	와따, 76년 전에는 나 앞에서 찍소리도 못하던 놈이 많이 컸다, 니?
복상	나가 아들만 일곱이여.
칠년	지랄허고 자빠졌네.
귀복	고것은 복상이 말이 맞어. 가가 색시만 셋이여.
선엽	오메 참말로?
귀복	그렇다니께. 본처는 하난디, 세 집 살림 함시롱.
칠년	오메, 니 그렇게 안 봤는디 인생을 고라고 추잡스럽게 살았단 말이여?
복상	넘어가자이? 살다 봉게 그런 것을 워쩌겄냐? 아니 요 꿈은 1948년 야그 아니여? 48년이면 48년 야그만 하장게로.
선엽	그려 그려. 이 야그는 여그서 넘어가고, 귀복이 너는 여그 상관허지 말고 아지트로 가 있어.
귀복	좌우당간 주위를 잘 살피고 오란 말이여. 지피지기면 백전백승잉게.
칠년	오메, 그눔의 잔소리.

귀복, 귀마개를 하고는 동굴 안으로 들어가 뒤돌아 앉는다.

선엽	자, 하나, 둘, 셋, 하면 뛴다이?
칠년	아따 시간 읎능게 하나 하고 뛰어.
선엽	그려, 하나!

아이들, 그대로 뛰어 개울을 건너고 다리를 건너고 산으로 열을 맞춰 올라 귀복이 뒤돌아 앉아 있는 동굴 안으로 들어간다.

선엽   (숨이 차서) 대장.

귀복   (귀마개 때문에 못 듣는다)

선엽   대장!

귀복   (돌아보며) 이, 왔냐이?

선엽   여름인디 고 귀마개는 뭐여?

귀복   유비무환 못 들어 봤냐? 서울 가야쓴디, 요 정도 장비는 갖춰야제. 신경 꺼.

복상   갱희 그 가이내는 괜히 전학을 가 갖고 우덜 전부 요라고 애를 먹여 부러. 여시같은 가시내.

귀복   (쩨려본다)

복상   ('흡'하고 고개 숙인다)

칠년   근디 대장.

귀복   이?

칠년   나 한나 물어볼 것이 있는디.

귀복   물어봐.

칠년   갱희도 대장 좋아혀?

선엽   야.

칠년   왜?

선엽   갱희가 대장 안 좋아허는 것은 우리 반 아그들 전체가 다 아는 사실인디 그 말을 허문 대장이 뭐가 되겠냐?

귀복   (어이없는 표정 짓다가, 어린 시절의 친구들의 얼굴 보며) 이 얼빠지고 어딘가 좀 모질라 보이

는 아그들이 나 불알친구들… 요샛말로 나 베프
들이여. 선엽아, 니는 뭐 그라고 바쁜 일이 있다
고 먼저 천국에 가 부냐, 이? 복상이는 아까 말
혔제? 세 집 살림 함시롱 아들만 일곱에, 명절에
자손들이 다 모이면 오십 명이 넘어 불어. 마누
라 속은 많이 썩였어도, 못 산 삶도 아니여. 자
손들이 다 잘 지냉게… 칠년이 야는… 그랑게 나
도 76년 만에 처음 보는 것잉만… 아야, 칠년아.
너 워디서 워쩌고 살았냐? 워쩨 그리 소식 헌나
없었냐이? 잘살고 있는 것이냐? 먼저 가 분 것은
아니제? 이? 칠년아, 나가 너 얼굴 한 분 보고 가
믄 소원이 없겄다. 근디… 안 되겄제? 안 되는 것
이겄제……?

2장.

자전거를 끌고 가고 있는 귀섭과 그 옆으로 은하.

은하   귀복이는 돌아왔대?

귀섭   왔었는디.

은하   왔었는디?

귀섭   또 나갔어, 오늘 아칙에. 쪽지 한나 남겨 놓고.

은하   오메, 의지의 사나인디?

귀섭   (웃음)

쪼로록 앉아 은하와 귀섭을 구경하고 있는 귀복, 칠년, 복상, 선엽.

선엽   선상님 표정이 겁나게 좋아 분다이.

복상   그려, 우덜 보는 눈빛이랑 여간 달른 것이 아닌디?

칠년   야, 연애하면 다 그려. 귀복이도 봐라. 우덜헌티 말할 띠는 "똑바로 안 혀?" 이러는디, 경희 그 가 이내헌티는 (어색한 서울말 억양) "경희야! 나가 뭐 도와줄 것은 없니?" 이러잖애. 다 똑같어.

은하   복이가 지독한 사랑에 빠졌능갑네이. 워째 그리 똑같으까?

귀섭   누구랑?

은하   누구긴, 니지.

귀섭	에이.
은하	기억 안 나? 니 열둘에 우덜 집 와 갖고 나 얼굴 한 분 볼 것이라고 집 앞에서 몇 시간을 기다렸냐.
귀섭	그랬나.
은하	손 좀 줘 봐.
귀섭	(주면서) 왜.
은하	(손 보며) 오리발로 변한 것은 아니겄제.

귀섭, 그런 은하의 두 손 잡아 자기 두 뺨에 올린다.

칠년	야, 쪼까 못 보겄다. 닭살이 오르다 눈꺼풀꺼정 올르는 것은 첫 경험이여 참말로.
선엽	니도 그려?
칠년	이.
은하	누가 보믄 워쩔라고 이려?
귀섭	누가 보면 워쩐대. 나 각시 손 나 맴대로 헌다.
은하	음마.
귀섭	(은하의 볼에 뽀뽀한다)
아이들	(눈 가리며) 꺅!
복상	야, 인자 볼 맛이 난다이?
선엽	요때부텀 세 집 살림의 싹이 보였구만이.
은하	넘들 보겄어. 언능 가.
귀섭	잠깐 있어 봐.

두 사람 키스하려는데, 복상 일어나 그들의 모습 가리며 혼자 본다.

선엽	니 뭐 허냐?

복상	(귀섭에게 다가가) 선상님, 인자 시방 가시는 것이 좋겄구만요이. 어린 아그들도 공연 보러 왔능게요.
귀섭	이 그려?
복상	요날 요라고 조라고 혔는 거 다 이해혔응게 언능 가씨요.
귀섭	이, 그라믄 뒷정리 잠 부탁혀.
복상	(끄덕)

귀섭과 은하, 퇴장한다.
귀복, 멀어져 가는 그들 바라본다.

선엽	(귀복의 옆구리 푹 찌르며) 뭐 허고 있어?
귀복	저라고 이쁘게 사랑혔는지는 몰렀어.
선엽	그려 참말로 보기 좋은 선남선녀.
귀복	….
선엽	위쨌든지 간에 인자 하던 야그를 다시 혀 보자고. 긍게, 또 서울을 갈 것이라고?
귀복	한 분 칼을 뽑았응게 끝을 봐야제.
선엽	그려, 기찻삯은 다시 모으면 되제.
복상	옴마, 또? 나 엄니헌티 맞아서 뒤지는 중 알았당게. 냄비 팔아묵던 날.
선엽	복상아, 니 가이내 맨치로 시덥잖은 말 자꾸 해쌀래? 대장이 한다믄 하는 것이제 참말로.
귀복	됐어. 나도 복상이 맴 다 이해헌다. 한 분 맞아봉게, 맞는다는 것이 여간 심든 것이 아니더라고.
복상	(끄덕)

선엽	알겄고, 인자 싸 온 거나 내놔 봐 다들.
칠년	(누룽지 꺼낸다) 여그.
선엽	또 누룽지여? 칠년아, 생각을 잠 해라이. 대장이 이것 묵고 힘을 쓰겄냐? 머리는 생각할라고 달고 다니는 것이제, 안 할라믄 무겁게 발바닥에 붙이랑게 이고 다니지 말고이?
복상	칠년이헌티 너무 그러지 말어. 나가 오늘 쪼꼬레트 가져왔응게.
칠년	오메, 뭐여? 그 귀한 것을 구해 부렀어?
귀복	됐어. 뭐 묵을 기분 아니여.
선엽	칠년아. 인자 춤이나 춰 봐야.
칠년	뭔 춤이여.
선엽	누룽지만 싸 왔응게 춤이라도 춰야제.
칠년	글믄 니는 뭐 헐 건디?
선엽	나는 노래를 잘 허니께 노래 혀야지.
복상	글믄 나는?
선엽	음, 복상이 니는….
복상	이.
선엽	잘하는 것이 옰응게, 박수나 쳐.
칠년	(웃는다)
귀복	(역시 피식 웃는다, 그러다 무슨 소리를 들었는지 점점 표정 변하면서) 야들아, 튀어. 옴메, 뭐 허고 있냐이? 퍼뜩 튀라니께!

아이들, 뿔뿔이 흩어지며 도망치고
귀복, 정신없이 뛰어 강둑까지 가면 성큼성큼 뛰어 귀복을 뒤에서 끌어안는 귀섭.

귀섭   여그 있을 줄 알았제.

귀복   오메, 시방같으믄 나 몸에 위치 추적기라도 박아 놨능가 허겄구만이. 참말로 귀신이여 뭐여?

3장.

돌을 던져 물수제비 만들고 있는 귀섭.
그 옆에 시무룩하게 앉아 있는 귀복.

귀섭   던져 봐.

귀복   싫어.

귀섭   던져 보랑게.

귀복   나가 애기여?

귀섭   아니여?

귀복   (귀섭의 손에서 돌을 뺏어 던진다) 아니여! 봐!
          하나, 둘, 셋, 일곱! 물수제비 일곱 개나 뜬 거 봤
          제? 성보다 물수제비도 많이 뜨는디, 나이 많다
          고 어른인 척 잠 그만 혀. 나도 다 생각이 있응게.
          나도 인자 남자여. 사람이여.

귀섭   그라고 좋아?

귀복   좋아. 성님이 은하 누나 좋아하는 것맨큼 좋아,
          됐어?

귀섭   …알겄어, 글믄 기찻삯이랑 여비는 성이 대 줄게.

귀복   참말이여?

귀섭   이, 근디 조건이 있어. 겨울 방학까정 성님 밑에
          서 돈을 벌어야 돼, 합법적으로다가. 그 돈 갖고
          방학하면 서울 올라가고, 워뗘? 괜찮겄어?

귀복	고것이 뭐시가 주는 것이당가?
귀섭	싫어? 싫으믄 말고.
귀복	아니여, 아니여. 와따 사람 말을 끝까지 들어 봐야 쓰제, 참말로 성급한 양반이네이.

선엽, 칠년, 복상 나타난다.

귀복	성 앞에서는 고 제안을 억지로 받아들이는 척했는디, 그 여름이랑 가을, 성 밑에서 돈 버는 것이 참말로 재미지고 좋더라고. 돈을 버는 것이 좋았다기 보담도, 하루하루 성처럼 열심히 살아 본 것은 그때가 처음이었웅게, 성을 닮아 가고 있다고 생각이 듬시롱 좋았어. 니들은 워쨌냐?
칠년	좋긴 뭐시가 좋아? 나 돈 버는 것도 아닌디.
선엽	니, 평생 이라고 동무들허고 웬종일 시간 같이 보내고 싶다 했냐, 안 했냐?
칠년	나가 그랬냐?
복상	이, 그랬제. 귀복이가 서울 늦게 가불고 일 쪼까 더 했으믄 싶다, 그랬잖애.
칠년	음마, 기억이 옰는디.
귀섭	학교 화장실 청소 해 놨냐이?
귀복	야들아, 일헐 준비 다 됐제? 화장실 청소는 뭐시가 중요하다?
칠년	뭐시가 중요한디?
귀복	일사불란! 속전속결! 와따 거시기 싸게싸게 움직이란 말이여!

아이들 각 맞춰 질서정연하게 움직이며 화장실 청소한다.

귀복, 흐뭇하게 웃으며 보다 화장실 구석에 쭈그리고 앉아 만화책 본다.

귀섭   니가 헐 일 친구들헌티 시키면 안 돼야이?

귀복   오메 성님. 나를 뭘로 보고 그런 말을 하까? 나가 고라고 양심 옶는 사람은 아니잖애?

아이들, 귀복 두 손 위에 청소 용구 수북하게 올린 뒤 사라진다.

귀복   나가 원제 일을 시켰대? 요것은 어디까지나 느그들이 하고 잡응게, 자발적으로다가 우정을 다지는 것에 참여한 것 아니었어? 그랗게 존 말 할 때, 요것 언능 가져가이? (장난스런 미소)

아이들, 귀복의 눈치 보며 청소 용구 다시 가져간다.

귀섭   아궁이 불은 언제 땔 것이여?

귀복, 콜록콜록 기침하며 불을 땐다.

아이들은 귀복 뒤에서 일사불란하게 화장실 청소를 다시 시작한다.

무대 오른편 말자 나타난다.

말자   움마, 도깨비가 방망이를 두들기고 갔다냐? 자가 왜 저러까? 철이 들었으까?

귀섭   철든 것은 아니여요, 엄니.

말자   글믄?

귀복, 자리에서 일어나 차라락 지폐를 펼친다.

귀복　　　　돈 든 것이제, 하하하하하하하.

말자와 귀섭, 고개 절레절레 흔들며 사라진다.

복상　　　뭐여? 10월인디 폴씨 다 모았다고?

귀복　　　나가 한다면 하는 사람이여. 다 모았응게 인자 내일 서울 가야 쓰겄다.

칠년　　　방학하면 간다고 하지 않았어?

귀복　　　더 있으면 뭐 혀? 여그 순천에서 살 것도 아닌디. 갈라믄 퍼뜩 가야제.

선엽　　　니 미친 것 아니여? 엄니랑 선상님 다 순천에 있는디 서울 갔다가 눌러살겄다고?

귀복　　　이, 눌러살 거여. 안 올 거여. 선엽아, 나 말 천천이 잘 들어 봐라이? 부모랑 형제는 끝까정 같이 사는 것이 아니여.

칠년　　　글믄 누구랑 산디?

귀복　　　누구랑 살긴? 마누라랑 살아야제.

칠년　　　아이 그랗게, 갱희는 니 마누라도 아니고, 니를 좋아하지도 않는디 서울서 뭐덜라고 외롭게 혼자 있냐?

귀복　　　(칠년의 어깨 짚으며) 칠년아, 시방 성님 말 잘 들어이? 있잖애, 갱희는 말이여. 나를 좋아혀. 나는 갱희랑 결혼할 거여. 가가 나를 안 좋아하는 척하는 것은, 다 내숭이여. 기달려 봐 그랗게. 나 말이 맞는지 안 맞는지.

귀복, 빙긋이 웃는다.

암전.

〈제3막〉

1장.

야학 교실.
야학 선생인 듯 보이는 몇 사람들, 모여 앉아 있다.

귀섭   선불리 움직일 때가 아니라고 생각헙니다.

남1   때가 아니여?

귀섭   이번 계획은 실현 가능성이 거의 없응게요. 다시 한 분 찬찬히 생각을 해 보써요.

남2   와따 귀섭 동무, 무슨 반동분자 겉은 소릴 허고 있어, 시방?

귀섭   사태 파악이 전혀 안 되는디 이러고 다 같이 움직여 불문 상황만 더 악화될 것이요. 좋을 것은 읎을 것이라 이 말이요. 안 그려도 청년단원들, 경찰서장, 소방서 할 것 읎이 인원 늘리고, 경비 강화허고 있는디 조계산에 있는 동무들꺼정 다 노출시킨다고라우? 일이 잘못돼야 불믄 그 위험을 워쩌케 감당할라고요?

형철   오메, 마을 사람들헌티 지 정체 드러내는 것이 무서워 붕알이 쪼그라들었는갑구만이, 우리 귀하신 귀섭 동무가?

귀섭   (강한 눈빛으로 형철 째려본다) 형철아, 니 말 조심해라이.

남1 대업 앞두고 감정 싸움덜 허덜 말고, 귀섭 동무 야그는 나가 오늘 못 들은 것으로 할 것잉게, 인 자 그만혀.

귀섭 위원장님. 이 일이 실패해 불믄, 조직은 두 번 다 시 일어나기 힘들 것이요.

형철 귀섭 동무, 아니, 귀섭아이? 야, 나가 니 동무로 서 허는 야근디, 구더기 무서워서 장 못 담그것 단 말이냐 시방? 남쪽 전체에서 한날한시에 다 같이 일어날 것이란 말이여. 전라도에서 시작된 불씨가 경북, 경남꺼정 꽃피우고 북에서는 든든 허게 지원을 해 줄 것이라는디. 그날이 돼야 불 믄, 미군정도 물러나고, 일제 앞잡이들 지대로 처단허고, 우리 조직이 한반도 전체의 위계를 잡 게 됭게, 일거양득, 일노쌍수, 일전쌍존디 왜 자 꾸 우덜 앞을 가로막냐? 그동안 사상이 썩어 불 었냐?

남1 귀섭 동무, 인자 혁명 성취의 날이 울매 안 남았 다이. 걱정되고, 고민스런 맴은 내가 잘 알겄는 디, 오늘 이후로 니가 또 이렇게 나온다믄, 니가 나 제자였다 하더라도 위원장인 나가 가만히 두 고 볼 수는 없는 일이여, 알아들어?

조용히 고개 숙이는 귀섭. 두 눈엔 근심이 가득하다.

2장.

귀복, 칠년, 복상, 선엽, 시끌벅적하게 걷고 있다.

칠년   대장이 내일 간당게로, 나가 엄니헌티 준비 좀 하라고 혔어.

복상   뭘?

칠년   닭 한 마리 잡으라고.

선엽   워매, 칠년이 니가 웬일이여. 고무신도 구멍날 때꺼정 신는 것이 우리 칠년이잖여?

복상   그랑게, 칠년이 행색을 보면 아부지가 경찰서장인지 누가 알었어, 안 그려?

칠년   나라고 아부지 맴을 알었냐? 옆 마을 서장 아들은 아부지헌티 썬글라스도 받았단디. 아따, 이라고 궁상시럽게 살라믄 농사를 짓제 왜 서장을 헌다고 지랄이까.

선엽   움마, 농사꾼 아들로 사는 것이 올매나 심든 줄 알고 거시기허냐이? 듣는 농사꾼 아들이 기가 맥혀 뿌네이.

칠년   오메오메, 고런 말이 아니고, 나는 아부지랑 달르단 말이제. 나는 할 때는 하는 사람이란 말이여. 긍게. 뭐 허고 섰어? 다들 들어가장게로.

귀복   허허, 우리 칠년이 덕에 몸보신허겄다. 고맙다잉?

아이들, 칠년의 집안으로 들어간다.

웃고 까부는 아이들, 그러나 칠년의 집 분위기가 심상치 않다.

부리나케 짐을 싸고 있는 칠년부.

칠년 아부지? 뭐 혀?

칠년부 이, 칠년이 왔냐?

아이들 안녕하셔요?

칠년부 그려 그려, 아자씨는 쪼까 바쁭게 놀다 가이?

칠년 워디 가는디?

칠년부 아부지 광주 가야 써.

칠년 광주꺼정 간다고? 움마, 아닌 밤중에 홍두깨도 아니고.

칠년부 와따, 우리 칠년이 문자도 쓸 중 알고 유식허네 이. 워쨌든지간에 아부지 광주 갔다가 싸게 돌아 올 것잉게 엄니랑 영순이랑 당분간 니가 잘 돌봐야 쓴다이?

칠년 와따매. 아부지 헐 일을 나헌티 맡긴다고?

칠년부 (웃음) 당분간만.

칠년 (헛기침) 맨입으론 안 되제.

칠년부 알았어, 알았어. 아부지 올 때 운동화 사 올 것잉 게. 우뗘? 좋냐?

아이들 오! 운동화?

칠년 오메, 운동화? 살아생전 고무신만 신어 봤제 운 동화 감촉이 워떨란지 처음 느껴 보겄네잉. 알겄 어. 그럼 퍼뜩 갔다 퍼뜩 와이, 아부지?

칠년부 그려 그려, 우리 이쁜 칠년이. (칠년이 엉덩이 치며) 아부지 올 때꺼정 잘 지내고 있어이?

칠년, 아이들 눈치 보며 칠년부 손길 거부하고
칠년부, 칠년 얼굴 보며 웃다 주위를 살피며 서둘러 나간다.
나가는 칠년부에게 반절하는 선엽, 복상과 웃으며 손 흔드는 칠년.

귀복 …그때게 워디로 간다는 말을 왜 했소, 아제? 탁 숨겼어야제라.

칠년 엄니, 닮은!

칠년모 (목소리만) 아부지 광주 가신디, 눈치가 콧구녕으로 들어갔냐 니는?

칠년 (시무룩)

선엽 칠년아, 형님이 아이스께끼 사 줄 것잉게 나가자.

칠년 ….

선엽 그라고 서 있지 말고. 아부지가 운동화 사 주시면 참말로 좋겠다 니는. 형님도 한 분 빌려주는 거 잊지 말어?

칠년 야, 니는 양심이 있제, 새 운동화를 워째 빌려주냐?

복상 그려, 새 운동환디 고것은 이치에 맞질 않어, 선엽아.

아이들, 웃으며 사립 밖으로 나와 아이스께끼 하나씩을 사서 들고 장난치며 걷는다.
아이들 뒤를 멀찍이 따라가고 있는 귀복, 천천히 걷는다.
음산한 분위기의 마을이다.
이때 한 줄로 행렬하는 인민군 등장한다.
아이들, 무서운 듯 길가로 피하면, 망연히 인민군 바라보고 서 있는 귀복.

행렬 이외의 인민군들, 이 집 저 집 들어가 부수고 고함치고 소란스럽다.

인민1　　(때려 부수며) 반동노무 새끼.

인민군　　(다 같이/구령처럼) 반동노무 새끼.

복상　　요것이 뭔 일이여? 쪼까 무설라고 헌디?

선엽　　사내대장부가 무섭긴 뭘(하는데).

인민군에게 맞아 피범벅이 되어 사립문 밖으로 넘어진 여자, 귀복 바로 앞에 쓰러진다.

뒷걸음질 치는 귀복.

여자　　암것도 모른당게라.

인민2　　참말로 몰러? (군홧발로 머리 밟으며) 요래도? 요래도 몰러? 엊저녁에 한 이불 덮고 살 섞었음시롱 암것도 모른다는 것이, 물레방앗간이서 손만 잡고 잔다는 것이랑 뭐가 달른 것이까이? 니 밑구녕에 대고 물어봐 봐. 아는지 몰르는지.

여자　　참말로 암것도 몰라라우.

인민3　　밟는 것 갖고는 안 되겠구만이. (여자의 머리채 잡아 앞뒤로 흔든다)

귀복　　(그 앞을 막아서며) 말로 하지 여자를 왜 때려라우? 들어 봉게 참말로 암것도 모르시는 것 같은디, 그 손 놓고 야그를 하셔요.

선엽　　(귀복의 옷깃 잡아낭기며) 대장!

인민1　　뭐여, 이 쥐콩만 헌 것은! (총을 들려는데)

인민2	(귀에 대고 속삭인다) 윤귀섭 부위원장 동상이여.
인민1	참말로?
인민2	그려.
인민1	아가, 좋게 좋게 말할랑게 잘 들어이? 시방 여그 순천은 계엄 상황인게 언능 집에 들어가 다들.
칠년	(선엽에게 속삭이며) 계엄이 뭐여? 닭 계자에 엄니 엄자여?
귀복	글믄 저 아짐씨는 봐 주는 것이제라?
인민1	(욱) 뭐여? 이 시끼가 어른 허는 일에 참말로.
인민2	(쿡 찌르며) 알겠응게 니는 언능 들어가.
선엽	그려, 쪼까 맴이 껄쩍찌근혀도, 저 아저씨들 말 듣고 집으로 가자이? 귀복이 니는 눈깔에 힘 잠 풀고. 자자, 내일 귀복이 서울 가는 날잉게 첫차 시간에 여그 역 앞에서 만나는 것이여, 다들 알 겠제?

귀복, 인민군 1,2를 노려보고 서 있는데
아이들, 그런 귀복을 당겨 집으로 돌아간다.

3장.

귀복의 집.

말자, 마당 쓸고 있다.

헉헉대며 들어오는 김 씨.

말자	다 늙어 갖고 괜한 데 힘쓰덜 말어. 걸어오지 왜 뛰고 지랄이여?
김 씨	이럴 때가 아니여, 시방.
말자	이럴 때가 아니면? 저럴 때여?
김 씨	다 모였다니께.
말자	앞뒤 짤라 묵으면 종달새라도 알아들으까?
김 씨	쩌 사람들이 북국민학교 운동장으로 마을 사람들 다 모이라고 했당게.
말자	쩌 사람들?
김 씨	암것도 몰르는 거여, 참말로? 어제 마을 지주들 싹 다 잡아갔잖여.
말자	이? 누구헌티?
김 씨	워매 땁땁시런그. 이라고 말헐 시간 읎응게 귀복이 딜꼬 언능 나와. 마을 사람들 한나도 남김없이 모여야 헌다고 했응게.
말자	뭔 소리여?
김 씨	와따. (주위 눈치 보며 목소리 낮춰) 빨갱이들이

여수부터 시작혀서 여그 순천까지 와 부렀당게.
다 점령을 해 부렀다고 이 사람아. 순천이 뭐여?
구례, 광양까지 그(눔 하다가) 사람들이 싹 다 묵
어 버렸어. 인자 다 빨갱이 땅이여. 아그들, 할매,
한압씨 전부 딜꼬 운동장으로 모이라고 혔응게,
총 안 맞을라믄 싸게 준비혀서 나오라고 언능.

말자   움마, 뭔 소리여 시방? 귀복아! 귀복아이? 이눔
이 또 워디를 싸돌아댕기는 거여? 시국이 어떤
시국인디?

귀복, 보따리 짊어 메고, 귀마개하고, 역 부근에서 아이들 기다리고
있다.
나타나지 않는 아이들.
귀복, 그대로 역전으로 걸어간다.
서늘한 표정으로 역전 지키고 서 있는 인민군들.
귀복, 그대로 역으로 들어가려고 하면
그런 귀복을 총으로 못 가게 막아서는 인민군 5,6.

인민5   뭐 헐려고 왔냐?
귀복   서울 갈라고요.
인민5   니 혼자?
귀복   야.
인민6   엄니헌티 야그 못 들었냐? 당분간 열차 끊겼다이.
귀복   움마, 오늘 서울 가야 된디, 갑자기 열차는 왜 끊
          겼대요?
인민5   이라고 여그 있지 말고 북국민학교 운동장으로 가.
귀복   오늘은 학교 쉬는 날인디라.

인민6	허허이. 가라믄 가랑게.
귀복	아 참말로, 여그서 북국꺼정 걸어갈라믄 솔찮헌디.
인민5	(총 들어 보이며) 니 나가 장난허는 것처럼 보이냐?
귀복	(순간 쫄아 고개 흔든다)
인민6	존 말헐 때 언능 가. 그랑게.

귀복, 내키지 않지만 걸음을 옮긴다.

4장.

마을 사람들 모두, 두려운 표정으로 학교 안으로 들어서고 있다.

그중에 끼여 있는 선엽과 복상.

귀복, 아이들을 발견하고 웃으며 뛰어간다.

귀복   아니, 약속을 했으믄 나타나야제 너거들 역전으
          로 왜 안 온 거여?

선엽   시방 고것이 문제가 아니고.

귀복   고것이 문제가 아니믄?

복상   칠년이 아부지가 끌려가 부렀어.

귀복   뭐?

선엽   도망치다가 붙잡히셨다고 하등만.

귀복   왜?

선엽   고것까진 나도 몰러.

사람들 틈에 끼여 휩쓸리듯 학교 안으로 들어가는 아이들.

사람들, 모두 운동장에 열 맞춰 앉는다.

사람들의 대열 안으로 말자 들어와 앉는다.

귀복, 말자 발견한다.

귀복   엄니.

말자   (귀복의 얼굴 만지며) 오메오메오메, 아가. 니헌

티 뭔 일 났는 중 알고 엄니가 울매나 씨껍혔는
지 알어?

귀복   무신 일이여?

말자   (속삭이듯) 빨갱이들이 이겼디야.

귀복   이?

단 위에 잘 훈련된 걸음걸이로 들어오는 인민군 행렬, 모두 붉은 완
장 차림이다.
가장자리에… 귀섭이 서 있다!
그런 귀섭을 발견한 귀복, 못 믿겠다는 듯 두 눈을 비빈다.
위원장(남1), 단상 앞에 선다.

남1   (사투리 억양이 배어나며) 동무 여러분, 그간 노
고가 참 많았습니다이.

박수 치는 인민들.
사람들, 어색하게 따라 친다.

남1   우리의 끈질긴 투쟁으로 오늘 여기 순천은 진정
한 해방을 맞게 되었습니다.

다시 박수 치는 인민들.
사람들, 또 따라 박수 친다.

남1   이제는 다 같이 잘 먹고, 잘 사는 일만 남았습니
다. 그러나 그전에, 철저하게 투명하고 공정한 순
천을 만들기 위해서 먼저 처리해야 할 일이 하나

있습니다. 바로 이곳 순천 땅의 피를 빨아먹던, 거머리들을 처단하는 것입니다! (사이) 전체! 바로 서!

인민군들, 구령에 맞춰 바로 선다.

남1　　　동무들, 준비하시오.

붉은 완장을 찬 사람들,
한쪽 구석에 꿇어앉아 있던 검은 안대를 한 사람들 이끌어 정중앙에 세운다.
인민군들, 한 사람씩 안대를 한 사람들 앞에 서서 총을 겨눈다.
귀섭은 칠년부 앞에 서게 된다.
붉은 완장을 찬 사람들 중 하나(인민3), 구령 붙인다.

인민3　　사격 준비! 발사!

총소리만 가득한 무대 –
안대를 한 사람들 모두 쓰러졌다.
칠년부만이 그 자리에 바들바들 떠는 채로 서 있다.
귀섭이 쏘지 않은 것이다.

남1　　　(당황해) 윤귀섭 동무.
귀섭　　　….
남1　　　동무!
귀섭　　　….
남1　　　윤귀섭, 뭐 허고 섰냐이?

귀섭, 동요하다가… 발사 −

무대 가득한 총소리 −

칠년부, 쓰러진다.

귀복　　엄니… 엄니….

말자　　(귀복의 눈 가리며) 그려, 그려, 엄니 여깄어.

귀복　　요것이 뭔 지랄이까이.

말자　　아가, 정신 차려라이?

귀복　　뭔 지랄이어서 요라고 심장이 터질라고 허까?

말자　　오메 내 새끼.

귀복　　엄니, 나 심장이 터져서 죽어 불라는가부네.

말자　　오메오메오메, 내 새끼, 우쩌까이?

귀복　　엄니… 엄니….

귀복, 토하는 듯하다가 자리를 박차고 뛰쳐나간다.

〈제4막〉

1장.

칠년의 집 앞.
귀복, 들어가지 못하고 서성거리고 있다.
칠년, 영순을 업고 걸어들어온다.

귀복   칠….

귀복, 차마 칠년의 이름을 부르지 못하고 뒷걸음질 쳐 도망치듯 뛴다.
주먹을 꽉 쥐는 귀복, 결국 울음을 터뜨린다.

귀복   칠년아… 칠년아이… 워째야 쓰까, 요것을 워째
야 쓰까… 오메오메, 칠년아… 미안혀, 나가 참말
로… 미안혀….

정신없이 뛰어 집으로 돌아오는 귀복.
말자, 마루에 앉아 있다가 귀복 발견하고는 뛰듯이 나온다.

말자   요라고 정신 읎는 때에 뭐덜라고 싸돌아댕기는
거여? 총이라도 맞아 불문 워쩔래? 이?
귀복   ….
말자   집구석에 딱 붙어 있어라이? 엄니 말 알아듣냐,
못 알아듣냐?

귀복   ….

말자   니 참말로 워디 가서 디져 불라고 요라고 말을
           안 들어 쳐묵냐? 죽고 싶어 환장헌 것이여?

귀복   엄니… 참말로 죽을 수만 있다면 나 시방 죽을라
           요. 죽고 싶어 환장헌 것이 맞응게, 죽을라요 엄
           니. 나 좀 콱 죽여 줄라요, 이?

방 안으로 들어가 구석에 쪼그리고 앉는 귀복.

어둠 –

귀복, 귀섭이 앉아 있던 방 안을 물끄러미 바라본다.

그러나 귀섭은 들어올 생각을 하지 않고,

개 짖는 소리만 가득하다.

2장.

말자, 깨 털고 있다.

소란스럽게 들어오는 최 씨와 신 씨.

최 씨   움마, 날도 쌀쌀해진디 뭐시럴라고 이라고 있어? 요런 것이 있으믄 나를 시키지.

신 씨   아니, 힘쓰는 것은 나가 더 잘헝게 나를 주소 요리.

말자   (그런 그들 이상하게 본다) 시방 뭣들 허는 거여?

최 씨   나가 기지맥히게 깨 터는 것 몰랐어?

말자   본론만 말혀. 뭐 허고 싶은 말이 있는 것 같은디.

신 씨   역시 우리 방촌떡(댁)은 눈치가 귀신이여이. 소식 들었어. 토지 개혁 말이여.

말자   뭐시기?

최 씨   땅을 무상으로 나눠 준단 말이 있던디, 그 말이 참말로 맞어? 소작인들헌티 돈 한 푼 안 받고 공평허게 나눠 준다는 말 말이여.

신 씨   혀가 길믄 입만 아풍게, 짧게 말헐게 방촌떡, 이? 술도가 집 땅 말이여. 순철 애비랑 미순 애비가 소작 붙였다가 떠였던 그 땅. 그 땅 우덜이 꼭 다시 찾도록 잘 잠 부탁헐게. (돈을 찔러 준다)

최 씨   (덩달아 말자의 바지춤에 돈을 꽂아 넣으며) 우덜이 자매처럼 지낸 지가 몇 해여? 긍게로….

말자 와따메, 지랄도 지랄도 요지경이시. 나는 토지 뭐시기, 개혁 뭐시기는 암시랑도 모르것고, 하등 상관도 읎능게, 그런 것 부탁할라믄 주소 잠 잘 찾아가. 나헌티 오덜 말고. 안 그려도 묵은 것도 읎이 읎혀서 여그 가슴께가 땁땁헌 것이 숨이 콱콱 막혀 불 것구만 나헌티 왜들 그려?

신 씨 워매워매, 부위원장 아들 두더니 대단한 유세 부리네 요것이. 올 아부지가 성 씨 부자 마름이었을 때 너 아부지 땅 안 띠게 할라고 고라고 봐준 것을 폴씨 잊어 부렀냐이?

말자 아따, 호랑이 담배 피던 야그는 여그서 왜 하는 거여? 안 갈래, 참말로? 맞고 갈 거여?

최 씨 승질머리 잠 고쳐. 귀섭이는 부위원장썩이나 돼야도 저라고 성품이 올곧은디, 워째 엄니라고 한나 있는 것이 닮은 디가 읎디야?

신 씨 (침 뱉으며) 에라이 은혜도 모르는 년. 분수도 몰르고 지 아들 믿고 까부는 년. 와따, 가자 가. 벽에 똥칠헐 때꺼정 니 혼자 잘 묵고 잘 살어 봐라 워디.

말자 이년들이 오늘 나랑 저승길 동무하고 잡냐, 참말로?

신 씨 아 뭐 허고 섰어? 퍼뜩 가자니께.

신 씨와 최 씨, 다시 한번 침 뱉더니, 말자 허리춤에 꽂아 넣은 돈 빼서 나간다.

말자   (빗자루 놔 버리며 주저앉는다) 이년들아, 안 그
려도 불난 가심에 부채질 잠 허덜 말어, 참말
로…. 타 죽겄응게….

3장.

칠년의 집 앞.

귀복, 가까이 가지 못하고 서성이고 있다.

칠년 집에서 나오는 선엽, 복상.

귀복, 아무 말 못하고 아이들 지켜보기만 하고 있다.

복상, 귀복 발견한다.

복상   어? 대장?

귀복 보는 선엽, 이내 고개 돌린다.

귀복   칠년이는 괜찮어?

선엽   괜찮겄어?

귀복   ….

복상   칠년이 엄니도 끌려갔디야.

선엽   누구헌티 그런 정보를 주는 거여? 니도 끄나풀이여?

귀복   선엽아이….

선엽   대장.

귀복   이?

선엽   인자 나 이름 불르지 말어.

귀복   ….

선엽　　당분간은 대장 얼굴 못 볼 것 같응게 나 이름도 불르지 말고, 만나지도 말드라고.

돌아서서 가 버리는 선엽, 주춤거리다 따라가는 복상.

귀복　　…선엽아이. 워째 고라고 맴을 단단허게 묵었다냐. 니 살아생전에 니 얼굴을 꼭 한 분 보고 니 이름도 불러 보고 잡았는디, 니가 나를 안 볼라고 헝게, 니 장례식에서도 나가 구석팅이에 앉아서 니 몰른 사람처럼 있었던 것, 니 아냐, 모르냐? ……가만 보니까 심지 굳은 걸로 치믄 나가 아니고 니가 우덜 칠성파 대장을 했어야 써. 안 그냐? 하늘에서 우덜 다 같이 만나믄, 칠성파 대장은 니가 혀라 이? 그때는 니 이름 불러도 되까? 니 얼굴 지대로 다시 봐도 되겠냐, 선엽아?

이때 사립문 열고 나오는 칠년.
귀복, 돌아서서 가려다가 칠년 보고 흠칫 놀란다.

칠년　　대장….
귀복　　…칠년아….
칠년　　추운디 왔으믄 들오잖고 뭐 허고 섰어? 퍼뜩 들어와.
귀복　　….
칠년　　와따 들어오랑게, 감기 들겠네이.
귀복　　오메….
칠년　　언능.

귀복, 칠년을 따라 들어가면

칠년, 닭 모이 준다.

마루에 앉아 그런 칠년을 가만히 바라보는 귀복.

칠년 밥은 묵었어?

귀복 아니… 생각이 읎더라고….

칠년 천하의 밥도둑이 밥 생각이 안 난다니… 천 년 묵은 도깨비가 울고 갈 일이다.

귀복 ….

칠년 묵고 가. 차려 줄라니께.

귀복 아니여, 집에 가야제 인자.

칠년, 닭 모이 다 주고는 귀복 옆에 앉는다.

칠년 엄니가 읎응게 할 일이 솔찮여.

귀복 엄니는? 괜찮으셔?

칠년 이, 곧 나올 수 있디야. 죽도록 맞았는디, 다 맞았응게 보내 준다고 하등만.

귀복 ….

칠년 (울먹) 사람이 이랄 때도 저랄 때도 있응게, 맞을 때도 있는 것이제.

귀복 ….

칠년 (울음 참으며) 신경쓰지 말어. 울엄니 알잖애. 통 뼈에다가 살도 많이 쪄서 별 표도 안 날 것이여. 아암, 훌훌 털고 하루 만에 일어날 것잉만.

귀복 …미안혀…. 미안혀, 칠년아….

칠년 …귀복아… 니 맘 다 앙게로, 그러지 말어. 니는 우덜 영원한 대장인게.

귀복 ….

칠년 대장이 나였어도 요렇게 혔을 것이여. 의리의 칠성파잖애.

귀복 (울음) 미안혀, 칠년아 미안혀 참말로….

칠년 뭐여? 우는 거여? 빙신 다 돼얐구만, 우리 대장이, 이?

칠년, 귀복에게 보이지 않게 돌아서서 닭들에게 다가가 눈물 훔친다.

칠년 이누무 시끼들, 모이를 줬는디 왜 흙만 처묵고 지랄들이여, 지랄이? (돌아보지 않으며 울음 더욱 참고) 대장, 인자 언능 가. 나는 닭들 군기 쪼까 더 잡아야 쓰겄구만이….

날이 저물기 시작한다.

암전.

4장.

야학 교실.

담배 피우고 있는 위원장(남1).

귀섭, 많이 흥분한 상태다.

귀섭 상부에서 지시한 것이 참말로 맞습디여?

남1 뭔 말을 듣고 잡은 것이여, 시방?

귀섭 이해가 안 됭게요. 갑자기 유상 분배로 바꾼다는 것이 위원장님은 글문 이해가 되시는 것이고요?

남1 당의 명령인게.

귀섭 그럼 사람들은 워쩌케 책임질 것인다?

남1 사람들?

귀섭 처형당한 사람들 말이어라우.

남1 혁명은 피여. 피의 희생 읎이는 이루어질 수 읎는 것이 혁명인게.

귀섭 뭣을 위한 희생인다?

남1 당연히 당을 위한 희생이제.

귀섭 당? 위원장님 생각에는 시상 꼭대기에 있는 것이 사람이 아니고 당이어라? 지는 동의 못헙니다이. 지가 위원장님… 아니, 선상님헌티 힘을 보탠 것은, 밥도 못 묵어 얼굴에 버즘 가득허고, 아그 때부텀 눈 밑에 시꺼멓게 그림자 낀 사람들이 삼시

세끼 밥이라도 묵는 그런 시상, 그런 존 시상 만들어 볼라고 그런 것이제, 포악시럽게 지 배만 불리는 지주건, 소작농 아들꺼정 살뜰히 챙겨 주는 지주건 구분 없이 싹 다 죽여 불고, 그 땅 다 뺏어 농민들 착취허는 당 상부 배때기 불려 줄려고, 그럴라고 하루아침에 요리 판을 뒤집어 부는 당을 위한 것이 아니다, 이 말이어라우. 진즉에 이럴 것을 알았으믄 지는 절대로 선상님 뜻을 안 따랐을 것잉만요이!

남1 니 시방 헌 말이 울매나 위험한 말인지 알고 떠드는 것이여?

귀섭 꼬부랑댕이 할매 한압씨꺼정 다 잡아다 죽일라고 시작헌 일이 아니란 말이요! 알아듣겠습니까?

위원장(남1), 갑자기 일어나 귀섭의 따귀 때린다.
귀섭, 그대로 위원장 노려본다.

귀섭 무상 분배가 아니믄, 지 동의는 얻을 수 읎을 것이요. 무슨 일이 있어도 지는 동의 못 해라우.

여든여덟의 귀복, 쓸쓸한 눈으로 그런 귀섭 바라본다.
위원장(남1) 사라지면,
이내 술에 취한 귀섭, 비틀거리며 은하 집 담벼락까지 걸어간다.
은하, 집에서 나온다.

은하 (귀섭을 부축하며) 오메 참말로. 울매나 마신 거여?

귀섭   우리 마누라 나왔능가? 기분이 좋아서, 쪼까 마
       셨어.

은하   ….

귀섭   엄니랑, 귀복이랑, 우리 이쁜 색시랑 다 같이 잘
       사는 시상이 결국은 왔능게… 맴이 참 좋아서…
       요라고 마셨어.

은하   …섭아….

비틀거리며 쓰러질 듯 은하를 안는 귀섭.

은하   …우리 섭이가… 많이 힘든갑구나이….

5장.

강가.

귀복, 쪼그리고 앉아 강 바라보고 있다.

귀복의 곁에 귀복과 같은 자세로 앉는 귀섭, 들고 온 빵 봉투를 내민다.

귀섭	한나 묵어 봐.
귀복	….
귀섭	니 좋아하는 단팥빵이여.
귀복	요새는 크림빵뺙이 안 묵는디 헛돈 썼네.
귀섭	안에 있어, 크림빵도.
귀복	….
귀섭	많이 힘들제?
귀복	….
귀섭	그래도… 나중에라도 말이여… 복아, 성 쪼까 봐주라이….
귀복	…. (빵 먹는다)
귀섭	….
귀복	빵에 뭐 섞은 거 아니여? 배 아파 뒤져 불겄네이.
귀섭	봐줄라냐, 이?
귀복	(울먹) …안 봐줄 거여. 죽을 때꺼정 안 봐줄 것잉만이.

귀섭의 가슴을 때리는 귀복.

귀섭, 그런 귀복을 안아 준다.

귀복, 귀섭의 품에서 흐느낀다.

귀섭　　　복이 니는 성처럼 길 잘못 찾아 방황하지 말고,

　　　　　제대로 된 길 찾아 그짝으로만 가… 알았제?

⟨제5막⟩

1장.

귀복의 집.

말자, 마당에 고추 말리고 있다.

여든여덟의 귀복, 마당에 앉아 휘휘 그림을 그리고 있다.

이때 들어오는 형철.

형철 엄니, 그간 안녕하셨어라우?

말자 뉘신지.

형철 귀섭이 친구 임형철이라고 하는디요. 일전에 한
분 뵌 적이 있는디 기억을 못 하시네, 우리 엄니
가…(비열한 웃음).

말자 아, 그려? 오메, 그라고 서 있지 말고 싸게 들어오
더라고.

형철 야.

마루에 앉는 형철.

말자는 앞치마에 손 닦으며 형철 옆에 앉는다.

말자 그려, 허는 일은 다 잘 되고? 집에 묵을 것이 읎
는디 워째야 쓰까잉?

형철 지는 헐 말만 허고 가믄 됭게, 신경쓰지 마씨요,
엄니.

말자	헐 말이 있어?
형철	귀섭 동무가 도착할 날짜가 지났는디도 안적 도착을 안 혀서라. 상황이 여간 급한 것이 아닌디.
귀복	(여전히 바닥에 낙서하며 여든여덟의 귀복으로) 강가에서 나헌티 빵 봉투를 고라고 통째로 건네 주고는 성은 행방을 감춰 부렀어. 온 마을을 다 헤집음시롱 그 사람들이랑 한배를 탔으믄, 신념이고 뭐고 신경 쓰덜 말고 제 한 몸 건사하는디 온 신경을 집중해야 혔을 것인디… 제 한 몸이 뭐여? 엄니도, 나도, 은하 누나도 있었잖애….
말자	당에서 시킨 일이 있다고 광양에 갔는디?
형철	고것은 맞는디, 이틀 전부터 연락이 안 닿아서라우. 혹시 엄니헌티는 연통을 넣었으까 워쩌까 이라고 와 본 것이여라.
말자	움마, 우리 섭이헌티 뭔 일 난 것은 아니겄제?
귀복	하루아침에 소식을 끊어 부렀으니, 저 사람들헌티 성은 변절자였겄제. 나가 이 나이 묵도록 살아 봉게 성님, 잘 묵고 잘 살라믄 어느 한쪽에 매미처럼 붙어 있어야 쓰더라고. 아무리 첫 단추를 잘못 꿰었어도이, 한번 붙었으믄 한 나무에 진득허니 붙어 있어야 한 계절이라도 살아남는 거여. 떨어지는 순간, 더 이상 산 목숨이 아닝게. 살아도 너덜너덜 찢어진 날개랑 터진 몸뚱이백이 더 갖었어?
형철	아니어라우. 안적꺼정 우덜헌티 나쁜 상황은 아닝게, 암시랑도 안 할 것이요, 엄니. 괜히 지가 와 갖고 엄니 맴만 싱숭생숭하게 혀뿐 것 아닌가 걱

정이 되부네요이.

귀복   만약에 말이여. 쩌짝 편에 딱 붙어서, 조계산이라도 들어갔으믄, 성님 인생이 워쩌케 됐으까? 그려 빨치산 말이여. 50년에, 전쟁 터질 때까정 꾸역꾸역 살아남았다가, 성 혼자 북에라도 갔으믄, 높은 자리에 올라가고 시방꺼정 잘 묵고 잘살지 않았으까? 성님이 그라고 북에 갔으믄, 엄니랑 나는 여그서 총에 맞아야 됐으까? 그려도, 그려도 말이여. 워쩌케 됐을지는 아무도 모릉게, 성이 처음에 붙었던 나무에 비굴허게 딱 붙어서 참고 견뎠으면 울매나 좋았어? 그렇게 대쪽 겉어서, 아닌 것은 죽어도 아니어서, 그라고 착해 빠져 불어서, 결국 된 것이 배신자였어? 이짝에도 배신자, 저짝에도 배신자. 여그도 저그도 갈 띠 한 군데도 없이⋯ 꼭 그런 선택을 해야만 혔어?

형철   엄니, 귀섭이헌티 연락 오믄 소식 잠 꼭 좀 전해 주씨요잉?

말자   아암, 그래야제. 여그 걱정은 암시랑도 말고 날 어두워지기 전에 얼른 가소.

형철 나간다.

귀복, 나가는 형철을 본다.

귀복   엄니, 연락을 해 줬으믄 그날로 성님 목숨은 죽은 목숨이었어. 저 뱀 눈깔 보믄 몰르것어? 엄니도 예나 지금이나 참 사람 볼 줄 몰러.

2장.

귀복의 방.
귀복, 엎드려 만화책 보고 있다.
소리 없이 들어오는 귀섭.

귀섭 복아….

귀복 옴마야, 아그 떨어지겠네이.

귀섭 떨어질 아그는 있고?

귀복 가이내도 아니고 들어오는 것도 참말로.

귀섭 (팔이 아픈지 신음)

귀복 왜 이려? 워디 아픈 것이여? 있어 봐. 엄니! 엄니!

귀섭 (속삭이며) 조용히 혀, 복아.

귀복 아니, 치료는 해얄 것 아니여.

귀섭 치료가 중요한 것이 아니고… 성이 쪼까 숨어 있어야 돼야.

귀복 뭔 귀신 씨나락 까묵는 소리여?

귀섭 아무헌티도 알리면 안 된다이?

귀복 우선 팔 쪼까 고쳐 놓고. 가만 두문 썩응게.

귀섭 귀복아, 들키문 팔만 썩는 것이 아니고… 성 죽어.

귀복 !!??? (여든여덟의 나이로 귀섭 보며) 결국 인민군은 변절자 윤귀섭 부위원장을 처단허기로 결정했었제. 나가 그때는 전후 상황을 전혀 이해

못 혔지. 혹시라도 성이 죽는다고 허믄, 인민군 총에 맞아 죽을 줄 알았제. 뻘갱이들이 그라고 눈에 불을 켜고 성을 찾아다녔웅게. (헛웃음)

귀섭   우엉 바위 기억나?

귀복   아부지랑 우리 셋이 갔던 선암사 뒤편 골짜기 아래?

귀섭   이, 거그를 돌믄 빈 나무 한나가 나올 거여.

강한 빛―

귀섭과 귀복 형제를 비춘다.

잠시 관객에게는 들리지 않는 대화를 나누는 두 사람, 이내 입을 다문다.

경계하며 주위를 살피는 두 형제.

3장.

음산한 분위기의 마을.

이때, 한 줄로 행렬하는 군인들 등장한다.

사람들, 무서운 듯 길가로 피한다.

행렬 이외의 군인들은 이 집 저 집 들어가 부수고, 고함치고, 소란스럽다.

인민군의 침략 때와 동일한 모습의 마을.

군인1　　(때려 부수며) 빨갱이 새끼.

군인들　　(다 같이/구령처럼) 빨갱이 새끼.

귀복, 학교에서 나오는데

군인들에게 맞아 피범벅이 된 채 학교 앞으로 기어오고 있는 여자2.

여자2, 귀복 바로 앞에 쓰러진다.

여자2　　지는 암것도 모른당게라.

군인2　　몰러? 지 낭군이 워딜 갔는지도 몰른단 말이여? 글믄 니 밑구녕에 대고 물어봐 봐. 고것이 확실할 것잉게. 엊저녁꺼정 들어갔다 나갔다 수십 번을 했을 것 아니여? 그 물건 주인이 워디로 갔는지 니 밑구녕만큼은 거짓부렁을 못 허겄제. 내 금새만으로도 찾을 수 있을 것잉만. 워쩌? 지대로 말을 헐란지 안 헐란지 나가 대신 물어보까?
이? (여자의 치맛자락을 확 들춰 얼굴을 처박으
려 한다)

귀복   워째 이라요? 약한 여자헌티….

군인3   …요것이 누구여? …워디서 본 얼굴인디?

군인2   가 아니여? 윤귀섭 동상.

군인3   워매, 그려? (웃으며 귀복에게 천천히 다가간다)
조것을 상부에 갖다 바치면 뒷돈으로 울매나 받
을 수 있을까이?

군인2   윤귀섭이 행방을 아직 모릉게, 쪼것은 솔찮히 써
먹을 디가 있을 것잉만. 긍게로 열흘 술값은 받고
도 남겄제?

군인2,3 귀복을 잡으려는데 잽싸게 도망쳐 쏜살같이 집으로 뛰어가
는 귀복.
군인들, 귀복을 놓친다.
귀복, 헉헉대며 사립 안으로 들어가면
마당에는 이미 피투성이로 만신창이가 된 말자가 널브러져 있다.

귀복   (놀라) 엄니! (말자 안으며 울부짖음) 오메 엄니!
눈 잠 뜨시요! 눈 잠 떠보랑게라우.

야비한 미소 지으며 그런 귀복을 바라보는 형철, 청년단원의 완장을
찼다.

귀복   …그짝은 뽈갱이 편 아니었소? 워째 청년단원 완
장을 찼소?

형철　　좌익이 시상을 바꿀 줄 알았는디, 그라딜 못 허더라고. 약하디약해서 말만 번드르르 했지, 행동으로 옮긴 것은 한나도 읎고. 실행력이 읎었응게 믿을 수가 없더라고. 나는 말보다는 행동이 중요헌 사람잉게.

인민군 1,2,3,4 단상 위에 선다.

형철　　워쩌겄어?

형철, 자리에서 일어난다.
단상 위에 선 인민군 1,2,3,4에게 총구 들이민다.

형철　　빵! (인민군1 쓰러진다)
　　　　　빵! (인민군2 쓰러진다)
　　　　　빵! (인민군3 쓰러진다)
　　　　　빵! (인민군4 쓰러진다)
　　　　　이라고 다 쏴 죽이고, 위원장 동무는 강진으로, 행동대장 동무는 장흥으로 피했다고 다 밀고를 해 부렀제. 그려, 그려서 살았어. 아니제, 빨갱이를 다 잡아들였던 혁혁한 공로를 세웠는디, 요라고 청년단원 간부가 되는 것은 인지상정이제, 안 그려?

귀복　　우리 성은… 그짝보담 먼저 빨갱이 때려치운 것 잘 알잖애. 말허자문 그짝보다 먼저 배신헌 사람이 우리 성인디, 글믄 우리 성은 군인들이랑 같은 편이 되는 것 아니여? 그려, 정확히 말허자믄

훈장 받아야 쓰는 애국자제, 뿔갱이 버리고 고것이 잘못돼얐다 질 먼저 야그헌 사람이 우리 성인게. 논리적으로다가 우딜 집안은 긍게 애국자 집안이여. 근디 왜 울 엄니를 이라고 반 죽여 놓은 것이여? 왜?

형철   (속삭인다) 느덜 성이 나에 대해서 너무 잘 알어. 쪼까 불편하더라고. 봐봐이, 느그 성이 워딨는지만 말해 주믄 말이여, 느그 늙은 엄니랑 아무짝에도 쓸모없는 니겉은 어린 아그는 살려 줄랑게, 워떠? 니 성 있는디를 말을 혀 봐. 와따 니 성도 요런 꼴을 보잖여? 글믄 자기 숨어 있는디 언능 꼰질러라, 다 불어 부러라 말할 것이 분명하당만이. 니 느그 성이 울매나 효잔지 알잖여. 울매나 존 사람인지 몰러? 지 목숨 챙기자고 가족 목숨 버릴 사람은 아닝게 언능 말혀 봐, 이?

귀복   …. (노려본다)

형철   그려, 핏줄잉게 쉽진 않겠지. 사흘을 줄 것잉게, 그 사흘 안에 엄니랑 둘이 살고 잪으면, 느그 성 어딨는지 말혀야 할 거여, 이? (가다가) 아참, 느그 엄니랑 니헌티 눈독 들이고 있는 아그들이 많이 있던디, 고것은 걱정 말어이. 나가 나 밥통 뺏기는 사람은 또 아닝게. 사흘이여이? 또 보드라고!

형철 나간다.

귀복, 말자 부축한다.

귀복   (말자의 귀에 대고) 엄니, 시방부터 나 말 잘 듣소! 우덜은 내일 시벽에 순천 땅을 떠날 것이오이.

말자   (간신히) 떠났다가 섭이가 집에 오믄 워쩔라고 그러냐.

귀복   (주위 살피며) 나가 알어.

말자   뭐?

귀복   …나가 성님 있는 디 안다고.

말자   (눈빛 반짝인다)

귀복   그랑게, 나가 죽 끓여 주믄 고것 싹 다 긁어서 우선 배를 채워야 써 엄니. 먼 길 가게 될 것잉게. 은하 누나헌티 야그혀서 워디서 만나야 할지만 전해 주고 올게. 지달려이?

말자   가도 섭이 때문에 온 가족이 끌려갔는디, 가족 걱정에 순천 땅을 떠난다고 허겄냐?

귀복   엄니, 남자는 자기를 낳아 준 가족이랑 사는 것이 아니고, 지 마누라랑 자슥들이랑 사는 거여. 나 말 믿으랑게. 은하 누나는 성 따라갈 것잉게. 아무도 몰른 곳으로 가는 거여. 아무도 몰른 곳으로. 우리, 항꾼에….

귀복, 자리에서 일어나 주먹을 꼭 쥔다.

4장.

은하의 집.

은하, 몸져누운 채로 눈 감고 있다.

그런 은하를 안쓰럽게 보고 있는 귀복.

은하   (눈을 뜬다)

귀복   누나, 나 알아보겄어?

은하   오메, 이게 누구여? 귀복이여?

귀복   못 만난 사이에 이것이 다 뭐여? 왜 이렇게 말랐어? 험한 꼴을 이라고 많이 당한 거여?

은하   (울컥) 나는 난디, 이 시국에 섭이는 워디서 개죽음 당한 것은 아닌지 몰르겄다…(울먹).

귀복   안 죽었어.

은하   뭐?

귀복   성 안 죽었다고.

은하   니가 고것을 워치케 아냐?

귀복   나가 알어. 성님 있는 디.

은하   …뭐여? 거가 워딘디?

귀복   누나… 아니, 형님. 나 말 잘 듣소이. 나가 인자 엄니랑 성이랑 형수님이랑 내일 시벽에 여그 순천 땅을 몰래 떠날라고 허는디, 형수님은 어쩔라요?

은하	뭘 워째?
귀복	순천에 남고 싶으믄 우덜끼리 갈라요.
은하	…섭이가 살아 있다믄, 섭이랑 같이 가야제, 고것이 뭔 소리여?
귀복	그려. 글믄 돼얐어. 누나 잘 들어이? 내일 시벽에 아무도 몰르게 우엉바위 밑으로 나와.
은하	선암사 뒤편 거그 말이여?
귀복	이.
은하	그동안 섭이가 숨어 있던 곳이 거그여?
귀복	(고개 끄덕)
은하	…나헌티는 아무 말도 없이….
귀복	누나꺼정 위험해질 수 있다고 성이 부탁헌 거여.
은하	움마 참말로.
귀복	아무헌티도 들키면 안 돼. 고것은 누나도 잘 알 것제?
은하	(끄덕) 알겄어. 안 들킬 것잉게 언능 가. 아 짐이라도 쪼까 싸야 할 것 아니냐? 시벽에 아무도 몰래 우엉바위 밑으로 나갈 것잉게.
귀복	이, 누나 몸 조심혀야 써이?
은하	그려. 복이 니도….

귀복, 주위를 살피며 은하 방 빠져나오면,
귀복의 뒷모습 가만히 바라보는 은하.

5장.

귀복 들어오면, 다급하게 짐 싸고 있는 말자.

귀복　　엄니 뭐 하요? 폴씨 갈라고?

말자　　(귀복 발견하고는 아무 말 없이 챙긴 보따리 옆
　　　　　에 끼고 손 잡아끈다)

귀복　　왜 이려?

말자　　당장 도망가야 써.

귀복　　청년단원들 무서워서 이랴? 형철이 그 잡노무 시
　　　　　끼가 사흘은 봐준다고 혔어. 어제 왔응게 모레는
　　　　　지나야 다시 올 거여. 마을 돌아댕김시롱 순서대
　　　　　로 사람 패고 다닝게.

말자　　암시랑 말고 엄니 손잡아야.

귀복　　왜 그러는 것인디?

말자, 귀복의 손잡고 뛴다.

많이 뛰어온 듯 땀범벅이 된 두 사람.

귀복　　(숨을 헉헉대며) 왜 이려? 말 잠 하고 뛔제는.

이때 멀리서 들리는 "빨갱이 새끼" 소리 —

귀복 놀라 보면

무대에 등장하는 군중들 - 마을 사람들, 군인들, 청년단원들이 뒤섞여 있다.

말자, 이를 보고는 귀복의 손을 끌어 급히 나무 뒤로 숨는다.

군중들, 누군가를 우르르 싸고 들어오다가,

이내 멈추더니 그 누군가를 에워싸 원을 만든다.

형철, 어디선가 단을 하나 가져와 올라가더니 그 누군가를 내려다보며 연설한다.

형철　　(사투리 억양으로 어색한 표준말) 이 자는 빨갱이 중에 상 빨갱이였습니다. 뭐하고 섰습니까이? 얼굴을 똑바로 보시랑게요.

군중들, 누군가를 알아본 듯 당황해 웅성거린다.

형철　　이 자는 죽은 위원장과도 스승, 제자하며 각별한 사이였습니다. 맞습니다. 부위원장 윤귀섭. 청렴결백하고 심지 곧았던 전 경찰서장, 칠년이 아부지를 자기 손으로 죽인 자입니다.

군중들, 에워싼 원의 틈을 벌리면

그 사이로, 피투성이로 무릎 꿇고 앉아 있는 귀섭이 보인다.

숨소리 거칠어지는 귀복.

귀복　　오메, 엄니…엄니….

귀복의 입을 틀어막는 말자.

형철	뭐하고 섰습니까? 모두 이자를 처단허는 데 힘을 보태야 쓰지 않겠어요? 닥치는 대로 손에 드십시오이. 돌도 좋고, 죽창도 좋고, 군인들은 총을 들어도 좋습니다이. 와따, 뭐 허고 섰어? 돌을 던져야제, 죽창으로 찔러야제. 뽈갱이 중에서도 상 뽈갱이가 뭔 말인지 모르는 것이여 시방? 암것도 않고 고라고 멀뚱멀뚱 서 있으믄, 고것이 뭔 증푠지 알어? "바로 가만 있는 나가 뽈갱이요." 이 증표랑게. 오메, 느그들도 암것도 못 허겄어? 와따, 음지에서 정체 숨기는 뽈갱이가 참말로 많구만이. 그랑게 돌을 못 던지는 것이제. 죽창으로 찌르덜 못 허는 것이제. 같은 편잉게. 죽일 수가 없능게. 글문 워쩌겄어? 죽일 수 없으믄 죽어야제. 같이 저승길 동무라도 돼 줘야제. 그려, 동무… 느그들은 동문게, 이?
마을1	오메, 나는 뽈갱이 아니여.
마을2	나도 아니여.
마을3	나도!
마을4	나도!
형철	오메, 아니여? 아닌 게 확실허요이? (비열하게 사투리와 어색한 표준말 섞어 쓰며) 지가 오해했습니다이. 글문 모두 무기를 드십시오이. 빨갱이를 깰끔허게 죽여야만 빨갱이가 아니라는 사실이 증명되는 시상이요, 여그가.
마을1	그려?
마을2	그런 것이여?

마을3	글믄 우째?
마을4	죽여야제.
마을1	그려 죽여야 쓰제.
마을2	그려도 자가 귀섭인디, 우덜 동상이고, 자석겉은 아근디.
마을3	참말로 죽여도 되까?
형철	고라고… (흠흠) 그렇게 정에 약해서 이 험한 세상 어떻게 살겠습니까? 알겠습니다. 망설여진다, 이 말씀이지요? 그러면, 이 빨갱이를 잡는 데 지대한 공을 세운 대표 한 분이 시작하시면 어떨까요?
사람들	(웅성웅성) 대…표…?
형철	이은하 씨. 앞으로 나오 보셔라우. 은하 씨가 저 빨갱이랑 어떤 사이인지는 다들 아시지요? 자, 은하 씨가 먼저 모범을 보이겠습니다. 빨갱이는 민족의 쓰레기. 그러므로 개인적 감정은 다 접어두고 깨끗하고 공명정대하게 처단해야 한다, 이 말입니다.
은하	….
형철	은하 씨가 먼저 돌을 던지면, 모두 무기 드는데 어려움은 없으시겠지요이?
마을3	움마, 은하가 돌을 던진다고? 귀섭이 장래 색시가?
마을4	오메, 애인도 애인을 죽인디.
마을1	우덜은 애인에 비허믄 암것도 아니잖애.
마을2	그려, 글믄 들 수 있제.
마을3	은하꺼정 돌을 던진디.
마을4	우덜은 아무 가책도 안 느껴도 되겠제.

형철	이은하씨, 들으셨지요이? 모범을 보여 주시죠이, 인자.

귀복, 말자에게 붙잡힌 채 눈 더 커진다.

땀이 얼굴을 타고 흐른다.

여전히 귀복의 입을 막고 있는 말자의 손.

은하, 미세하게 떤다.

그러다— 앞으로 한 발짝 걸어 나온다.

천천히 몸을 일으켜 은하의 얼굴을 보는 귀섭.

은하	엄니 아부지도 다 끌려가 부렀어.
귀섭	(고개 끄덕)
은하	사흘 밤낮으로 고문을 당항게로 산목숨이 더 이상 산목숨이 아닌 것이 되덩만.
귀섭	(고개 끄덕)
은하	엄니는 개머리판으로 한쪽 눈을 맞아서 보이덜 않어.
귀섭	….
은하	니 있는 디를 안 불문 한날한시에 죽인다고 혔어.
귀섭	(끄덕)
은하	옷을 다 벗겨 놓고, 거그를 막 주물름시롱, 다음번엔 주물르는 것으로 끝나지 않고, 칼로 휘저어 놓을 것잉게 알아서 하라고 혔어.
귀섭	오메….
은하	니라문 우쩌겄냐, 니라문.
귀섭	(슬픈 눈으로 은하 올려다보다 속삭인다) 나라도 그려, 은하야. 사람이라믄 다 그려… 긍게 은

하야 괜찮애. 나는 괜찮웅게 맘 쓰덜 말어.

은하   (귀섭의 말에 맘 약해지다가 눈빛 돌변하며 돌 던진다) 산 사람은 살아야 됭게… 안 그려?

형철   자, 보십시오. 이은하 씨가 모범을 보이셨습니다. 인자 워째라우? 가책이 쪼까 덜어지지라우? 자, 모두 저를 따라하십시오. "죽이자! 빨갱이!"

은하   (다시 돌 하나 더 던지며) 죽이자! 빨갱이!

사람들   (어설프게 돌 던지며) 죽이자! 빨갱이!

형철   박멸하자! 빨갱이!

은하   (다시 돌 던지려다가, 잡고 있는 돌 툭, 떨어뜨리고는) 박멸하자… 빨갱이….

사람들   (조금 세게 돌 던지며) 박멸하자! 빨갱이!

이때 사람들, 열기에 취한 듯 더 흥분하며 돌 던진다.

"죽이자! 빨갱이!" "박멸하자! 빨갱이!"

구령은 속도를 갖추고, 크기를 더한다!

처음엔 한둘이었던 것이― 마을 사람들 전체가 어느새 경기에 임하고 있는 것처럼, 신중하고 질서정연하게 돌을 던진다!

말자, 귀복의 눈 가린다.

벌게진 눈의 귀복, 그런 말자의 손 치우며 귀섭에게로 뛰쳐나가려고 한다.

그런 귀복을 더 단단히 끌어안는 말자.

은하, 감정 없는 눈으로 움직임 없이 그 자리에 그대로 서 있다.

돌에 맞아 뒹구는 귀섭.

누군가, 멀리뛰기 하듯 날아와 귀섭의 배에 죽창을 꽂는다― "죽어라! 빨갱이!"

이제 곧 명이 끊어지려는 듯― 천천히 그 자리에 쓰러지는 귀섭.

귀복   뇌! 노랗게! 성! 성!!!! 성헌티 가야 써. 나가 가야
          써! 가야겄응게 이 손 노란 말이여! 나 잠 놔 달
          란 말이여!!!!

귀복의 시야로 땀과 눈물 때문에 흐려진 그들의 광경처럼—
조명은 천천히 조도를 낮추고, 이제는 완전히 암전된다.
이내 어둠뿐인 무대.

6장.

귀복, 정신이 온전치 않은 듯한 말자의 손을 잡고, 플랫폼에서 열차를 기다리고 있다.

귀복   1948년 그해, 산속으로 숨어들었던 엄니와 나는 걷고 또 걷다가 월야 어디 친척 집으로 도망을 쳤제. 월야가 그때는 여간 시골이어서 사람도 없고 숨어 살기 괜찮겠다 싶었는디, 경찰서장이 새로 부임함시롱 마을 분위기가 달라지더라고… 잡히지 않고 잘 숨을라고 허믄, 사람 많은 디로, 가장 붐비는 디로, 누군가 한 번쯤 그리 말한 것이 기억이 나서… 아예 엄니를 모시고 서울로 가야 쓰겄다 맴을 묵었제. 1949년 봄, 그리도 가고 싶어 했던 서울로 말이여… 광주역꺼정 우여곡절 끝에 가서 열차표를 구하고, 우덜을 아는 사람은 읎을 것이라고 맴을 단단히 묵었는디도, 잡히믄 죽을 것이 확실헝게 겁나게 조마조마허더라고.

뿌－ － －
열차의 기적 소리와 함께
귀복, 말자와 함께 열차에 오른다.
앞자리에 미리 앉아 있는 한압씨, 1장의 그 할아버지다.

계란을 까 잡수시고 있는 한압씨.

귀복은 한압씨를 발견하지 못하고 창문쪽만 망연히 바라보고 있다.

계란 먹던 한압씨, 귀복을 유심히 쳐다보다가 고개를 갸우뚱하더니,

뭔가 생각난 듯 미소짓는다.

한압씨 그때게는 순천역에서 타더니, 광주는 웬 일이여?

귀복 혹시 순천 사람이 탔는가부다, 인자 죽은 목숨이구나, 심장이 쿵쿵쿵쿵 뛰기 시작했는디,

한압씨 (잠든 말자의 얼굴 본다) 엄니도 많이 안 닮았네이.

귀복 고것이 아니였어.

한압씨 이번엔 참말로 가는 갑제?

귀복 ….

한압씨 우리 갱희 만나러… 서울 말이여.

귀복 야?

한압씨 (주섬주섬 보따리에서 뭔가 꺼내면 흑백사진 하나 나오고) 와따메, 거짓부롱을 겁나게 찰지게 혀서 나 손녀 얼굴도 헷갈려 부렀다마시. 니 사촌이 아니고, 나 손녀. 나 손녀 김갱희 말이여… (씨익 미소 짓는다).

어디선가 경쾌한 음악 소리 들려온다.

사진을 받아 한참을 바라보다 울컥하는 귀복.

귀복 요것이 1948년의 나와 우리 성 이야기여. 나는 지금 혼수상태로 서울 한 빙원에 누워 있어. 1949년 그해, 나는 서울로 올라가 거짓말처럼 첫

사랑 갱희를 만나게 되제. 우연히 열차에서 만난 한압씨 덕분에… 곡절이야 없었겠냐마는, 나를, 죽어 가고 있는 나를… 여적껏 간호하고 있는 여 인도 김갱희여… 긍게 칠년아, 선엽아, 복상아이, 갱희가 나를 좋아한 것이 맞겄냐, 안 맞겄냐? 나 가 그런 촉도 하나 읊이 서울로 나선 철부지가 아 니었다는 것이 인자 증명이 돼얐제? 그라고 봉게 로, 나는 워쩌면 꿈을 이룬 것이여. 서울도 갔고, 갱희랑 결혼도 했응게. (사이) …나가 그날 은하 누나를 찾아가지 않았으면 우쨌으까? 성님도 소 소하게 꿈을 이루며 삶을 살아갔으까? 그랑게… 나가 그날 다른 선택을 했으문, 당신의 삶이 워쩌 케 돼얐을지 고것이 항시 궁금했던 것이여. 아니, 가슴 한쪽에 쐬꼬챙이가 꽂혀 있는 거 맨치로 아 프고 죄스러웠던 것이 맞겄제… 모두 다 나 때문 이었응게… 당신을 죽인 것은 바로 나였응게… 나 잘못 땜시 당신이 고라고 가 불었응게….

멀리— 귀섭이 서 있다.

귀섭 복아… 나 동생, 우리 복이… (웃음) 저승길 갈 라니께 고라고 하고 잡은 말이 많아 부나이? 워 째 고라고 말이 많냐, 76년 동안 한나도 변한 것 이 읊네, 우리 윤귀복이는….

귀복 성… 성님…(작은 흐느낌).

귀섭 워째 그런 말을 하냐, 복아? 인생에 누구 땜시가 워딨어? 그렇게 될 운명잉게 그렇게 된 것이고,

살다 봉게 이런 일도 있고 저런 일도 있는 것이
제. 워째 한평생 고런 아픈 맴을 몸뚱아리에 돌
처럼 얹고 살았냐? 워째 그 긴 세월을 니 탓을
허고 살았어? 그 귀엽고, 암것도 몰르든 착허디
착헌 마음에 시꺼먼 색을 칠함시롱, 워째 고라고
심든 삶을 살았어? 복아… 인자 나 생각은 고만
혀. 빙원 침대에 누워 있는 니 마지막 시간은, 인
자 오롯이 느그 마누라 갱희를 위해 쓰거라. 니
마누라 김갱희 생각만 허고, 김갱희만 사랑허다,
웃는 낯으로 저승으로 오니라, 나 동생 귀복아…
더 이상 성 땀시 울덜 말어 인자, 알겄느냐….

귀복   ….

귀섭   귀복아, 저그 열차 기적 소리 들리냐이? 서울역
다 왔응게 인자 내려야제. 그라고 가만히 있지 말
고 퍼뜩 내려. 사람들이 다 내려야 열차가 또 다
음 역으로 달릴 수 있제. 고것이 인생인게… 고것
이 삶인게… 나 말 알겄제?

귀복   (천천히 고개 끄덕인다) …이…. 이… 그려…….

열차, 서울역에 도착한다.

인파 속에 섞여 한압씨와 귀복, 말자, 열차에서 내린다.

귀복, 내리다 말고 열차 안에 남은 귀섭을 돌아본다.

귀섭, 싱긋 웃으며 귀복에게 손을 흔든다.

경쾌한 음악 소리 – 무대를 가득 채운다.

그리고–

천천히 막이 내린다.

심사 총평

우리는 포스트 드라마 시대를 살고 있습니다. 그리고 현실의 급박한 전개가 드라마를 압도하는 시대를 살고 있습니다. 하지만 우리는 여전히 '희곡'을 포기하지 않습니다. '희곡'이 작건 크건 삶의 가장 본질적인 부분에 대해 이야기하는 언어로 여전히 기능하고 있다는 것을, 우리가 아직도 믿고 있기 때문입니다.

2024 국립극단 창작희곡 공모에 많은 작가들이 응모해 주셨습니다. 국립극단 예술감독을 포함한 6인의 심사위원이 2달이 넘는 기간 동안 300여 편의 작품을 읽고 토론하면서 3차에 걸친 심사의 과정을 거쳤습니다. 각기 다른 스타일과 주제를 탐구한 우수한 작품들 속에서 소수의 수상작을 선택하는 것은 쉽지 않은 과정이었습니다.

그 결과 2024년 국립극단 창작희곡 공모 대상에는 〈역행기(逆行記)〉가 선정되었습니다. 아울러 〈야견들〉과 〈그리고 다 가불고 낭게〉가 우수상으로 선정되었습니다.

〈역행기(逆行記)〉는 작품의 길이뿐만 아니라, 이야기가 요구하는 상상적 공간의 스케일, 그리고 이야기를 추동하는 주제의 다층성을 감안할 때 대작이라 부를 작품입니다. 작가는 수 세대에 걸친 여성의 문제를 사회적 시선 속에서 다루면서도 그것을 사실적 이야기로 제시하기보다는 신화적 외연을 부여합니다. 동시에 깊은 지하 세계 속으로 하강하고 다시 상승하는 방식으로 이야기를 공간화하는 과감함을 보여 주고 있습니다. 그런데 이처럼 큰 작품의 스케일은 무대적 가능성에 대해 우려를 낳기도 하였습니다. 국립극단 창작희곡 공모가 국립극단의 작품 제작을 염두에 두기 때문에 무대적 구현의 가능성이 중요한 심사 기준이기도 하였지만, 작품 〈역행기(逆行記)〉가 지닌 미덕들은 이 작품을 만들 무대 예술가들로 하여금 무대적 구현의 어려움을 기쁜 도전으로 받아들이게 할 것이라고 생각합니다.

〈야견들〉은 〈역행기(逆行記)〉와는 전혀 다른 매력을 보여주는 작품입니다. 〈역행기〉가 바닥에서 살아가는 여성들의 이야기였다면 〈야견들〉은 제목이 알려주는 바와 같이 성 소수자, 수동무 그리고 진짜 개처럼, 그 시대의 보편적 시선으로 사람이라고 한정된 범위 바깥의 존재들의 삶을 포용하려는 의지를 유머로 섞어 보여 줍니다. 이 유머는 삶에서 삶이 아닌 것을 떼어내고 객관화하는 순수한 시선 때문에 가능한 것이라 여겨집니다.

〈그리고 다 가불고 낭게〉는 이데올로기적 대립이라는 이제는 상투형이 되어 버린 주제를 다룹니다. 하지만 이 작품이 과거사를 다루는 작품의 상투형으로부터 벗어날 수 있는 것은 80세가 넘어 죽음을 목전에 둔 인물과 그의 12세 어린 시절을 공존하는 시간으로 구성하기 때문입니다. 70년의 시간을 고통 속에서 보낸 노인이 죽음 직전 유년의 기억을 소환하여 스스로를 치유하는 방식이 지나치게 동화적이라 할지라도 우리 시대에는 이와 같은 치유의 시간이 절실하게 필요한지도 모릅니다.

이외에도 〈명선전〉, 〈개기월식〉, 〈독〉, 〈반백의 둥지〉, 〈초록의 찬란〉, 〈아버지의 집〉, 〈하…그림자가 없다〉 등이 최종

심사에서 당선작들과 더불어 논의되었던 작품들입니다.

　상식이 전도되고, 폭력이 농담처럼 가해지고, 대화가 모욕받는 시대에, 희곡은 인물들을 고집스럽게도 '대화'로 연결 짓습니다. 대화가 여전히 가능하다고 믿지 않는다면, 이렇게 많은 이야기를 국립극단 창작희곡 공모에 보내 주지 않았을 것입니다. 이 모든 이야기들이 제 목소리를 갖게 되는 무대를 기대해 봅니다.

심사위원
김민정, 김수정, 김은성, 김호정, 박정희, 조만수

국립극단 희곡선
2024 창작희곡 공모 선정작

2025년 9월 26일 1판 1쇄 펴냄
2026년 1월 5일 1판 2쇄 펴냄

펴낸이   재단법인 국립극단

           박정희 단장 겸 예술감독

기획·진행   정용성 김윤형 김혜민 (국립극단 창작개발팀)

주소   서울시 중구 장충단로 59

웹사이트   www.ntck.or.kr

전화   02 3279 2280

펴낸곳   걷는사람

펴낸이   김성규

편집   조혜주 최주연 권은하

디자인   신혜연

주소   경기도 용인시 기흥구 동백중앙로 358-6, 7층 (본사)

           서울 마포구 월드컵로16길 51 서교자이빌 304호 (지사)

전화   031 281 2602 / 02 323 2602

팩스   02 323 2603

등록   2016년 11월 18일 제25100-2016-000083호

ISBN   979-11-7501-008-6 [04810]

           979-11-7501-007-9 [세트]